中國語言文字研究輯刊

二一編

許學仁 主編

第14冊

齊系文字字根研究（下）

張鵬蕊 著

花木蘭文化事業有限公司

國家圖書館出版品預行編目資料

齊系文字字根研究（下）／張鵬蕊 著 -- 初版 -- 新北市：花木蘭文化事業有限公司，2021〔民 110〕

目 4+292 面；21×29.7 公分

（中國語言文字研究輯刊 二一編；第 14 冊）

ISBN 978-986-518-667-8（精裝）

1. 春秋戰國時代 2. 古文字學 3. 詞根 4. 研究考訂

802.08 110012606

ISBN-978-986-518-667-8

中國語言文字研究輯刊

二一編 第十四冊 ISBN：978-986-518-667-8

齊系文字字根研究（下）

作　　者 張鵬蕊

主　　編 許學仁

總 編 輯 杜潔祥

副總編輯 楊嘉樂

編　　輯 許郁翎、張雅淋、潘玟靜　美術編輯　陳逸婷

出　　版 花木蘭文化事業有限公司

發 行 人 高小娟

聯絡地址 235 新北市中和區中安街七二號十三樓

電話：02-2923-1455／傳真：02-2923-1452

網　　址 http://www.huamulan.tw 信箱 service@huamulans.com

印　　刷 普羅文化出版廣告事業

初　　版 2021 年 9 月

全書字數 438735 字

定　　價 二一編 18 冊（精裝） 台幣 54,000 元

齊系文字字根研究（下）

張鵬蕊　著

目　次

上　冊

凡　例

第一章　緒　論……………………………………1

第一節　研究目的……………………………………1

第二節　文獻探討……………………………………5

第三節　研究方法與步驟……………………………6

一、研究方法……………………………………6

二、研究材料與步驟……………………………10

第二章　字根分析……………………………………13

第一節　人類……………………………………13

一、人部……………………………………13

二、大部……………………………………44

三、卩部……………………………………62

四、女部……………………………………74

五、子部……………………………………83

六、首部……………………………………91

七、目部……………………………………98

八、耳部……………………………………104

九、自部……………………………………106

十、口部……………………………………107

十一、齒部……147
十二、須部……148
十三、心部……151
十四、手部……157
十五、足部……197

中　冊

第二節　物類……219
一、日部……219
二、星部……225
三、云部……230
四、申部……232
五、水部……235
六、火部……244
七、木部……248
八、禾部……263
九、屮部……272
十、土部……292
十一、獸部……346
十二、禽部……364
十三、虫部……372
十四、魚部……381
十五、皮部……391

下　冊

第三節　工類……403
一、食部……403
二、器部……441
三、絲部……481
四、囊部……495
五、樂部……501
六、獵部……508
七、兵部……517
八、矢部……559
九、辛部……570
十、卜部……575

十一、車部……………………………………………579
十二、屋部……………………………………………591
第四節　抽象類………………………………………621
一、抽象部……………………………………………621
二、數字部……………………………………………632
結　論…………………………………………………645
第一節　齊系典型字根字形…………………………645
第二節　齊系文字字根的特點………………………650
一、義近互用…………………………………………650
二、同形異字…………………………………………651
三、形近易訛…………………………………………652
第三節　齊系文字字根與其他文字字根比較研究……654
一、齊系文字字根與金文字根對比…………………654
二、齊系文字字根與璽印文字字根對比……………655
三、齊系文字字根與楚系文字字根對比……………656
第四節　齊系文字字根與具有齊系文字特點的楚簡文字……656
參考書目………………………………………………661
字根索引………………………………………………667
文字字根分析索引……………………………………673

第三節　工　類

象工類字根，即建築與工具器物等的字根字形，可分為 12 類：食部、器部、絲部、囊部、樂部、獵部、兵部、矢部、辛部、卜部、車部、屋部。

一、食　部

243. 鼎

《說文解字・卷七・鼎部》：「，三足兩耳，和五味之寶器也。昔禹收九牧之金，鑄鼎荆山之下，入山林川澤，螭魅蛧蜽，莫能逢之，以協承天休。《易》卦：『巽木於下者爲鼎，象析木以炊也。』籒文以鼎爲貞字。凡鼎之屬皆从鼎。」甲骨文作（合 20355）、（合 21970）、（合 20294）；金文作（鼎卣）、（先獸鼎）；楚系簡帛文字作（望 2.54）、（上 1.性.15）、（包 2.265）。羅振玉謂「象兩耳腹足之形。」[註 308]

齊系「鼎」字單字承襲甲骨作（山東 183 頁）、（山東 137 頁）、（集成 05.2638），或鼎腹左右部分分離之形作（集成 04.2426）。偏旁字形除作、形外，還作鼎足筆畫簡省之形，例：（貞/陶錄 2.130.1）；或鼎腹筆畫簡省之形，例：（貞/山東 170 頁）。

單　字						
 鼎/集成 04.2426	 鼎/集成 04.2418	 鼎/集成 03.670	 鼎/集成 15.9729	 鼎/集成 05.2638	 鼎/集成 04.2593	 鼎/集成 05.2640
 鼎/集成 05.2641	 鼎/集成 04.2422	 鼎/集成 05.2690	 鼎/集成 05.2692	 鼎/集成 15.9730	 鼎/山東 161 頁	 鼎/山東 189 頁
 鼎/山東 137 頁	 鼎/山東 183 頁	 鼎/遺珍 69 頁	 鼎/新收 1161			

[註 308] 羅振玉：《增訂殷虛書契考釋》卷中，頁 38。

偏　旁						
楨/陶錄 2.252.1	楨/陶錄 2.716.4	楨/陶錄 2.716.2	楨/陶錄 2.716.3	楨/陶錄 2.487.2	楨/陶錄 2.529.3	楨/陶錄 2.716.1
楨/陶錄 2.486.1	楨/陶錄 2.487.3	楨/陶錄 2.252.2	獻（獻）/集成 15.9733	獻（獻）/集成 15.9733	獻（獻）/集成 09.4595	獻（獻）/集成 09.4596
獻（獻）/璽彙 3088	獻（獻）/成 09.4646	鬻/新收 1917	鬻/集成 05.2639	鬻/集成 05.2750	鬻/集成 04.2354	鬻/山東 218 頁
獻/集成 03.648	䐑/新收 1097	䐑/新收 1093	䐑/新收 1093	䐑/集成 18.11815	鼐/集成 16.10361	鼐/集成 03.614
賊/山東 104 頁	則/集成 16.10374	則/集成 15.9730	則/集成 15.9729	則/陶錄 3.613.2	貞/新收 1917	貞/新收 1091
貞/新收 1067	貞/集成 05.2732	貞/集成 05.2592	貞/集成 05.2639	貞/集成 04.2494	貞/集成 05.2602	貞/集成 04.2495
貞/集成 05.2568	貞/集成 05.2525	貞/集成 05.2589	貞/集成 05.2587	貞/集成 05.2642	貞/集成 05.2586	貞/集成 03.670
貞/陶錄 2.130.2	貞/陶錄 2.127.2	貞/陶錄 2.127.1	貞/陶錄 2.167.3	貞/陶錄 2.127.4	貞/陶錄 2.130.1	貞/陶錄 2.167.4
貞/瑯琊網 2012.4.18	貞/山東 170 頁	賔/陶錄 3.497.1	賔陶錄 3.497.2	賔陶錄 3.497.3	賓/陶錄 3.497.4	賓/陶錄 3.497.6

 員/陶錄 3.489.3						

244. 鬲

《說文解字·卷三·鬲部》:「，鼎屬。實五觳。斗二升曰觳。象腹交文，三足。凡鬲之屬皆从鬲。，鬲或从瓦。，漢令鬲从瓦厤聲。」甲骨文作（合 31030）、（合 18631）；金文作（大盂鼎）、（乍册夨令簋）；楚系簡帛文字作（郭.窮.2）、（上 2.容.13）。陳初生謂「本為古代炊器鬲之象形。」〔註 309〕

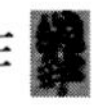

齊系「鬲」字單字作（集成 03.717）、（集成 03.735）、（集成 01.285），或增加鬲耳之形，作（集成 03.596）。

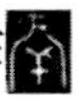

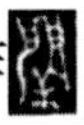

單　字						
 鬲/集成 03.717	 鬲/集成 03.735	 鬲/集成 03.593	 鬲/集成 03.596	 鬲/文物 1993.4	 鬲/集成 03.690	 鬲/集成 01.285
 鬲/集成 03.685	 鬲/集成 03.686	 鬲/遺珍 41 頁	 鬲/遺珍 30 頁			
偏　旁						
 獻/集成 03.939						

245. 曾

《說文解字·卷二·八部》:「，詞之舒也。从八从曰，㘯聲。」甲骨文作（合 11392）；金文作（小臣鼎）；楚系簡帛文字作（上 8.李.1）。段玉裁注「甑所以炊烝米爲飯者。其底七穿。故必以箅蔽甑底。而加米於上。而饙

〔註 309〕劉翔、劉抗、陳初生、董琨編著，李學勤審訂：《商周古文字讀本》（北京：語文出版社，1989），頁 333。

之，而䵼之。」〔註 310〕朱芳圃謂「曾即䵼若甑之初文，象形。」〔註 311〕

齊系「曾」字與金文形相同。

單 字						
 曾/集成 05.2750	 曾/陶錄 2.391.1					

246. 會

《說文解字・卷五・會部》：「，合也。从亼，从曾省。曾，益也。凡會之屬皆从會。，古文會如此。」甲骨文作（合 01030）；金文作（趞亥鼎）、（蔡子匜）；楚系簡帛文字作（上 2.容.19）。季旭昇師認為為鐘之初文，「卜辭即象器形，因與合（器近，改為：器形）近，故又加合為形符，即《儀禮》之會，至春秋又加金旁而成銅器自名之鐘矣。」〔註 312〕

齊系「會」字作（璽彙 0253），偶有偏旁字形的器形內部筆畫變為點形，例：（鄶/陶彙 3.825）。

單 字						
 會/璽彙 0253						
偏 旁						
 鄶/陶彙 3.825	 鐘/集成 08.4190	 鐘/文物 1993.4.94				

247. 豆

《說文解字・卷五・豆部》：「，古食肉器也。从口，象形。凡豆之屬皆从豆。，古文豆。」甲骨文作（合 29364）；金文作（散氏盤）、（豆閉簋）；楚系簡帛文字作（望 2.45）。季旭昇師謂「盛放醃菜、肉醬等食物的

〔註 310〕清・段玉裁：《說文解字註》，頁 1108。

〔註 311〕朱芳圃：《殷周文字釋叢》，頁 102～103。

〔註 312〕季旭昇師：《甲骨文字根研究》，頁 421。據季師告知，「器近」為「器形」之誤植。

器皿。……上一橫象蓋，中象豆體，下象柱足及底座。」〔註 313〕

齊系「豆」字單字與偏旁字形作[illegible]（陶錄 2.521.2）、[illegible]（陶錄 2.495.3）、[illegible]（陶錄 2.92.4）。單字或簡省訛變作[illegible]（陶錄 2.15.1）、[illegible]（陶錄 2.516.1）、[illegible]（陶錄 2.11.4）、[illegible]（陶錄 2.291.1）；或增加橫畫飾筆作[illegible]（陶錄 3.2.2）、[illegible]（陶錄 2.473.4）。

單　字						
豆/陶錄 2.440.1	豆/陶錄 2.445.1	豆/陶錄 2.15.2	豆/陶錄 2.434.3	豆/陶錄 2.435.1	豆/陶錄 2.466.2	豆/陶錄 2.3.2
豆/陶錄 2.498.3	豆/陶錄 2.11.4	豆/陶錄 2.291.1	豆/陶錄 2.600.3	豆/陶錄 2.43.1	豆/陶錄 2.42.1	豆/陶錄 2.15.1
豆/陶錄 2.36.2	豆/陶錄 2.483.4	豆/陶錄 2.521.2	豆/陶錄 2.470.2	豆/陶錄 2.473.4	豆/陶錄 2.455.3	豆/陶 錄 2.26.6
豆/陶錄 2.504.3	豆/陶錄 2.257.4	豆/陶錄 2.510.1	豆/陶錄 2.523.1	豆/陶錄 2.511.4	豆/陶錄 2.458.4	豆/陶錄 2.29.4
豆/陶錄 2.497.1	豆/陶錄 3.441.4	豆/陶錄 2.30.3	豆/陶錄 2.524.3	豆/陶錄 2.520.4	豆/陶錄 2.483.1	豆/陶錄 2.30.3
豆/陶錄 2.501.3	豆/陶錄 2.521.4	豆/陶錄 2.521.1	豆/陶錄 2.456.3	豆/陶錄 2.92.4	豆/陶錄 2.437.2	豆/陶錄 2.36.4
豆/陶錄 2.493.3	豆/陶錄 2.516.1	豆/陶錄 2.482.4	豆/陶錄 2.518.2	豆/陶錄 2.29.1	豆/陶錄 2.457.3	豆/陶錄 2.36.3

〔註 313〕季旭昇師：《說文新證》，頁 404。

豆/陶錄 2.39.2	豆/陶錄 2.42.2	豆/陶錄 2.42.4	豆/陶錄 2.258.1	豆/陶錄 2.258.4	豆/陶錄 2.291.4	豆/陶錄 2.292.4
豆/陶錄 2.435.3	豆/陶錄 2.436.2	豆/陶錄 2.437.1	豆/陶錄 2.438.1	豆/陶錄 2.439.1	豆/陶錄 2.444.1	豆/陶錄 2.445.1
豆/陶錄 2.447.4	豆/陶錄 2.450.4	豆/陶錄 2.452.3	豆/陶錄 2.454.1	豆/陶錄 2.453.1	豆/陶錄 2.456.3	豆/陶錄 2.458.3
豆/陶錄 2.459.1	豆/陶錄 2.460.2	豆/陶錄 2.460.3	豆/陶錄 2.464.3	豆/陶錄 2.465.1	豆/陶錄 2.468.2	豆/陶錄 2.478.4
豆/陶錄 2.482.1	豆/陶錄 2.484.4	豆/陶錄 2.487.1	豆/陶錄 2.488.4	豆/陶錄 2.492.2	豆/陶錄 2.491.3	豆/陶錄 2.491.4
豆/陶錄 2.495.3	豆/陶錄 2.495.4	豆/陶錄 2.496.2	豆/陶錄 2.497.2	豆/陶錄 2.494.1	豆/陶錄 2.498.1	豆/陶錄 2.498.2
豆/陶錄 2.501.1	豆/陶錄 2.501.4	豆/陶錄 2.504.2	豆/陶錄 2.505.3	豆/陶錄 2.511.1	豆/陶錄 2.509.1	豆/陶錄 2.513.1
豆/陶錄 2.514.1	豆/陶錄 2.515.1	豆/陶錄 2.515.2	豆/陶錄 2.518.1	豆/陶錄 2.250.4	豆/陶錄 2.521.1	豆/陶錄 2.522.2
豆/陶錄 2.525.1	豆/陶錄 2.523.2	豆/陶錄 2.523.4	豆/陶錄 2.567.1	豆/陶錄 2.568.3	豆/陶錄 2.758.1	豆/陶錄 2.599.2
豆/陶錄 2.600.2	豆/陶錄 2.471.2	豆/陶錄 2.472.1	豆/陶錄 2.474.1	豆/陶錄 2.474.3	豆/陶錄 2.475.1	豆/陶錄 2.646.2

豆/陶錄 2.469.3	豆/陶錄 2.469.4	豆/陶錄 2.473.3	豆/璽考 41 頁	豆/璽考 42 頁	豆/陶錄 3.1.3	豆/陶錄 3.2.2
豆/陶錄 3.2.3	豆/陶錄 3.441.3	豆/陶錄 3.441.4	豆/陶錄 3.441.5	豆/陶錄 2.13.1	豆/陶錄 2.599.3	豆/後李七 2
豆/後李七 7	豆/後李七 3	豆/後李七 4	豆/後李四 1	豆/後李七 6		
偏　旁						
莭/集成 18.12093	節/集成 18.12089	豎/陶錄 3.530.6	榿/歷博 524	榿/陶錄 3.280.5	榿/陶錄 3.282.1	榿/陶錄 3.281.5
榿/陶錄 3.280.1	榿/陶錄 3.280.2	榿/陶錄 3.281.1	鋀/陶彙 3.703	登/璽彙 1933	登/璽彙 3722	登/陶錄 3.548.4
登/集成 09.4646	登/集成 09.4647	登/集成 09.4648	登/集成 09.4649	登/集成 01.285	登/集成 01.274	登/璽彙 1929
登/璽彙 4090	登/璽彙 1930	登/璽彙 1931	登/璽彙 1932	豉/陶錄 3.263.2	擘/陶錄 2.201.3	擘/陶錄 2.202.1
擘/陶錄 2.200.1	擘/陶錄 2.200.2	擘/陶錄 2.201.2	擘/陶錄 2.200.4	鬭（豛）/ 集成 15.9733	梪/陶錄 3.357.1	梪/陶錄 3.357.3
剴/集成 01.285	剴/集成 01.277	狟/陶錄 3.186.5	狟/陶錄 3.186.6	狟/陶錄 3.186.4	狟/陶錄 3.639.2	

合文						
豆里/陶錄 2.499.2	豆里/陶錄 2.525.2	豆里/陶錄 2.502.2	豆里/陶錄 2.502.4	豆里/陶錄 2.461.1	豆里/陶錄 2.461.4	豆里/陶錄 2.461.2
豆里/陶錄 2.462.2	祭豆/陶錄 3.12.2	祭豆/陶錄 3.72.2	祭豆/陶錄 3.72.5			

248. 皀

《說文解字·卷五·皀部》:「，穀之馨香也。象嘉穀在裹中之形。匕，所以扱之。或說皀，一粒也。凡皀之屬皆从皀。又讀若香。」《說文解字·卷五·竹部》:「，黍稷方器也。从竹从皿从皀。，古文簋从匚飢。，古文簋或从軌。，亦古文簋。」甲骨文作（合 32043）、（合 32879）；金文作（室叔簋）、（叔姬簋）。用作偏旁時，楚系簡帛文字作（即/清 1.繫.110）。季旭昇師謂「盛煮熟的黍稷稻粱的圓形有蓋食器。」〔註 314〕

齊系「皀」字偏旁字形與金文、形相似，例：（飯/集成 15.9709）、（飤/集成 09.4639）。字形或上下部分分離，並簡省筆畫，例：（節/齊幣 73）；或食器形內部筆畫簡省作一豎畫或一橫畫，例：（毀/璽彙 0040）、（毀/璽彙 0034）；或省略下部字形，例：（毀/陶錄 2.297.3）。「皀」與「豆」字形義俱近可混用，如「節」字从皀作（集成 16.10371）；从豆作（集成 18.12089）。

偏旁						
飤/集成 09.4517	飤/集成 09.4517	飤/集成 09.4518	飤/集成 09.4519	飤/集成 09.4638	飤/集成 09.4639	飤/集成 09.4520
飤/集成 09.4639	飤/璽彙 0286	飤/新收 1042	飤/新收 1042	籾/璽彙 0644	飬/新收 1781	飬/集成 09.4629

〔註 314〕季旭昇師：《說文新證》，頁 372。

飬/集成 09.4630	⿱即女/集成 16.10154	即/集成 17.11160	⿰即阝/集成 05.2732	⿱即木/集錄 543	⿱即木/雪齋 2.72	節/貨系 2569
節/貨系 2548	節/貨系 2556	節/貨系 2563	節/集成 16.10374	節/集成 18.12107	節/集成 18.11160	節/集成 16.10374
節/集成 18.12086	節/集成 18.12090	節/集成 16.10371	節/璽考 60 頁	節/璽考 60 頁	節/齊幣 288	節/齊幣 290
節/齊幣 40	節/齊幣 38	節/齊幣 54	節/齊幣 62	節/齊幣 73	節/齊幣 69	節/齊幣 61
節/齊幣 82	節/齊幣 72	節/齊幣 58	節/齊幣 56	節/齊幣 48	節/齊幣 49	節/齊幣 64
節/齊幣 287	節/齊幣 294	節/先秦編 391	節/先秦編 392	節/先秦編 394	節/先秦編 394	節/先秦編 392
節/先秦編 394	節/先秦編 391	節/先秦編 391	節/先秦編 391	節/先秦編 391	節/先秦編 391	節/璽彙 3395
節/歷博 1993.2.50	節/錢典 980	既/古研 29.310	既/古研 29.310	既/中新網 2012.8.11	既/集成 05.2750	既/集成 01.272
既/集成 01.285	既/集成 15.9730	⿱既心/陶錄 3.648.3	⿱既心/陶錄 3.329.4	⿱既心/陶錄 3.329.5	飯/集成 15.9709	⿰飠⿱立聿/集成 09.4595
⿰飠⿱立聿/集成 09.4440	⿰飠⿱立聿/集成 07.3939	⿰飠⿱立聿/集成 09.4441	⿰飠⿱立聿/集成 09.4596	⿰飠⿱立聿/集成 09.4441	⿰飠⿱立聿/集成 09.4623	⿰飠⿱立聿/集成 09.4624

饎/集成 09.4592	饎/集成 05.2690	饎/集成 05.2692	饎/集成 07.3939	饎/遺珍 50 頁	簋（段）/ 集成 07.3899	簋（段）/ 集成 07.3900
簋（段）/ 集成 07.4096	簋（段）/ 集成 08.4190	簋（段）/ 集成 08.4190	簋（段）/ 集成 09.4428	簋（段）/ 集成 07.3974	簋（段）/ 集成 07.3987	簋（段）/ 集成 07.3901
簋（段）/ 集成 08.4127	簋（段）/ 集成 09.4440	簋（段）/ 集成 07.4040	簋（段）/ 集成 09.4441	簋（段）/ 集成 07.3897	簋（段）/ 集成 07.3998	簋（段）/ 陶錄 2.293.1
簋（段）/ 陶錄 2.305.2	簋（段）/ 陶錄 2.305.3	簋（段）/ 陶錄 2.297.3	簋（段）/ 陶錄 2.304.1	簋（段）/ 陶錄 2.307.3	簋（段）/ 陶錄 2.307.21	簋（段）/ 陶錄 2.24.1
簋（段）/ 陶錄 2.11.3	簋（段）/ 陶錄 2.11.1	簋（段）/ 璽彙 0194	簋（段）/ 璽彙 0034	簋（段）/ 璽彙 0035	簋（段）/ 璽彙 0038	簋（段）/ 璽彙 0881
簋（段）/ 璽彙 3705	簋（段）/ 璽彙 1285	簋（段）/ 璽彙 5539	簋（段）/ 璽彙 0345	簋（段）/ 璽彙 0040	簋（段）/ 璽考 59 頁	簋（段）/ 璽考 39 頁
餴/集成 01.285	餴/集成 01.276	餴/集成 01.280	餴/銘文選 848			
合　文						
公卿/陶錄 2.381.3	公卿/陶錄 2.381.4	敦于/璽彙 4027	敦于/璽彙 4028	敦于/璽彙 4029	敦于/璽彙 4030	敦于/璽彙 4031

敦于/璽彙 4032	敦于/珍秦 34	敦于/山東 848頁	敦于/璽彙 4025	敦于/璽彙 4026		

249. 畐

《說文解字・卷五・人部》:「[illegible]，滿也。从高省，象高厚之形。凡畐之屬皆从畐。」甲骨文作[illegible]（京津 4241）；金文作[illegible]（士父鐘）。用作偏旁時，楚系簡帛文字作[illegible]（福/清 1.楚.9）。孫海波謂「象盛酒之器形。」〔註 315〕

齊系「畐」字偏旁與金文[illegible]形相似，器形中的飾筆增加或減少，例：[illegible]（福/集成 02.285）、[illegible]（福/集成 09.4458）、[illegible]（寴/新收 1042）。

偏　旁						
福（富）/集成 01.86	福（寴）/新收 1042	福（寴）/新收 1042	福/集成 02.277	福/集成 01.86	福/集成 09.4458	福/集成 09.4458
福/集成 15.9657	福/集成 15.9704	福/集成 16.10142	福/集成 16.10361	福/集成 02.285	福/集成 02.285	福/集成 02.277
福/新收 1042	福/新收 1042	福/山東 611頁	福/璽彙 3753			
合　文						
𨟻里/璽彙 0546	𨟻里/璽彙 0538					

250. 酉

《說文解字・卷十四・酉部》:「[illegible]，就也。八月黍成，可爲酎酒。象古文酉之形。凡酉之屬皆从酉。[illegible]，古文酉。从卯，卯爲春門，萬物已出。酉爲秋門，萬物已入。一，閉門象也。」甲骨文作[illegible]（合 33093）、[illegible]（合 07075）；金文作[illegible]（遹簋）、[illegible]（郐王義楚觶）、[illegible]（鄂君啟車節）；楚系簡帛文字作[illegible]

〔註 315〕孫海波：《誠齋殷墟文字》考釋，頁 11。

（新甲 3.46）、（包 2.68）、（包 2.221）。林義光謂「本義即為酒。象釀器形，酒所容也。」〔註 316〕

齊系「酉」字單字作（集成 01.172）、（集成 16.10361）、（集成 15.9700）、（遺珍 44 頁）。字形筆畫或簡省，作（酷/陶錄 2.553.3）；或簡省上半部分，作（將/歷博 1993.2）；或與「八」形相結合共筆，例：（䣭/山東 173 頁）。

單　字						
酉/集成 01.172	酉/集成 01.175	酉/集成 01.177	酉/集成 01.178	酉/集成 01.179	酉/集成 01.180	酉/集成 16.10361
酉/集成 15.9700	酉/陶錄 3.478.1	酉/陶錄 3.615.2	酉/遺珍 44 頁	酉/遺珍 46 頁		
偏　旁						
僧/陶錄 2.13.1	醬/璽彙 0177	醬/璽彙 0234	痌/陶錄 3.547.5	痌/璽彙 0095	痌/璽彙 0307	醭/陶錄 2.76.4
醭/陶錄 2.99.2	醭/陶錄 2.76.2	醭/陶錄 2.76.3	醲/璽彙 2096	配/新收 1781	配/山東 161 頁	配/集成 09.4644
配/集成 01.285	配/集成 01.276	配/集成 01.280	配/集成 09.4629	配/集成 09.4630	歙/集成 16.10316	歙/集成 12.6511
歙/集成 12.6511	歙/集錄 290	慗/璽彙 2096	慗/陶錄 2.543.4	慗/陶錄 2.544.1	慗/陶錄 2.544.2	慗/陶錄 2.671.4
慗/陶錄 2.543.2	酷/後李二 2	酷/後李六 1	酷/陶錄 2.564.2	酷/陶錄 2.564.3	酷/陶錄 2.564.4	酷/陶錄 2.563.3

〔註 316〕林義光：《文源》，頁 119。

酷/陶錄 2.674.1	酷/陶錄 2.674.2	酷/陶錄 2.553.2	酷/陶錄 2.553.3	酷/陶錄 2.554.2	酷/陶錄 2.557.2	酷/陶錄 2.557.3
酷/陶錄 2.555.2	酷/陶錄 2.556.1	酷/陶錄 2.556.2	酷/陶錄 2.558.1	酷/陶錄 2.558.3	酷/陶錄 2.558.4	酷/陶錄 2.559.2
酷/陶錄 2.559.3	酷/陶錄 2.560.1	酷/陶錄 2.560.2	酷/陶錄 2.561.1	酷/陶錄 2.561.2	酷/陶錄 2.562.1	酷/陶錄 2.562.3
造（[illegible]）/ 集成 17.11123	酓/璽彙 3395	酓/陶錄 3.3.4	酓/陶錄 3.3.1	酓/陶錄 3.603.2	尊（隮）/ 新收 1091	尊（隮）/ 璽彙 1956
尊（隮）/ 集成 05.2641	尊（隮）/ 集成 14.9096	尊（隮）/ 集成 16.10007	尊（隮）/ 集成 04.2268	尊（隮）/ 集成 03.614	尊（隮）/ 集成 04.2146	尊（隮）/ 集成 06.3670
尊（隮）/ 集成 08.4127	尊（隮）/ 集成 07.4037	尊（隮）/ 集成 07.3893	尊（隮）/ 集成 07.4111	尊（隮）/ 集成 07.4019	尊（隮）/ 集成 05.2640	尊（隮）/ 集成 03.608
尊（隮）/ 集成 07.3828	尊（隮）/ 集成 07.3831	尊（隮）/ 集成 03.593	尊（隮）/ 山東 172 頁	尊（隮）/ 山東 173 頁	尊（隮）/ 山東 189 頁	尊（隮）/ 山東 235 頁
尊（[illegible]）/ 古研 29.311	尊（隮）/ 古研 29.310	尊（隮）/ 考古 2011.2.16	尊（隮）/ 考古 2010.8.33	尊（隮）/ 考古 2010.8.33	[illegible]/陶錄 3.559.2	[illegible]/集成 18.12089
㱃/集成 16.10371	醴/遺珍 38 頁	醴/遺珍 38 頁	猶/陶錄 2.654.1	猶/集成 09.4646	猶/集成 18.12089	將/歷博 1993.2

鐳/陶錄 2.588.2	鐳/集成 16.10371					
合 文						
鐳月/集成 18.11259						

251. 壺

《說文解字・卷十・壺部》:「■,昆吾圜器也。象形。从大,象其蓋也。凡壺之屬皆从壺。」甲骨文作■(合 18561)、■(合 39652);金文作■(長隹壺爵)。羅振玉認為,字象上有蓋,旁有耳之壺形。〔註 317〕

齊系「壺」字單字字形更象形,飾筆更多,作■(集成 15.9704)、■(集成 15.9513)、■(考古 1991.4)、■(山東 611 頁)。偏旁字形筆畫簡省,例:■(懿/集成 12.6511)。

單 字						
壺/集成 15.9729	壺/集成 15.9730	壺/集成 15.9704	壺/集成 15.9687	壺/集成 15.9688	壺/集成 15.9700	壺/集成 15.9579
壺/集成 15.9659	壺/集成 15.9513	壺/集成 15.9632	壺/集成 15.9733	壺/集成 15.9560	壺/集成 15.9559	壺/集成 15.9709
壺/遺珍 65 頁	壺/山東 611 頁	壺/歷文 2007.5.75	壺/考古 1991.4	壺/遺珍 38 頁	壺/遺珍 38 頁	
偏 旁						
懿/集成 07.3939	懿/集成 12.6511	懿/集成 12.6511	懿/山東 104 頁			

〔註 317〕羅振玉:《增訂殷虛書契考釋》卷中,頁 37。

252. 奠

《說文解字・卷五・丌部》:「[illegible]，置祭也。从酋。酋，酒也。下其丌也。《禮》有奠祭者。」甲骨文作[illegible]（合 22507）、[illegible]（合 09658）；金文作[illegible]（師晨鼎）、[illegible]（克鎛）、[illegible]（弔專父盨）；楚系簡帛文字作[illegible]（包 2.260）。羅振玉謂「象尊有薦。」〔註 318〕吳其昌謂「象尊酉之屬，承之以薦，或几或棜禁之形。」〔註 319〕季旭昇師謂「象置酉於一上以行奠祭，一為地形？丌形？薦形？均難確指，然一非丌之省。卜辭未有作[illegible]形者，周金文作[illegible]，乃文字之增繁現象。」〔註 320〕

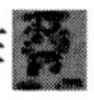

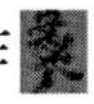

齊系「奠」字單字作置酉於丌之形，[illegible]（集成 16.9975），或增加點形飾筆作[illegible]（陶錄 2.59.3）。

單　字						
 奠/集成 16.9975	 奠/集成 15.9703	 奠/璽彙 0291	 奠/璽彙 3701	 奠/璽彙 0314	奠/陶錄 2.58.1	 奠/陶錄 2.113.4
 奠/陶錄 2.58.2	 奠/陶錄 2.58.4	 奠/陶錄 2.59.4	 奠/陶錄 2.59.3	 奠/陶錄 2.59.2	 奠/陶彙 3.19	 奠/璽考 312 頁
 奠/新收 1076	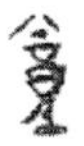 奠/山大 10	 奠/後李一 6				
偏　旁						
 鄭/璽彙 0314	 鄭/璽考 41 頁					

253. 㫗

《說文解字・卷五・㫗部》:「[illegible]，山陵之厚也。从㫗从厂。垕，古文厚从后土。」甲骨文作[illegible]（後 2.32.11）。用作偏旁時，甲骨文作[illegible]（厚/合 34124）；

〔註 318〕羅振玉：《增訂殷虛書契考釋》卷中，頁 73。
〔註 319〕吳其昌：《殷虛書契解詁》（臺北：藝文印書館，1960 年），頁 276。
〔註 320〕季旭昇師：《甲骨文字根研究》，頁 685。

金文作[glyph]（厚/厚趠方鼎）、[glyph]（厚/井人妄鐘）；楚系簡帛文字作[glyph]（厚/上 1.孔.15）。唐蘭謂「象巨口狹頸之容器。」〔註 321〕

齊系「㫗」字偏旁字形作[glyph]（厚/集成 01.285）、[glyph]（厚/集成 01.274）。

偏旁						
厚/集成 09.4689	 厚/集成 09.4690	 厚/集成 09.4691	 厚/集成 01.285	 厚/集成 16.10086	 厚/集成 09.4690	 厚/集成 09.4691
 厚/集成 01.274	 厚/山東 627 頁					
合文						
 厚子/新收 1075	 厚子/新收 1075					

254. 缶

《說文解字・卷五・缶部》：「[glyph]，瓦器。所以盛酒漿。秦人鼓之以節謌。象形。凡缶之屬皆从缶。」甲骨文作[glyph]（合 20837）；金文作[glyph]（偁古乍且癸簋）、[glyph]（蔡侯朱缶）；楚系簡帛文字作[glyph]（望 2.46）、[glyph]（包 2.255）。季旭昇師謂「缶為大腹而斂口的容器的泛稱，其專稱則指盛酒、水之器，也可以作樂器。商代稱為瓿（見婦好瓿）。甲骨文象缶形，下象器口，上象蓋紐。」〔註 322〕

齊系「缶」字單字與楚系[glyph]形相同。偏旁字形作甲骨[glyph]形、金文[glyph]形和楚系[glyph]形；或字形筆畫簡省，例：[glyph]（匋/陶錄 2.159.3）。

單字						
 缶/陶錄 2.289.1	 缶/陶錄 3.548.1					

〔註 321〕唐蘭：《殷墟文字記》，頁 31。

〔註 322〕季旭昇師：《說文新證》，頁 445。

偏　旁						

匋/後李三 7	匋/後李一 7	匋/後李一 8	匋/後李三 1	匋/歷文 2009.2.51	匋/歷文 2009.2.51	匋/集成 18.11651

匋/集成 15.9688	匋/集成 09.4668	匋/璽考 66 頁	匋/璽考 50 頁	匋/璽考 66 頁	匋/璽考 66 頁	匋/陶錄 3.549.1

匋/陶錄 2.257.2	匋/陶錄 2.152.3	匋/陶錄 2.549.3	匋/陶錄 2.257.1	匋/陶錄 2.211.1	匋/陶錄 2.311.1	匋/陶錄 2.38.1

匋/陶錄 2.40.2	匋/陶錄 2.663.4	匋/陶錄 2.83.4	匋/陶錄 2.90.3	匋/陶錄 2.90.4	匋/陶錄 2.92.1	匋/陶錄 2.92.2

匋/陶錄 2.92.3	匋/陶錄 2.94.2	匋/陶錄 2.94.3	匋/陶錄 2.95.1	匋/陶錄 2.96.1	匋/陶錄 2.96.3	匋/陶錄 2.96.4

匋/陶錄 2.97.2	匋/陶錄 2.97.3	匋/陶錄 2.98.2	匋/陶錄 2.99.1	匋/陶錄 2.99.3	匋/陶錄 2.99.4	匋/陶錄 2.100.2

匋/陶錄 2.101.1	匋/陶錄 2.101.4	匋/陶錄 2.102.1	匋/陶錄 2.105.1	匋/陶錄 2.105.4	匋/陶錄 2.108.1	匋/陶錄 2.109.1

匋/陶錄 2.111.3	匋/陶錄 2.115.2	匋/陶錄 2.115.3	匋/陶錄 2.116.1	匋/陶錄 2.117.3	匋/陶錄 2.117.4	匋/陶錄 2.119.4

匋/陶錄 2.120.4	匋/陶錄 2.129.1	匋/陶錄 2.129.3	匋/陶錄 2.130.1	匋/陶錄 2.130.2	匋/陶錄 2.131.2	匋/陶錄 2.131.3

匋/陶錄 2.133.1	匋/陶錄 2.134.1	匋/陶錄 2.134.3	匋/陶錄 2.135.4	匋/陶錄 2.136.2	匋/陶錄 2.142.4	匋/陶錄 2.137.1

匋/陶錄 2.138.1	匋/陶錄 2.139.1	匋/陶錄 2.139.4	匋/陶錄 2.140.2	匋/陶錄 2.140.3	匋/陶錄 2.143.1	匋/陶錄 2.144.1
匋/陶錄 2.146.2	匋/陶錄 2.144.4	匋/陶錄 2.144.4	匋/陶錄 2.151.1	匋/陶錄 2.152.2	匋/陶錄 2.154.1	匋/陶錄 2.155.1
匋/陶錄 2.156.1	匋/陶錄 2.159.3	匋/陶錄 2.159.4	匋/陶錄 2.164.1	匋/陶錄 2.164.4	匋/陶錄 2.159.2	匋/陶錄 2.170.1
匋/陶錄 2.170.3	匋/陶錄 2.180.2	匋/陶錄 2.182.1	匋/陶錄 2.182.4	匋/陶錄 2.184.1	匋/陶錄 2.185.4	匋/陶錄 2.186.3
匋/陶錄 2.190.1	匋/陶錄 2.190.2	匋/陶錄 2.191.3	匋/陶錄 2.195.2	匋/陶錄 2.196.1	匋/陶錄 2.197.1	匋/陶錄 2.197.2
匋/陶錄 2.196.4	匋/陶錄 2.198.1	匋/陶錄 2.199.3	匋/陶錄 2.200.1	匋/陶錄 2.201.1	匋/陶錄 2.205.1	匋/陶錄 2.205.2
匋/陶錄 2.206.2	匋/陶錄 2.208.1	匋/陶錄 2.208.4	匋/陶錄 2.211.2	匋/陶錄 2.212.1	匋/陶錄 2.218.2	匋/陶錄 2.218.3
匋/陶錄 2.218.4	匋/陶錄 2.219.2	匋/陶錄 2.220.4	匋/陶錄 2.221.4	匋/陶錄 2.222.1	匋/陶錄 2.225.3	匋/陶錄 2.226.1
匋/陶錄 2.228.1	匋/陶錄 2.230.2	匋/陶錄 2.231.1	匋/陶錄 2.236.2	匋/陶錄 2.663.2	匋/陶錄 2.237.2	匋/陶錄 2.238.1
匋/陶錄 2.238.4	匋/陶錄 2.239.4	匋/陶錄 2.240.4	匋/陶錄 2.241.2	匋/陶錄 2.247.1	匋/陶錄 2.248.4	匋/陶錄 2.249.3

匋/陶錄 2.249.4	匋/陶錄 2.250.2	匋/陶錄 2.251.2	匋/陶錄 2.251.3	匋/陶錄 2.258.1	匋/陶錄 2.257.3	匋/陶錄 2.258.3
匋/陶錄 2.261.3	匋/陶錄 2.285.3	匋/陶錄 2.285.4	匋/陶錄 2.309.1	匋/陶錄 2.312.1	匋/陶錄 2.314.2	匋/陶錄 2.314.3
匋/陶錄 2.314.4	匋/陶錄 2.315.1	匋/陶錄 2.435.3	匋/陶錄 2.436.4	匋/陶錄 2.548.1	匋/陶錄 2.548.3	匋/陶錄 2.548.4
匋/陶錄 2.549.1	匋/陶錄 2.549.2	匋/陶錄 2.549.4	匋/陶錄 2.659.1	匋/陶錄 2.667.3	匋/陶錄 2.551.1	匋/陶錄 2.551.3
匋/陶錄 2.550.4	匋/陶錄 2.551.4	匋/陶錄 2.658.1	匋/陶錄 2.562.1	匋/陶錄 2.533.1	匋/陶錄 2.664.1	匋/陶錄 2.665.4
匋/陶錄 2.434.3	匋/陶錄 3.30.1	匋/陶錄 3.31.1	匋/陶錄 2.62.2	匋/陶錄 2.315.3	匋/陶錄 2.248.3	匋/陶錄 2.666.2
匋/陶錄 2.429.2	匋/陶錄 2.146.2	匋/陶錄 2.113.4	匋/陶錄 2.170.1	匋/陶錄 2.667.1	匋/陶錄 2.667.2	匋/陶錄 3.29.2
匋/陶錄 2.434.3	匋/陶錄 2.741.3	匋/陶錄 3.29.4	匋/璽彙 0272	⿺辶匋/集成 01.285	⿺辶匋/銘文選 848	釜/璽彙 0289
釜/璽彙 0290	釜/集成 16.10371	釜/集成 16.10374	釜/集成 16.10374	釜/集成 16.10374	釜/集成 16.10371	釜/集成 16.10374
釜/璽考 42	釜/璽考 42	釜/璽考 42	釜/璽考 43	釜/陶錄 2.646.1	釜/陶錄 2.1.1	釜/陶錄 2.6.4

釜/陶錄 2.7.1	釜/陶錄 2.7.2	釜/陶錄 2.10.1	釜/陶錄 2.11.1	釜/陶錄 2.12.4	釜/陶錄 2.13.2	釜/陶錄 2.14.3
釜/陶錄 2.14.1	釜/陶錄 2.16.1	釜/陶錄 2.16.4	釜/陶錄 2.20.2	釜/陶錄 2.20.4	釜/陶錄 2.34.4	釜/陶錄 2.40.2
釜/陶錄 2.41.2	釜/陶錄 2.41.4	釜/陶錄 2.46.2	釜/陶錄 2.654.1	罍/集成 16.10007	罍/集成 16.10006	焅/歷博 46.35
焅/陶錄 2.397.4	焅/陶錄 2.397.1	焅/陶錄 2.404.1	焅/陶錄 2.404.4	焅/陶錄 2.396.2	焅/陶錄 2.396.3	焅/陶錄 2.397.2
焅/陶錄 2.398.1	焅/陶錄 2.398.3	焅/陶錄 2.403.3	焅/陶錄 2.399.2	焅/陶錄 2.400.1	焅/陶錄 2.403.4	焅/陶錄 2.401.3
焅/陶錄 2.396.4	焅/陶錄 2.399	焅/陶錄 2.401.1	焅/陶錄 2.401.2	焅/陶錄 2.402.3	焅/陶錄 2.403.2	焅/陶錄 2.400.3
寶/集成 03.717	寶/集成 03.717	寶/集成 04.2426	寶/集成 16.10263	寶/集成 09.4690	寶/集成 01.271	寶/集成 16.10261
寶/集成 16.10361	寶/集成 08.4190	寶/集成 03.694	寶/集成 09.4567	寶/集成 16.10116	寶/集成 16.10154	寶/集成 07.4041
寶/集成 16.10222	寶/集成 16.10275	寶/集成 04.2495	寶/集成 07.3899	寶/集成 07.3900	寶/集成 07.3901	寶/集成 10.5245
寶/集成 15.9687	寶/集成 15.9688	寶/集成 15.9687	寶/集成 03.565	寶/集成 09.4570	寶/集成 09.4560	寶/集成 07.3740

寶/集成 09.4574	寶/集成 16.10135	寶/集成 16.10266	寶/集成 04.2589	寶/集成 16.10221	寶/集成 07.3772	寶/集成 07.3977
寶/集成 07.3893	寶/集成 07.4037	寶/集成 16.10114	寶/集成 16.10115	寶/集成 03.690	寶/集成 09.4428	寶/集成 16.10242
寶/集成 16.10246	寶/集成 09.4642	寶/集成 09.4519	寶/集成 04.2591	寶/集成 01.285	寶/文明 6.200	寶/古研 29.311
寶/古研 29.310	寶/古研 29.395	寶/古研 29.396	寶/中新網 2012.8.11	寶/中新網 2012.8.11	寶/中新網 2012.8.11	寶/瑯琊網 2012.4.18
寶/考古 2010.8.33	寶/考古 2011.2.16	寶/考古 1989.6	寶/山東 696 頁	寶/遺珍 33 頁	寶/遺珍 32 頁	寶/文博 2011.2
鞄（鞛）/ 璽彙 3544	鞄（鞛）/ 陶錄 2.285.4	鞄（鞷）/ 集成 01.271	鞄（鞷）/ 歷文 2009.2.51			
合　文						
永寶/集成 05.2602						

255. 公

《說文解字．卷二．八部》：「[illegible]，平分也。从八从厶。八猶背也。韓非曰：背厶爲公。」甲骨文作[illegible]（合 36542）；金文[illegible]（師望鼎）；楚系簡帛文字作[illegible]（包 2.83）。朱芳圃謂「口，象侈口深腹圜底之器，當為瓮之初文。」〔註 323〕季旭昇師謂「『八』形象提把。」〔註 324〕

〔註 323〕朱芳圃：《殷周文字釋叢》，頁 94。

〔註 324〕季旭昇師：《說文新證》，頁 86。

齊系「公」字單字作（集成 01.274）；字形或下部增加小撇畫作（陶錄 2.176.1）；或口形中增加點形或短橫畫飾筆作（集成 18.11651）；或字形下部增加「二」形飾筆作（陶錄 3.210.1）。偏旁字形作、形。

單字						
公/集成 17.11124	公/集成 15.9709	公/集成 17.11051	公/集成 09.4649	公/集成 09.4649	公/集成 01.150	公/集成 01.140
公/集成 01.245	公/集成 01.140	公/集成 01.102	公/集成 15.9709	公/集成 03.648	公/集成 09.4574	公/集成 09.4593
公/集成 03.565	公/集成 07.3670	公/集成 07.3828	公/集成 07.3829	公/集成 07.3831	公/集成 01.36	公/集成 09.4642
公/集成 07.3817	公/集成 07.3818	公/集成 09.4458	公/集成 09.4458	公/集成 09.4574	公/集成 15.9513	公/集成 16.10144
公/集成 01.102	公/集成 09.4654	公/集成 09.4655	公/集成 09.4656	公/集成 09.4657	公/集成 01.274	公/集成 15.9704
公/集成 01.274	公/集成 01.275	公/集成 01.276	公/集成 01.276	公/集成 01.276	公/集成 01.276	公/集成 01.273
公/集成 01.276	公/集成 01.280	公/集成 01.280	公/集成 01.280	公/集成 01.282	公/集成 01.285	公/集成 15.9733
公/集成 01.285	公/集成 01.285	公/集成 01.285	公/集成 01.285	公/集成 01.285	公/集成 01.285	公/集成 15.9733
公/集成 01.285	公/集成 01.285	公/集成 01.285	公/集成 01.272	公/集成 15.9709	公/集成 15.9733	公/集成 01.273

公/集成 15.9733	公/集成 15.9733	公/集成 04.2268	公/集成 18.11125	公/集成 18.11651	公/集成 01.245	公/陶錄 3.211.4
公/陶錄 3.2.4	公/陶錄 3.3.4	公/陶錄 3.4.1	公/陶錄 3.212.4	公/陶錄 3.420.1	公/陶錄 3.420.3	公/陶錄 3.1.3
公/陶錄 3.420.4	公/陶錄 3.421.3	公/陶錄 3.209.5	公/陶錄 3.210.2	公/陶錄 3.210.3	公/陶錄 3.212.1	公/陶錄 3.420.6
公/陶錄 3.1.2	公/陶錄 3.212.3	公/陶錄 3.212.6	公/陶錄 3.638.4	公/陶錄 2.555.2	公/陶錄 2.176.1	公/陶錄 3.421.1
公/陶錄 2.405.2	公/陶錄 2.41.3	公/陶錄 2.36.2	公/陶錄 2.41.2	公/陶錄 2.39.2	公/陶錄 2.40.2	公/陶錄 3.421.4
公/陶錄 2.41.2	公/陶錄 2.41.4	公/陶錄 2.26.3	公/陶錄 2.6.3	公/陶錄 2.83.1	公/陶錄 2.176.3	公/陶錄 3.421.5
公/陶錄 2.292.4	公/陶錄 2.405.2	公/陶錄 2.382.1	公/陶錄 2.382.2	公/陶錄 2.366.3	公/陶錄 2.437.1	公/陶錄 3.422.1
公/陶錄 2.555.1	公/陶錄 2.555.2	公/陶錄 2.556.1	公/陶錄 2.405.3	公/陶錄 2.405.4	公/陶錄 3.4.2	公/陶錄 3.424.3
公/陶錄 3.4.1	公/陶錄 3.14.3	公/陶錄 3.15.1	公/陶錄 3.15.2	公/陶錄 3.16.4	公/陶錄 3.420.5	公/陶錄 3.2.1
公/陶錄 3.424.6	公/陶錄 3.624.3	公/陶錄 3.638.5	公/陶錄 3.640.2	公/陶錄 3.210.1	公/陶錄 3.210.4	公/陶錄 3.212.2

公/璽彙 3554	公/璽彙 3920	公/璽彙 0266	公/璽彙 3676	公/璽彙 5643	公/璽彙 3679	公/璽彙 5558
公/齊幣 356	公/齊幣 381	公/桓台 40	公/貨系 2660	公/集錄 004	公/陶彙 3.807	公/發現 75
公/山東 76 頁	公/山東 76 頁	公/山東 379 頁	公/山東 218 頁	公/山東 104 頁	公/山東 103 頁	公/山東 103 頁
公/山東 103 頁	公/山東 103 頁	公/山東 76 頁	公/山東 76 頁	公/新收 1043	公/新收 1109	公/後李八 1
公/後李八 2	公/古研 29.396	公/國史 1 金 1.13	公/考古 2010.8.3	公/考古 2011.2.16	公/中新網 2012.8.11	公/金文總集 10.7678
公/遺珍 067	公/三代 10.17.3	公/古研 29.310	公/古研 29.396	公/古研 29.396	公/璽考 334 頁	公/璽考 300 頁
公/璽考 42 頁	公/璽考 301 頁	公/璽考 42 頁	公/璽考 301 頁			
偏　旁						
悤/陶錄 3.529.4	悤/陶錄 3.529.5	悤/陶錄 3.529.6	苁/璽彙 3676	苁/陶錄 2.284.2	貧/集成 09.4630	貧/新收 1781
貧/集成 09.4629						
合　文						
公卿/陶錄 2.381.3	公卿/陶錄 2.381.4	公子/集成 17.11120	公子/璽彙 0240	公孫/璽彙 3915	公孫/璽彙 3918	公孫/璽彙 3921

 公孫/璽彙 3922	 公孫/璽彙 3923	 公孫/璽彙 3912	 公孫/璽彙 3914	 公孫/璽彙 3726	 公孫/璽彙 5687	 公孫/璽彙 3896
 公乘/璽彙 3554	 公孫/陶錄 2.280.2	 公孫/璽彙 1556	 公區/陶錄 2.36.1	 公區/陶錄 2.39.3	 公區/陶錄 2.38.4	 公區/陶錄 2.39.1
 公區/陶錄 2.37.1	 公區/陶錄 2.37.2	 公區/陶錄 2.38.1	 公區/陶錄 2.38.2			

256. 皿

《說文解字・卷五・皿部》:「，飯食之用器也。象形。與豆同意。凡皿之屬皆从皿。讀若猛。」甲骨文作（合 28173）、（合 26789）；金文作（皿天方彝蓋）、（皿屖簋）。用作偏旁時，楚系簡帛文字作（監/清 1.皇.12）、（監/清 2.繫.1）。段玉裁注「象形。與豆同意。上象其能容。中象其體。下象其底也。與豆略同而少異。」〔註 325〕

齊系「皿」字偏旁承襲甲骨形，或下部增加橫畫飾筆，例：（盥/集成 15.9704）；或上部增加飾筆，例：（盎/陶錄 3.322.6）；或上部字形下垂，例：（鹽/璽彙 0198）；或上部字形下垂後，其小撇畫分離，例：（盂/集成 15.9703）。

偏　旁						
 監/集成 17.10893	 監/陶錄 3.1.2	 監/陶錄 3.1.3	 監/陶錄 3.2.1	 監/古研 29.395	 監/古研 29.396	 沫（釁）/ 瑯琊網 2012.4.18
 沫（釁）/ 瑯琊網 2012.4.18	 沫（釁）/ 集成 16.10163	 沫（釁）/ 集成 15.9709	 沫（釁）/ 集成 16.10361	 沫（釁）/ 集成 16.10280	 沫（釁）/ 集成 09.4645	 沫（釁）/ 集成 01.277

〔註 325〕清・段玉裁：《說文解字註》，頁 373。

沬（釁） /集成 16.10318	沬（釁）/ 集成 01.285	沬（釁）/新 收 1043	沬（釁）/ 集成 15.9729	沬（釁）/ 集成 16.10007	沬（釁）/ 集成 16.10006	沬（釁）/ 集成 05.2586
沬（釁）/ 集成 09.4623	沬（釁）/ 集成 09.4690	沬（釁）/ 集成 07.3987	沬（釁）/ 集成 01.245	沬（釁）/ 集成 09.4574	沬（釁）/ 集成 01.102	沬（釁）/ 集成 16.10277
沬（𩓥）/ 山東 696 頁	沬（𩓥）/ 集成 03.670	沬（𩓥）/ 集成 01.178	沬（𩓥）/ 集成 03.717	沬（𩓥）/ 集成 03.939	沬（𩓥）/ 集成 05.2639	沬（𩓥）/ 集成 09.4441
沬（𩓥）/ 集成 07.4110	沬（𩓥）/ 集成 09.4441	沬（𩓥）/ 集成 15.9687	沬（𩓥）/ 集成 09.4570	沬（𩓥）/ 集成 09.4560	沬（𩓥）/ 集成 09.4560	沬（𩓥）/ 集成 09.4567
沬（𩓥）/ 集成 09.4458	沬（𩓥）/ 集成 09.4458	沬（𩓥）/ 集成 09.4444	沬（𩓥）/ 集成 09.4443	沬（𩓥）/ 集成 05.2641	沬（𩓥）/ 集成 07.3944	沬（𩓥）/ 集成 01.173
沬（𩓥）/ 集成 09.4568	沬（𩓥）/ 遺珍 38 頁	沬（𩓥）/ 遺珍 67 頁	沬（𩓥）/ 新收 1045	沬（𩓥）/ 新收 1091	沬（𩓥）/ 新收 1045	沬（𥁕）/ 集成 01.87
沬（𥁕）/ 集成 16.10151	沬（𥁕）/ 集成 16.10133	沬（𥁕）/ 集成 16.10263	孟/山東 104 頁	孟/山東 379 頁	孟/山東 170 頁	孟/三代 10.17.3
孟/集成 03.696	孟/集成 16.10142	孟/集成 16.9975	孟/集成 17.11128	孟/集成 15.9729	孟/集成 15.9730	孟/集成 15.9730

孟/集成 16.10144	孟/集成 07.3939	孟/集成 16.10277	孟/集成 07.3988	孟/集成 03.685	孟/集成 16.10159	孟/集成 09.4592
孟/集成 09.4593	孟/集成 03.686	孟/集成 16.10272	孟/集成 05.2601	孟/集成 09.4574	孟/集成 03.718	孟/集成 04.2589
孟/集成 07.3939	孟/集成 15.9703	孟/集成 15.9975	孟/集成 17.11000	孟/璽彙 1365	孟/璽彙 1366	孟/陶錄 2.548.1
孟/陶錄 2.548.3	孟/陶錄 2.548.4	孟/陶錄 2.549.1	孟/陶錄 2.549.2	孟/陶錄 2.549.3	孟/陶錄 2.550.2	孟/陶錄 2.550.4
孟/陶錄 2.551.1	孟/陶錄 2.551.3	孟/陶錄 2.553.2	孟/陶錄 2.667.3	孟/銘文選 2.865	盨/集成 09.4441	盨/集成 09.4458
盨/集成 09.4440	盨/集成 09.4441	[illegible]/集成 16.10334	鑄/集成 01.47	鑄/集成 09.4560	鑄/集成 01.245	鑄/集成 09.4623
鑄/集成 01.150	鑄/集成 01.177	鑄/集成 01.285	鑄/集成 15.9709	鑄/集成 09.4570	鑄/集成 09.4570	鑄/集成 09.4127
鑄/集成 01.152	鑄/集成 03.596	鑄/集成 09.4642	鑄/集成 15.9513	鑄/集成 09.4574	鑄/集成 09.4470	鑄/集成 15.9730
鑄/集成 09.4629	鑄/集成 15.9729	鑄/集成 09.4630	鑄/集成 09.4560	鑄/集成 01.277	鑄/集成 16.10361	鑄/集成 15.9733

鑄/集成 01.173	鑄/集成 01.179	鑄/集成 01.149	鑄/集成 01.175	鑄/古研 29.396	鑄/三代 10.17.3	鑄/山東 379 頁
鑄/新收 1781	鑄/新收 1917	鑄（鐈）/ 璽彙 3760	匜（鉈）/ 新收 1733	匜（鉈）/ 集成 16.10194	匜（鉈）/ 集成 16.10280	槃（盤）/ 璽彙 0640
盁/陶錄 3.322.6	盁/陶錄 3.323.3	盁/陶彙 3.1020	盁/陶錄 3.322.1	盁/陶錄 3.322.2	盤/集成 16.10151	盤/集成 16.10115
盤/集成 16.10113	盤/集成 16.10114	盥/集成 16.10159	盥/集成 15.9659	盥/集成 15.9704	盥/集成 16.10163	盥/集成 16.10282
盥/集成 16.10283	盥/集成 16.10280	盥/新收 1043	盌/集成 16.10361	益/新收 1079	益/新收 1080	益/臨淄
盟/集成 14.9096	盟/集成 01.102	盟/集成 01.245	盟（盥）/ 璽考 55 頁	盟（盥）/ 璽彙 0201	盟（盥）/ 璽彙 0198	盟（盥）/ 璽彙 0200
盟（盥）/ 璽彙 0202	盟（盥）/ 璽彙 0322	盟（盥）/ 璽彙 5275	盟（盥）/ 集成 01.285	盟（盥）/ 集成 01.274	盟（盥）/ 集成 01.275	盟（盥）/ 集成 01.285
齍/陶彙 3.1019	齍/陶錄 3.62.4	齍/陶錄 3.62.5	齍/陶錄 3.63.2	齍/陶錄 3.62.6	齍/陶錄 3.63.3	齍/陶錄 3.63.4
齍/陶錄 3.63.5	齍/陶錄 3.63.1	齍/陶錄 3.638.3	齍/陶錄 3.62.2	鹽/集成 17.10975	鹽/璽彙 0322	鹽/璽彙 0198

盧/璽考 31頁	盧/璽考 43頁	盂/集成 16.10316	盂/集成 16.10318	盂/集成 15.9659	盂/集成 16.10283	盂（盄）/ 集成 16.10283
盚/集成 17.11033	盛/璽彙 1319	𥂴/集成 09.4649	𥂴/集成 08.4190	䈞（𥂴）/ 集成 09.4642		
合　文						
鑄其/集成 01.172						

257. 血

《說文解字・卷五・血部》:「[illegible]，祭所薦牲血也。从皿，一象血形。凡血之屬皆从血。」甲骨文作[illegible]（合 13562）；楚系簡帛文字作[illegible]（郭.語 1.45）。用作偏旁時，金文作[illegible]（卹/追簋）。羅振玉謂「血在皿中，側視之則為一，俯視之則成○矣。」〔註 326〕

齊系「血」字[illegible]（陶錄 3.181.2），單字與偏旁字形相同。

單　字						
血/陶錄 3.181.4	血/陶錄 3.181.1	血/陶錄 3.181.2	血/陶錄 3.181.3	血/新收 1781	血/集成 09.4629	血/集成 09.4630
偏　旁						
卹/集成 01.245	卹/集成 01.285	卹/集成 01.102	卹/集成 01.272	卹/集成 01.274	卹/集成 01.274	卹/集成 01.274
卹/集成 01.275	卹/集成 01.275	卹/集成 01.282	卹/集成 01.282	卹/集成 01.285	卹/集成 01.285	卹/集成 01.285

〔註 326〕羅振玉：《增訂殷虛書契考釋》卷中，頁 31。

屾/集成 01.285	屾/集成 01.285					

258. 去

《說文解字・卷五・去部》：「[illegible]，人相違也。从大凵聲。凡去之屬皆从去。」甲骨文作[illegible]（合 07148）、[illegible]（甲 764）；金文作[illegible]（哀成叔鼎）；楚系簡帛文字作[illegible]（郭.語 1.101）。裘錫圭謂「象器皿上有蓋子。」〔註 327〕季旭昇師認為，甲骨文「去」字有兩種字形，[illegible]形从大从口，會張大口而不闔（大形包住口或凵形），後世「去」的「離去」義可能是由「張口」義引申而出的。形則象器上有蓋，即「盍」字初文（大形與口形或凵形分離）。〔註 328〕

齊系「去」字偏旁字形承襲甲骨，甲骨兩種字形皆有。偶有字形將「口」形改作「一」形，例：[illegible]（瀍/集成 01.285）。

偏旁						
迲/璽彙 1433	迲/璽彙 1481	迲/桓台 40	瀍/集成 01.285	瀍/集成 01.275	瀍/山東 104 頁	
合文						
去疾/璽考 294 頁						

259. 昜

《說文解字・卷九・昜部》：「[illegible]，蜥昜，蝘蜓，守宮也，象形。《祕書》說：日月爲昜，象陰陽也。一曰从勿。凡昜之屬皆从昜。」甲骨文作[illegible]（河 784）、[illegible]（合 20263）；金文作[illegible]（旂鼎）、[illegible]（師酉簋）；楚系簡帛文字作[illegible]（郭.語 2.23）、[illegible]（信 1.01）。徐中舒謂「原字為[illegible]，象兩酒器相傾注承受之形，故會賜與之義，引申之而有更昜之義。後省為[illegible]，乃截取[illegible]之部份而成。」〔註 329〕

〔註 327〕裘錫圭：〈談談古文字資料對古漢語研究的重要性〉，《裘錫圭學術文集》卷 4，頁 42。

〔註 328〕季旭昇師：《說文新證》，頁 421。

〔註 329〕徐中舒：《甲骨文字典》，頁 1063。

齊系「易」字單字字形作（集成 01.285）、（古研 29.310）。偏旁字形作形，或簡省點畫和撇畫，例：（圖/陶錄 2.80.3）；或字形省略訛變，例：（圖/陶錄 2.248.3）；或增加「一」形，例：（圖/陶錄 2.602.1）。

單　字						
易/集成 01.285	易/集成 01.271	易/集成 07.4040	易/集成 07.4040	易/集成 07.4041	易/集成 05.2638	易/集成 01.273
易/集成 01.275	易/集成 01.274	易/集成 01.274	易/集成 01.275	易/集成 01.276	易/集成 01.281	易/集成 01.282
易/集成 01.285	易/集成 01.285	易/集成 01.285	易/集成 01.285	易/陶錄 2.286.2	易/陶錄 3.460.3	易/陶錄 3.460.2
易/古研 29.310	易/古研 29.311	易/古研 29.311	易/中新網 2012.8.11	易/山東 668 頁		
偏　旁						
敡/璽彙 4026	賜/璽彙 3697	圖/後李一 3	圖/後李四 1	圖/後李一 8	圖/後李一 5	圖/後李一 7
圖/璽彙 3751	圖/陶錄 2.75.4	圖/陶錄 2.78.2	圖/陶錄 2.586.2	圖/陶錄 2.587.1	圖/陶錄 2.55.3	圖/陶錄 2.38.1
圖/陶錄 2.58.4	圖/陶錄 2.59.3	圖/陶錄 2.61.3	圖/陶錄 2.62.2	圖/陶錄 2.63.1	圖/陶錄 2.64.4	圖/陶錄 2.65.3
圖/陶錄 2.65.4	圖/陶錄 2.66.3	圖/陶錄 2.68.1	圖/陶錄 2.69.3	圖/陶錄 2.74.1	圖/陶錄 2.73.4	圖/陶錄 2.75.1

 昜/陶錄 2.75.3	昜/陶錄 2.80.3	昜/陶錄 2.82.4	昜/陶錄 2.225.3	昜/陶錄 2.83.1	昜/陶錄 2.85.1	昜/陶錄 2.85.3
 昜/陶錄 2.86.2	昜/陶錄 2.666.2	昜/陶錄 2.660.1	昜/陶錄 2.139.1	昜/陶錄 2.141.1	昜/陶錄 2.143.1	昜/陶錄 2.144.4
 昜/陶錄 2.148.4	昜/陶錄 2.140.3	昜/陶錄 2.144.4	昜/陶錄 2.135.4	昜/陶錄 2.137.2	昜/陶錄 2.164.3	昜/陶錄 2.166.1
 昜/陶錄 2.166.3	昜/陶錄 2.167.1	昜/陶錄 2.167.2	昜/陶錄 2.170.1	昜/陶錄 2.170.3	昜/陶錄 2.171.1	昜/陶錄 2.172.1
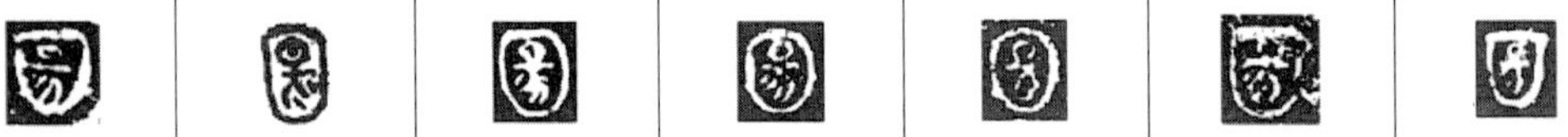 昜/陶錄 2.173.2	昜/陶錄 2.174.3	昜/陶錄 2.178.1	昜/陶錄 2.178.2	昜/陶錄 2.176.2	昜/陶錄 2.178.3	昜/陶錄 2.182.1
 昜/陶錄 2.182.4	昜/陶錄 2.180.2	昜/陶錄 2.184.3	昜/陶錄 2.185.3	昜/陶錄 2.196.4	昜/陶錄 2.186.3	昜/陶錄 2.186.4
 昜/陶錄 2.190.1	昜/陶錄 2.191.3	昜/陶錄 2.194.1	昜/陶錄 2.194.3	昜/陶錄 2.197.1	昜/陶錄 2.197.2	昜/陶錄 2.198.3
 昜/陶錄 2.199.3	昜/陶錄 2.200.2	昜/陶錄 2.201.3	昜/陶錄 2.203.3	昜/陶錄 2.205.2	昜/陶錄 2.206.1	昜/陶錄 2.206.4
 昜/陶錄 2.208.3	昜/陶錄 2.211.1	昜/陶錄 2.211.2	昜/陶錄 2.236.1	昜/陶錄 2.212.1	昜/陶錄 2.214.1	昜/陶錄 2.215.3
 昜/陶錄 2.220.1	昜/陶錄 2.220.3	昜/陶錄 2.224.2	昜/陶錄 2.226.1	昜/陶錄 2.659.3	昜/陶錄 2.663.2	昜/陶錄 2.240.4

⿴囗易/陶錄 2.664.1	⿴囗易/陶錄 2.231.1	⿴囗易/陶錄 2.248.3	⿴囗易/陶錄 2.253.4	⿴囗易/陶錄 2.264.1	⿴囗易/陶錄 2.259.1	⿴囗易/陶錄 2.287.2
⿴囗易/陶錄 2.261.3	⿴囗易/陶錄 2.261.4	⿴囗易/陶錄 2.259.4	⿴囗易/陶錄 2.291.3	⿴囗易/陶錄 2.293.1	⿴囗易/陶錄 2.294.3	⿴囗易/陶錄 2.298.1
⿴囗易/陶錄 2.298.2	⿴囗易/陶錄 2.299.2	⿴囗易/陶錄 2.300.2	⿴囗易/陶錄 2.565.3	⿴囗易/陶錄 2.567.1	⿴囗易/陶錄 2.573.1	⿴囗易/陶錄 2.574.1
⿴囗易/陶錄 2.578.1	⿴囗易/陶錄 2.576.3	⿴囗易/陶錄 2.589.1	⿴囗易/陶錄 2.589.3	⿴囗易/陶錄 2.590.4	⿴囗易/陶錄 2.591.1	⿴囗易/陶錄 2.593.3
⿴囗易/陶錄 2.593.4	⿴囗易/陶錄 2.594.1	⿴囗易/陶錄 2.594.3	⿴囗易/陶錄 2.595.4	⿴囗易/陶錄 2.596.1	⿴囗易/陶錄 2.596.2	⿴囗易/陶錄 2.597.1
⿴囗易/陶錄 2.695.3	⿴囗易/陶錄 2.597.4	⿴囗易/陶錄 2.599.3	⿴囗易/陶錄 2.600.2	⿴囗易/陶錄 2.602.1	⿴囗易/陶錄 2.602.3	⿴囗易/陶錄 2.603.4
⿴囗易/陶錄 2.604.2	⿴囗易/陶錄 2.604.4	⿴囗易/陶錄 2.576.4	⿴囗易/陶錄 2.607.1	⿴囗易/陶錄 2.607.4	⿴囗易/陶錄 2.613.3	⿴囗易/陶錄 2.613.4
⿴囗易/陶錄 2.615.4	⿴囗易/陶錄 2.618.2	⿴囗易/陶錄 2.620.1	⿴囗易/陶錄 2.621.1	⿴囗易/陶錄 2.627.1	⿴囗易/陶錄 2.628.4	⿴囗易/陶錄 2.634.1
⿴囗易/陶錄 2.635.3	⿴囗易/陶錄 2.637.4	⿴囗易/陶錄 2.640.4	⿴囗易/集成 09.4668	⿴囗易/璽考 65 頁	⿴囗易/璽考 65 頁	⿴囗易/璽考 66 頁
⿴囗易/璽考 66 頁	⿴囗易/璽考 66 頁	⿴囗易/璽考 65 頁	⿴囗易/歷博 43.16	⿴囗易/桓台 41	賜/集成 15.9733	賜/璽彙 2187

賜/璽彙 2201	賜/陶錄 3.161.5					

260. 勹

《說文解字・卷十四・勹部》:「，挹取也。象形，中有實，與包同意。凡勹之屬皆从勹。」金文作（勹方鼎）；楚系簡帛文字作（望 2.47）。張日昇謂「象勹形，中有實。」〔註 330〕

齊系「勹」字偏旁字形與金文形相似。

偏　旁						
邭/璽彙 0246						

261. 斗

《說文解字・卷十四・斗部》:「，十升也。象形，有柄。凡斗之屬皆从斗。」甲骨文作（合 21348）；金文作（秦公簋）。用作偏旁時，楚系簡帛文字作（料/清 1.至.5）。高鴻縉謂「乃挹注之器。有長柄，似杓而深，並如北斗七星之形。金文，象其傾注，故口向下也。」〔註 331〕

齊系偏旁「斗」字承襲甲骨金文字形。

偏　旁						
斣/璽彙 1278						

262. 升

《說文解字・卷十四・斗部》:「，十龠也。从斗，亦象形。」甲骨文作(合 30973)；金文作（秦公簋）；楚系簡帛文字作（郭.唐.16）。季旭昇師認為，「升」當象以「斗」挹酒登進祭神之意，登進祭神之建築亦謂之「升」，

〔註 330〕周法高主編：《金文詁林》，頁 108。

〔註 331〕高鴻縉：《中國字例》，頁 163。

引伸為一切升進，假借為十龠之容量單位。〔註 332〕

齊系「升」字作（陶錄 2.220.1），承襲甲骨金文字形。字形下部加短橫畫或點形飾筆，與「斗」字字形以示區分。

單字						
升/陶錄 2.220.1						
偏旁						
盨（𣛭）/集成 09.4445	盨（𣛭）/集成 09.4442	盨（𣛭）/集成 09.4442	盨（𣛭）/集成 09.4443	粆/璽考 59 頁	粆/集成 16.10374	粆/發現 75
粆/陶錄 2.46.3	粆/陶錄 2.47.3	粆/陶錄 2.47.2	粆/陶錄 2.46.4	粆/陶錄 2.644.1	陞/陶錄 2.191.3	陞/陶錄 2.403.1
陞/陶錄 2.665.4	陞/陶錄 2.191.1	陞/陶錄 2.192.1	陞/陶錄 2.193.1	料（㪦）/集成 16.10374	盂（𥁰）/集成 16.10283	

263. 匕

《說文解字・卷八・匕部》：「，相與比敘也。从反人。匕，亦所以用比取飯，一名柶。凡匕之屬皆从匕。」甲骨作（合 27578）；金文作（未工冊乍匕戊鼎）；楚系文字作（望 2.56）。王恩田謂「字形取象於木製的肉匕……上端的歧出或勾是用來勾肉和叉肉用的，並非用來掛於鼎或其他容器之唇者。」〔註 333〕

齊系「匕」字作（璽彙 5706），單字與偏旁字形相同。

〔註 332〕季旭昇師：《說文新證》，頁 937。

〔註 333〕王恩田：〈釋匕氏示〉，《香港中文大學第二屆國際中國古文字學研討會論文集》，1993 年，頁 133～140。

單　字						
匕/璽彙 5706						
偏　旁						
偡/陶錄 2.85.1	偡/陶錄 2.119.1	偡/陶錄 2.119.2	偡/陶錄 2.140.1	㪨/集成 15.9733	㪨/集成 15.9733	甚/陶錄 2.167.2
甚/陶錄 2.167.1						
合　文						
四匹/中新網 2012.8.11	四匹/中新網 2012.8.11					

264. 且

《說文解字・卷十四・且部》：「[且]，薦也。从几，足有二橫，一其下地也。凡且之屬皆从且。」甲骨文作[且]（合 20576）；金文作[且]（史牆盤）、[且]（且戊鼎）；楚系簡帛文字作[且]（郭.唐.5）。唐蘭謂「且即盛肉之俎。……且字本當作[且]，象俎形，其作[且]或[且]者，蓋象房俎，於俎上施橫格也。」〔註 334〕

齊系「且」字單字和偏旁字形作[且]（集成 01.245）。偏旁字形或增加表示橫格形的筆畫，並發生訛變，例：[字]（[字]/陶錄 2.368.1）；或訛變為「田」形加「一」形的字形，例：[字]（[字]/璽彙 3544）；或省略俎上的橫格形，例：[字]（[字]/集成 16.10147）。

單　字						
且/集成 01.87	且/集成 01.245	且/集成 09.4649	且/集成 01.142	且/山東 507 頁	且/貨系 2654	且/考古 2010.2.16

〔註 334〕唐蘭：〈殷虛文字二記〉，《古文字研究》第 1 輯（北京：中華書局，1979 年），頁 55～62。

且/考古 2010.8.33	且/考古 2010.8.33	且/中新網 2012.8.11				
偏　旁						
鄭/齊幣 300	鄭/齊幣 347	鄭/貨系 2496	鄭/璽彙 3682	𨟙/齊幣 347	節/貨系 3795	嬗/集成 07.3816
瞕/璽彙 0306	𢡟/陶錄 3.390.2	𢡟/陶錄 3.389.5	蹲/陶錄 3.415.3	蹲/陶錄 3.415.1	蹲/陶錄 3.415.2	燇/璽彙 3561
樽/陶錄 2.568.2	樽/陶錄 2.570.2	樽/陶錄 2.362.4	樽/陶錄 2.298.3	社（根）/集成 09.4629	蓴/璽彙 3755	蓴/後李三6
蓴/陶錄 2.301.4	蓴/陶錄 3.461.1	蓴/陶錄 3.461.6	蓴/陶錄 2.368.1	蓴/陶錄 3.461.2	蓴/陶錄 2.281.2	蓴/陶錄 2.568.2
蓴/陶錄 2.51.1	蓴/陶錄 2.652.1	蓴/陶錄 2.52.1	蓴/陶錄 2.52.2	蓴/陶錄 2.282.1	蓴/陶錄 2.683.1	蓴/陶錄 2.572.2
蓴/陶錄 2.305.3	蓴/陶錄 2.307.3	蓴/陶錄 2.363.4	蓴/陶錄 2.365.1	蓴/陶錄 2.367.4	蓴/陶錄 2.368.3	蓴/陶錄 2.567.1
蓴/陶錄 2.369.1	蓴/陶錄 2.370.2	蓴/陶錄 2.373.1	蓴/陶錄 2.376.2	蓴/陶錄 2.377.1	蓴/陶錄 2.379.1	蓴/陶錄 3.642.1
蓴/陶錄 2.379.4	蓴/陶錄 2.380.1	蓴/陶錄 2.386.3	蓴/陶錄 2.387.3	蓴/陶錄 2.386.1	蓴/陶錄 2.380.3	蓴/陶錄 2.298.1

蔖/陶錄 2.380.4	蔖/陶錄 2.385.4	蔖/陶錄 2.389.2	蔖/陶錄 2.385.4	蔖/陶錄 2.362.1	蔖/陶錄 2.362.3	蔖/陶錄 2.298.3
蔖/陶錄 2.362.1	蔖/陶錄 2.362.3	蔖/陶錄 2.362.4	蔖/陶錄 2.369.3	蔖/陶錄 2.369.4	蔖/陶錄 2.382.3	蔖/陶錄 2.307.4
蔖/陶錄 2.383.4	蔖/陶錄 2.387.1	蔖/陶錄 2.387.2	蔖/陶錄 2.683.3	蔖/陶錄 2.389.3	蔖/陶錄 2.363.3	蔖/陶錄 2.565.1
蔖/陶錄 2.293.1	蔖/陶錄 2.570.2	蔖/陶錄 2.572.1	蔖/歷博 41.4	蔖/桓台 40	[illegible]/錢典 1194	[illegible]/陶錄 2.185.3
[illegible]/集成 15.9700	[illegible]/陶錄 2.185.4	[illegible]/集成 01.179	[illegible]/集成 16.10261	[illegible]/集成 16.10187	[illegible]/集成 01.175	[illegible]/集成 07.4110
[illegible]/集成 01.91	[illegible]/集成 01.92	[illegible]/集成 07.4110	[illegible]/集成 07.4111	[illegible]/集成 01.174	[illegible]/璽彙 0174	[illegible]/璽彙 0260
[illegible]/陶錄 2.52.1	[illegible]/陶錄 2.281.1	[illegible]/陶錄 2.283.1	[illegible]/陶錄 2.652.1	[illegible]/陶錄 2.51.2	[illegible]/陶錄 2.282.4	[illegible]/陶錄 2.282.3
[illegible]/揖芬集 345 頁	[illegible]/璽彙 0656	[illegible]/璽彙 0306	[illegible]/陶錄 3.388.2	[illegible]/陶錄 3.388.6	[illegible]/陶錄 3.388.4	[illegible]/陶錄 3.390.4
[illegible]/陶錄 3.389.1	[illegible]/陶錄 3.388.1	[illegible]/璽彙 3921	[illegible]/歷博 52.6	[illegible]/璽彙 1465	[illegible]/璽彙 3544	[illegible]/璽彙 5677
[illegible]/璽彙 1954	[illegible]/璽彙 0576	虘/集成 01.88	虘/集成 08.4111	虘/璽彙 0260	虘/集成 01.88	[illegible]/璽彙 3328

 且（祖）/集成 01.285	 且（祖）/集成 01.272	 且（祖）/集成 01.285	 且（祖）/集成 01.285	 且（祖）/集成 01.285	 祖（禝）/集成 08.4096	 祖（禓）/山東 104 頁
 祖/集成 02.284	 祖/集成 02.275	 祖/集成 02.277	 祖/集成 02.277	 祖（县）/集成 01.271	 祖（县）/集成 01.140	 祖（县）/古研 29.396

二、器　部

265. 盧

《說文解字・卷五・皿部》：「，飯器也。从皿𧆣聲。，籀文盧。」甲骨文作（佚 383）、（合 28095）；金文作（十五年趞曹鼎）、（伯公父簠）、（王子嬰次盧）。用作偏旁時，楚系簡帛文字作（慮/上 7.武.7）。郭沫若謂「（）乃鑪之初文，下象鑪形，上从虍聲也。」〔註 336〕于省吾謂「（）為盧與鑪之初文，上象鑪之身，下象款足。𧇊字後世作盧，从皿為累增字。」〔註 337〕

齊系「盧」字單字作（山璽 16），字形筆畫或有簡省。偏旁字形承襲金文形，但字形簡省訛變，例：（盧/璽考 43 頁）、（酅/貨系 3789）、（闟/陶錄 2.414.2）。

單　字						
 盧/璽彙 0259	 盧/璽考 43 頁	 盧/璽考 44 頁	 盧/璽考 43 頁	 盧/山璽 16	 盧/陶彙 3.646	
偏　旁						
 筥（酅）/集成 15.9733	 筥（酅）/集成 08.4152	 筥（酅）/齊幣 326	 筥（酅）/齊幣 346	 筥（酅）/齊幣 331	 筥（酅）/貨系 3794	 筥（酅）/貨系 3792

〔註 336〕郭沫若：《殷契粹編》（臺北：大通書局，1971 年），頁 381。

〔註 337〕于省吾：《甲骨文字釋林》，頁 30。

筥（[illegible]）/貨系3793	筥（[illegible]）/貨系3791	筥（[illegible]）/貨系3784	筥（[illegible]）/貨系3786	筥（[illegible]）/貨系3785	筥（[illegible]）/貨系3790	筥（[illegible]）/貨系3789
筥（[illegible]）/山東103頁	筥（[illegible]）/山東103頁	筥（[illegible]）/山東103頁	[illegible]/璽彙0209	鑪/集成01.177	鑪/集成01.245	鑪/集成01.176
鑪/集成01.172	蘆/璽彙2196	慮（[illegible]）/集成05.2750	蘆（蘆）/陶彙3.282	臚（膚）/集成01.151	臚（膚）/集錄1129	臚（膚）/集成01.149
盧/璽考31頁	盧/璽考43頁	閭（[illegible]）/陶錄2.412.4	閭（[illegible]）/陶錄2.414.2	閭（[illegible]）/陶錄2.414.3	閭（[illegible]）/陶錄2.420.1	閭（[illegible]）/陶錄2.411.1
閭（[illegible]）/集成17.11073	閭（[illegible]）/集成17.11259	閭（[illegible]）/陶錄2.410.1	閭（[illegible]）/陶錄2.410.3	閭（[illegible]）/陶錄2.414.1	閭（[illegible]）/陶錄2.420.2	

266. 羍

《說文解字・卷四・羊部》：「　，小羊也。从羊大聲，讀若達。　，羍或省。他末切。」用作偏旁，甲骨文作　（達/合32229）、　（達/合06040）；金文作　（達/史牆盤）、　（達/師寰簋）；楚系簡帛文字作　（清1.皇.3）。趙平安謂「般字从↑和↑顯然是同類東西，胡先生看作治病的針是有道理的。不過由於古文字中另有針字作丨，而↑讀若達，所以還是把它理解為表示針類的達的初文為好。」〔註338〕

齊系「羍」字偏旁字形承襲甲骨金文，↑形中間增加一橫畫，作　（達/集成01.277）。

〔註338〕趙平安：〈「達」字「針」義的文字學解釋〉，《新出簡帛與古文字古文獻研究》（北京：商務印書館，2009年），頁94。

偏　旁						
達/璽彙 3087	達/璽彙 3563	達/陶錄 3.630.2	達/集成 01.271	達/集成 01.277	達/集成 01.285	達/陶錄 2.237.3
達/陶錄 3.352.4	達/陶錄 3.353.4	達/陶錄 2.237.2	達/陶錄 3.353.3	達/陶錄 3.353.1	達/陶錄 3.352.2	達/陶錄 3.352.1
達/陶錄 2.206.1	達/陶錄 2.5.3	達/陶錄 2.206.2	達/陶錄 2.206.4	達/陶錄 2.207.1		

267. 午

《說文解字・卷十四・午部》:「 ，啎也。五月，陰气午逆陽。冒地而出。此予矢同意。凡午之屬皆从午。」甲骨文作 （合 13369）、 （合 19882）、 （合 32459）；金文作 （召卣）、 （叔朕簠）；楚系簡帛文字作 （包 2.58）。戴侗謂「斷木為午，所以舂也。亦作杵，加木。……所以知其為午臼之杵者，舂从午从臼，此明證也。」〔註 339〕

齊系「午」字作 （考古 1973.1）、 （古研 29.396），單字與偏旁字形相同。單字字形還增加兩小撇畫飾筆作 （考古 1973.1）。

單　字						
午/集成 09.4646	午/集成 09.4647	午/集成 16.10374	午/集成 01.87	午/集成 01.173	午/集成 08.4152	午/集成 09.4620
午/集成 01.180	午/陶錄 3.138.5	午/陶錄 2.348.1	午/陶錄 2.348.2	午/山東 104 頁	午/考古 1973.1	午/考古 1973.1
午/後李二 5	午/古研 29.396					

〔註 339〕宋・戴侗：《六書故》（臺北：臺灣商務印書館，1976 年），卷 28，頁 6。

偏旁						
郳/古研 29.395	郳/古研 29.396	御/集成 15.9730	御/集成 15.9730	御/集成 15.9730	御/集成 15.9730	御/集成 16.10374
御/集成 09.4635	御/集成 15.9729	御/集成 15.9729	御/集成 15.9729	御/集成 15.9729	御/集成 05.2732	御/集成 04.2525
御/集成 15.9729	御/集成 17.11083	御/集成 16.10124	御/新收 1109	御/新收 1733	御/中新網 2012.8.11	御/中新網 2012.8.11
御/陶錄 3.485.4	御/璽彙 3127	秦/遺珍 38 頁	秦/遺珍 69 頁	秦/遺珍 61 頁	秦/遺珍 41 頁	秦/遺珍 38 頁

268. 臼

《說文解字・卷七・臼部》:「 ，舂也。古者掘地爲臼，其後穿木石。象形。中，米也。凡臼之屬皆从臼。」楚系簡帛文字作 (包 2.272)。用作偏旁，甲骨文作 （舂/合 26898）、 （舂/合 26898）；金文作 （舂/伯舂盉）。象臼形。

齊系「臼」字作 (陶錄 3.493.2)；或作臼形封口之形 (陶錄 3.495.1)，單字與偏旁字形相同。偏旁字形或簡省臼形內部筆畫，例： （埳/陶錄 3.331.2）。

單字						
臼/陶錄 3.495.1	臼/陶錄 3.495.2	臼/陶錄 3.492.6	臼/陶錄 3.493.2			
偏旁						
稻/集成 09.4623.1	稻/集成 09.4622	舊/集成 01.275	舊/集成 01.245	舊/集成 01.285	舊/陶錄 2.114.11	埳/陶錄 3.33

垖/陶錄 3.331.1	垖/陶錄 3.331.2	垖/陶錄 3.331.3	垖/陶錄 3.332.4	垖/陶錄 3.332.5	垖/陶錄 3.332.5	垖/陶錄 3.333.2

269. 爿

《說文解字・卷六・木部》:「，身之坐者。从木爿聲。」甲骨文作（乙 2778）。用作偏旁時，金文作（寐/父辛觶）；楚系簡帛文字作（牀/清 3.赤.8）。李孝定謂「當是牀之初文。橫之作，上象牀版，下象足桄之形。」〔註 340〕

齊系「爿」字偏旁作形，字形筆畫或訛變，例：（㾦/陶錄 2.15.2）、（⿸疒兄/陶錄 3.363.4）。

偏旁						
疭/陶錄 3.373.2	疭/陶錄 3.373.3	疭/陶錄 3.373.4	疕/陶錄 3.390.6	疕/陶錄 3.390.5	⿸疒蜀/陶錄 3.496.1	⿸疒夾/陶錄 2.336.2
⿸疒夾/陶錄 2.336.1	⿸疒夾/陶錄 2.337.1	⿸疒夾/陶錄 2.337.2	癌/陶錄 2.615.3	癌/陶錄 3.22.4	癌/陶錄 2.612.2	癌/陶錄 2.615.2
癌/陶錄 2.613.4	癌/陶錄 2.686.2	㾦/陶錄 2.15.1	㾦/陶錄 2.15.2	癰/陶錄 3.367.4	癰/陶錄 3.367.5	癰/陶錄 3.367.6
瘩/陶錄 3.371.2	瘩/陶錄 3.371.5	瘩/陶錄 3.370.2	疤/陶錄 3.488.3	疤/陶錄 3.488.6	疤/陶錄 3.488.1	痠/陶彙 9.40
痻/璽彙 0236	將/歷博 1993.2	⿸疒兄/陶錄 3.363.6	⿸疒兄/陶錄 3.363.4	⿸疒兄/陶錄 3.363.2	⿸疒兄/陶錄 3.363.5	⿸疒兄/陶錄 3.364.2

〔註 340〕李孝定：《甲骨文字集釋》，頁 2329。

㾿/集成 16.10361	㾿/陶錄 3.362.4	瘩/集成 16.10361	臧/璽彙 3087	臧（牆）/璽彙 0176	臧（牆）/璽考 53 頁	醬/璽彙 0177
醬/璽彙 0234	瘍/陶錄 3.358.4	瘍/陶錄 3.358.5	瘍/陶錄 3.358.6	臧（臧）/桓台 40	臧（臧）/後李三 5	臧（臧）/璽彙 1464
臧（臧）/璽彙 0653	臧（臧）/璽彙 2219	臧（臧）/璽彙 3934	臧（臧）/璽彙 3935	臧（臧）/陶錄 2.258.1	臧（臧）/陶錄 2.257.4	臧（臧）/陶錄 2.681.1
臧（臧）/陶錄 2.312.4	臧（臧）/陶錄 2.316.1	臧（臧）/陶錄 2.317.3	臧（臧）/陶錄 2.358.3	臧（臧）/陶錄 2.533.1	臧（臧）/陶錄 2.533.4	臧（臧）/陶錄 2.418.3
臧（臧）/陶錄 2.412.4	臧（臧）/陶錄 3.184.3	臧（臧）/陶錄 3.185.2	臧（臧）/陶錄 3.185.3	臧（臧）/陶錄 3.185.1	臧（臧）/銘文選 2.865	臧（臧）/集成 16.9975
臧（臧）/集成 09.4443	臧（臧）/集成 09.4444	臧（臧）/璽考 315 頁	痦/陶錄 3.22.4	癮/璽彙 2056	瘱/璽彙 3742	疰/璽彙 0599
疰/陶彙 3.809	疸/三代 18.22.2	痤/陶錄 2.679.3	癰/陶彙 3.1008	癰/陶錄 3.10.2	癰/陶錄 3.365.1	癰/陶錄 3.366.2
癰/陶錄 3.364.5	瘷/璽彙 0482	痏/陶錄 3.368.1	痏/陶錄 3.368.3	痏/陶錄 3.369.1	痏/陶錄 3.368.6	痦/璽彙 0095
痦/璽彙 0307	痦/陶錄 3.547.5	痺/陶錄 3.360.1	痺/陶錄 3.360.2	痺/陶錄 3.361.5	痺/陶錄 3.362.1	痺/陶錄 3.362.1

瘭/陶錄 3.496.1	瘭/陶錄 3.361.6	瘭/陶錄 3.361.2	瘭/陶錄 3.367.4	瘭/陶錄 3.367.6	瘭/陶錄 3.359.3	瘭/陶錄 3.360.4
瘭/陶錄 3.359.4	葬（㾡）/ 張莊磚文 圖一	葬（㾡）/ 張莊磚文 圖二	葬（㾡）/ 張莊磚文 圖三	葬（㾡）/ 張莊磚文 圖四	疾/璽彙 1433	疾/璽彙 1481
疾/桓台 40	疾/齊魯 2	疾/陶錄 2.240.1	疾/陶錄 2.463.4	疾/陶錄 2.464.3	疾/陶錄 2.439.1	疾/陶錄 2.100.2
疾/陶錄 2.438.1	疾/陶錄 2.438.3	疾/陶錄 2.100.3	疾/陶錄 2.101.1	疾/陶錄 2.439.1	疾/陶錄 2.674.4	疾/陶錄 2.463.3
疾/陶錄 2.465.1	疾/陶錄 2.222.4	疾（瘔）/ 陶錄 2.406.4	疾（瘱）/ 璽彙 3726	疨/陶錄 3.614.3	[illegible]/新出 1917	[illegible]/集成 05.2639
[illegible]/集成 05.2750	[illegible]/集成 04.2354					
合　文						
去疾/璽考 294 頁						

270. 㐁

《說文解字・卷三・㕯部》：「，舌皃。从㕯省。象形。，古文㐁。讀若三年導服之導。一曰竹上皮。讀若沾。一曰讀若誓。弼字从此。」《說文解字・卷五・竹部》：「，竹席也。从竹𠷎聲。」甲骨文作（後 2.36.5）；金文作（奚子㐁車鼎）。用作偏旁時，楚系簡帛文字作（宿/清 1.保.11）。唐蘭謂「象簟形。」〔註 341〕

〔註 341〕唐蘭：《古文字學導論》（臺北：樂天出版社，1981 年）下，頁 58。

齊系「卣」字偏旁字形與金文形相似。

偏　旁						
㼜/璽彙 3598	㼜/璽彙 0242					

271. 几

《說文解字·卷十四·几部》:「，踞几也。象形。《周禮》五几：玉几、雕几、彤几、鬆几、素几。凡几之屬皆从几。」甲骨文作（合 33296）；楚系簡帛文字作（包 2.260）。用作偏旁時，金文作（處/癲鐘）。于省吾謂「象几案形。其或一足高一足低者，邪視之則前足高後足低。其有橫者，象橫距之形，今俗稱為橫撐。」〔註 342〕

齊系「几」字偏旁字形承襲甲骨文，但几形下面有橫畫，且無飾筆。

偏　旁						
處/集成 01.50	處/集成 01.285	處/集成 01.283	處/集成 01.276	處/古研 29.310	勝（𠢒）/ 集成 16.9975	勝（𠢒）/ 陶彙 3.1304
勝（𠢒）/ 陶錄 3.9.2	勝（𠢒）/ 陶錄 3.154.1	勝（𠢒）/ 陶錄 3.154.2	勝（𠢒）/ 陶錄 3.152.4	勝（𠢒）/ 陶錄 3.152.5		

272. 凡

《說文解字·卷十三·二部》:「，最括也。从二，二，偶也。从乃，乃，古文及。」甲骨文作（合 27113）；金文作（曶鼎）；楚系簡帛文字作（包 2.137）、（上 1.性.4）。沈寶春謂「象抬盤擔架之形。」〔註 343〕

齊系「凡」字單字作（陶錄 2.386.3），偏旁字形承襲甲骨形。

〔註 342〕于省吾：《甲骨文字釋林》，頁 23。

〔註 343〕沈寶春：〈釋凡與冎凡出疒〉，《香港中文大學第二屆國際中國古文字學研討會論文集》，1993 年，頁 117。

單　字						
凡/陶錄 2.386.3						
偏　旁						
興/集成 09.4458	興/集成 09.4458	奿/集成 08.4019	同/璽彙 2186	同/陶錄 2.324.1	同/陶錄 2.324.2	同/陶錄 2.324.3
同/陶錄 2.324.4	同/陶錄 2.658.4	同/中新網 2012.8.11	銅/集成 15.9729	銅/集成 15.9730	同/周金 6.132	同/古研 29.423
同/新收 1542	興/陶錄 3.52.3	興/陶錄 3.49.2	興/陶錄 3.49.3	興/陶錄 3.53.2	興/陶錄 3.53.3	𨘢/集成 01.285
𨘢/集成 01.273	宂/陶彙 3.732					

273. 用

《說文解字・卷三・用部》:「用，可施行也。从卜从中。衞宏說。凡用之屬皆从用。用，古文用。」甲骨文作用（合 15093）、用（合 15821）；金文作用（我方鼎）；楚系簡帛文字作用（郭.唐.13）。于省吾謂「象甬（今作桶）形，左象甬體，右象其把手。」〔註 344〕

齊系「用」字單字和偏旁字形作用（集成 01.278），偶有字形作用（古研 29.396）。

單　字						
用/集成 09.4649	用/集成 01.50	用/集成 01.87	用/集成 01.87	用/集成 01.87	用/集成 16.10374	用/集成 01.245

〔註 344〕于省吾：《甲骨文字釋林》，頁 360。

用/集成 01.88	用/集成 01.88	用/集成 01.88	用/集成 01.89	用/集成 01.92	用/集成 01.18	用/集成 05.2690
用/集成 07.4041	用/集成 08.4029	用/集成 14.9096	用/集成 07.3740	用/集成 07.3772	用/集成 07.3977	用/集成 07.3977
用/集成 01.245	用/集成 01.140	用/集成 04.2426	用/集成 03.670	用/集成 01.175	用/集成 01.102	用/集成 09.4556
用/集成 16.10142	用/集成 03.718	用/集成 07.4037	用/集成 04.2418	用/集成 09.4458	用/集成 09.4458	用/集成 09.4458
用/集成 09.4458	用/集成 16.10244	用/集成 09.4567	用/集成 03.691	用/集成 07.3902	用/集成 05.2602	用/集成 08.4040
用/集成 09.4546	用/集成 09.4644	用/集成 15.9730	用/集成 09.4690	用/集成 15.9709	用/集成 16.10361	用/集成 01.102
用/集成 15.9632	用/集成 15.9730	用/集成 15.9729	用/集成 15.9729	用/集成 15.9729	用/集成 15.9729	用/集成 15.9729
用/集成 15.9729	用/集成 15.9729	用/集成 15.9729	用/集成 15.9729	用/集成 15.9729	用/集成 15.9730	用/集成 15.9730
用/集成 15.9730	用/集成 15.9730	用/集成 15.9730	用/集成 15.9730	用/集成 15.9730	用/集成 09.4644	用/集成 09.4642
用/集成 01.271	用/集成 01.271	用/集成 01.271	用/集成 01.271	用/集成 01.271	用/集成 01.142	用/集成 01.142

用/集成 01.142	用/集成 01.142	用/集成 01.273	用/集成 01.274	用/集成 01.275	用/集成 01.277	用/集成 01.277
用/集成 01.277	用/集成 01.278	用/集成 01.285	用/集成 01.285	用/集成 01.285	用/集成 01.285	用/集成 01.285
用/集成 01.285	用/集成 09.4645	用/集成 09.4645	用/集成 16.10283	用/集成 16.10283	用/集成 16.10318	用/集成 05.2732
用/集成 16.10159	用/集成 15.9709	用/集成 15.9709	用/集成 01.140	用/集成 01.50	用/集成 16.10144	用/集成 16.10144
用/集成 01.172	用/集成 17.11265	用/集成 09.4630	用/集成 09.4696	用/集成 09.4695	用/集成 01.18	用/集成 08.4190
用/集成 09.4649	用/集成 18.11651	用/遺珍 38 頁	用/古研 29.311	用/古研 29.310	用/古研 29.310	用/古研 29.396
用/文明 6.200	用/陶錄 3.319.3	用/新收 1043	用/新收 1043	用/新收 1043	用/新收 1042	用/新收 1042
用/新收 1088	用/新收 1088	用/山東 379 頁	用/山東 688 頁	用/山東 696 頁	用/山東 212 頁	用/山東 104 頁
用/山東 104 頁	用/山東 161 頁	用/山東 161 頁	用/山東 611 頁	用/山東 611 頁	用/山東 189 頁	用/山東 212 頁
用/中新網 2012.8.11	用/中新網 2012.8.11	用/中新網 2012.8.11	用/琅琊網 2012.4.18	用/琅琊網 2012.4.18		

偏　旁						
通/陶彙 2.397.1	通/陶彙 2.397.2					

274. 甬

《說文解字．卷七．马部》：「[古文字]，艸木華甬甬然也。从马用聲。」金文作[古文字]（毛公鼎）、[古文字]（庚壺）；楚系簡帛文字作[古文字]（包 2.185）、[古文字]（上 1.孔.23）。于省吾謂「甬字的造字本義，係於用字上部附加半圓形，作為指事字的標誌，以別於用，而仍因用字以為聲。」〔註 345〕

齊系「甬」字單字作[古文字]（集成 15.9733），偏旁字形的指事符號為＞形，例：[古文字]（湧/璽考 44 頁）。

單　字						
甬/集成 15.9733						
偏　旁						
湧/璽考 43 頁	湧/璽考 44 頁	湧/璽考 44 頁	湧/陶彙 3.646	湧/陶彙 3.645	湧/陶錄 2.23.1	湧/陶錄 2.23.2
合　文						
甬/集成 15.9733						

275. 宁

《說文解字．卷十四．宁部》：「[古文字]，辨積物也。象形。凡宁之屬皆从宁。」甲骨文作[古文字]（合 34547）；金文作[古文字]（宁鼎）。用作偏旁時，楚系簡帛文字作[古文字]（貯/清 2.繫.128）。羅振玉謂「上下及兩旁有搘柱，中空可貯物。」〔註 346〕

齊系「宁」字偏旁字形作[古文字]（貯/陶彙 3.820），或字形繁化作[古文字]（貯/璽彙 3225）。

〔註 345〕于省吾：《甲骨文字釋林》，頁 453～454。

〔註 346〕羅振玉：《增訂殷虛書契考釋》卷中，頁 12。

偏　旁						
賈/山東 675 頁	賈/陶錄 2.53.2	賈/璽彙 3225	賈/璽彙 3702	賈/璽彙 5657	賈/陶彙 3.820	賈/桓台 40

276. 彗

《說文解字・卷三・又部》：「[illegible]，掃竹也。从又持甡。[illegible]，古文彗从竹从習。[illegible]，彗或从竹。」甲骨文作[illegible]（粹 863）；金文作[illegible]（犀尊）。用作偏旁時，楚系簡帛文字作[illegible]（瘳/清 1.祭.10）。董妍希謂「[illegible]字當釋為土帚，為『王帚』等植物之原始象形，而[illegible]、[illegible]字則為掃帚，乃狀其器。」〔註 347〕駱珍伊認為，今之竹帚有兩種形態，一有木柄，一無木柄。「帚」與「彗」即有無長柄之別，有柄為帚，無柄為彗。〔註 348〕

齊系「彗」字偏旁作兩個無柄帚相連之形，例：[illegible]（翏/集成 01.285）。

偏　旁						
翏/新收 1067	翏/新收 1068	翏/陶彙 3.787	鏐/集成 01.245	鏐/集成 01.151	鏐/集成 01.174	鏐/集成 01.180
鏐/集成 01.172	鏐/集成 01.149	鏐/集成 01.150	翏/集成 01.272	翏/集成 01.285	繆/陶錄 2.142.1	繆/陶錄 2.141.1
繆/陶錄 2.142.2	繆/陶錄 2.158.1	繆/陶錄 2.141.2	鏐/銘文選 848	轇/璽彙 1254		

277. 帚

《說文解字・卷七・巾部》：「[illegible]，糞也。从又持巾埽冂內。古者少康初作箕、帚、秫酒。少康，杜康也，葬長垣。」甲骨文作[illegible]（合 14003）、[illegible]（合 09390）；金文作[illegible]（比乍器）。用作偏旁時，楚系簡帛文字作[illegible]（歸/清 2.繫.61）。

〔註 347〕董妍希：《金文字根研究》，頁 273。

〔註 348〕駱珍伊：《〈上海博物館藏戰國楚竹書（七）～（九）〉與〈清華大學藏戰國竹簡（壹）～（叁）〉字根研究》，頁 479。

羅振玉謂「字从，象帚形，其柄末，所以卓立者，與金文戈字之同意。其从者，象置帚之架，埽畢而置帚於架上，倒卓之也。」〔註 349〕

齊系「帚」字偏旁承襲甲骨形。

偏　旁						
 婦/琅琊網 2012.4.18	 歸/集成 15.9733	 歸/集成 16.10151	 歸/集成 09.4640	 戠/周金 6.132		

278. 其（丌）

《說文解字・卷五・箕部》:「，簸也。从竹；𠀠，象形；下其丌也。凡箕之屬皆从箕。，古文箕省。，亦古文箕。，亦古文箕。，籀文箕。，籀文箕。」《說文解字・卷五・丌部》:「，下基也。薦物之丌。象形。凡丌之屬皆从丌。讀若箕同。」甲骨文作（合 14542）；金文作（遹簋）、（虢季子白盤）；楚系簡帛文字作（郭.緇.35）、（上 1.孔.9）。羅振玉謂「象𠀠形……後增丌，於是改象形為會意，後又加竹作箕。」〔註 350〕季旭昇師認為，「丌」為「其」的省筆字。「其」字其下的「一」、「丌」形為飾筆。〔註 351〕

齊系「其」字承襲甲骨形，單字與偏旁字形相同，或作其省筆字「丌」字（陶錄 3.215.3），增加短橫畫作（張莊磚文圖三）。偏旁字形偶有訛變而形近「田」形，例：（棄/陶錄 2.439.2）。

單　字						
 其/集成 07.3740	 其/集成 07.4036	 其/集成 09.4443	 其/集成 03.696	 其/集成 09.4440	 其/集成 16.10124	 其/集成 09.4443
 其/集成 09.4443	 其/集成 09.4444	 其/集成 09.4567	 其/集成 16.10244	 其/集成 09.4458	 其/集成 05.2639	 其/集成 16.10222

〔註 349〕羅振玉：《增訂殷虛書契考釋》卷中，頁 48。

〔註 350〕羅振玉：《增訂殷虛書契考釋》卷中，頁 47。

〔註 351〕季旭昇師：《說文新證》，頁 376～377。

其/集成 09.4574	其/集成 16.10133	其/集成 07.3944	其/集成 05.2591	其/集成 05.2591	其/集成 01.180	其/集成 01.175
其/集成 09.4638	其/集成 09.4639	其/集成 09.4639	其/集成 01.172	其/集成 01.172	其/集成 01.177	其/集成 01.173
其/集成 09.4556	其/集成 03.694	其/集成 09.4690	其/古研 29.310	其/古研 29.310	其/遺珍 41 頁	其/遺珍 41 頁
其/文博 2011.2	其/山東 161 頁	其/山東 161 頁	其/璽彙 0260	其/山東 183 頁	其/山東 393 頁	亓/璽彙 0253
亓/集成 16.10374	亓/集成 16.10374	亓/集成 16.10374	亓/璽考 60 頁	亓/璽考 60 頁	亓/陶錄 3.111.1	亓/陶錄 3.25.4
亓/陶錄 3.113.6	亓/陶錄 3.214.1	亓/陶錄 3.214.5	亓/陶錄 3.215.3	亓/陶錄 3.215.6	亓/陶錄 3.25.5	亓/陶錄 3.25.6
亓/陶錄 3.214.2	亓/陶錄 3.214.3	亓/陶錄 3.214.4	亓/陶錄 3.214.5	亓/陶錄 3.215.1	亓/陶錄 3.215.2	亓/陶錄 3.215.4
亓/張莊磚文圖一	亓/張莊磚文圖一	亓/陶錄 3.583.3	亓/張莊磚文圖三	亓/張莊磚文圖四	亓/張莊磚文圖四	亓/張莊磚文圖三
偏　旁						
其/集成 09.4649	其/集成 01.87	其/集成 01.149	其/集成 01.245	其/集成 09.4546	其/集成 01.245	其/集成 05.2732
其/集成 01.245	其/集成 01.140	其/集成 01.87	其/集成 15.9729	其/集成 07.3987	其/集成 01.140	其/集成 07.3772

其/集成 09.4623	其/集成 07.3772	其/集成 05.2642	其/集成 15.9659	其/集成 16.10163	其/集成 08.4040	其/集成 15.9729
其/集成 01.245	其/集成 01.140	其/集成 01.140	其/集成 15.9733	其/集成 15.9733	其/集成 15.9733	其/集成 15.9733
其/集成 15.9733	其/集成 01.273	其/集成 01.276	其/集成 01.275	其/集成 01.275	其/集成 01.285	其/集成 01.285
其/集成 01.285	其/集成 01.285	其/集成 01.285	其/集成 01.285	其/集成 15.9729	其/集成 15.9729	其/集成 15.9709
其/集成 16.10318	其/文明 6.200	其/陶錄 3.481.2	其/歷文 2009.2.51	其/歷文 2009.2.51	其/瑯琊網 2012.4.18	其/新收 1042
其/新收 1043	其/新收 1088	⿸尸其/集成 18.12088	⿸尸其/集成 16.9940	⿸尸其/新收 1079	⿸尸其/新收 1080	⿱萁日/璽考 58 頁
⿱萁日/陶錄 2.32.3	⿱萁日/陶錄 2.32.2	⿱萁日/陶錄 2.32.1	⿰土㫷/陶彙 3.165	⿰土㫷/陶彙 3.164	⿰月㫷/璽彙 0575	棄/陶錄 2.439.1
棄/陶錄 2.675.1	棄/陶錄 2.438.1	棄/陶錄 2.438.3	棄/陶錄 2.439.2	棄/陶錄 2.439.3	畁/陶錄 3.523.1	畁/陶錄 3.65.4
畁/陶錄 3.65.2	畁/陶錄 3.64.2	畁/陶錄 3.64.4	畁/陶錄 3.66.4	畀/陶錄 3.479.5	諆/集成 01.174	諆/集成 01.179
諆/集成 01.177	諆/集成 01.175	⿱亓心/後李二 1	⿱亓心/陶錄 2.145.2	⿱亓心/陶錄 2.144.1	⿱亓心/陶錄 2.238.4	⿱亓心/陶錄 2.239.1

⿱亓心/陶錄 2.238.3	⿱亓心/陶錄 2.238.2	⿱亓心/陶錄 2.145.1	⿱亓心/陶錄 2.145.4	⿱亓心/陶錄 2.146.2	⿱亓心/陶錄 2.146.3	⿱亓心/陶錄 2.238.1
期（⿱亓日）/ 璽彙 0250	期（⿱亓日）/ 璽彙 0655	期（⿱亓日）/ 璽彙 1952	期（⿱其日）/ 歷文 2009.2.51	期（⿱其日）/ 山東 675 頁	期（⿱亓日）/ 陶錄 3.204.4	期（⿱亓日）/ 陶錄 3.204.5
期（⿱亓日）/ 陶錄 3.206.6	期（⿱亓日）/ 陶錄 3.205.3	期（⿱亓日）/ 陶錄 3.207.3	期（⿱亓日）/ 陶錄 3.206.5	期（⿱亓日）/ 陶錄 3.202.1	期（⿱亓日）/ 陶錄 3.207.4	期（⿱亓日）/ 陶錄 3.206.3
期（⿱亓日）/ 陶錄 2.238.4	期（⿱亓日）/ 陶錄 3.204.1	期（⿱亓日）/ 陶錄 3.205.2	期（⿱亓日）/ 陶錄 3.213.3	期（⿱其日）/ 集成 09.4642	期（⿱其日）/ 集成 15.9729	期（⿱其日）/ 集成 16.10282
期（⿱其日）/ 集成 15.9730	期（⿱其日）/ 集成 15.9730	期（⿱其日）/ 集成 15.9659	期（⿱其日）/ 集成 16.10163	期（⿱其日）/ 集成 15.9704	期（⿱其日）/ 集成 16.10280	期（⿱其日）/ 集成 09.4645
期（⿱其日）/ 新收 1043	⿱艹期/陶錄 3.605.3	基/陶錄 3.326.2	基/陶錄 3.326.3	基/陶錄 3.326.4	基/陶錄 3.326.1	丘/陶錄 3.113.2
丘/陶錄 3.112.6	且（祖）/ 集成 01.285	且（祖）/ 集成 01.285	且（祖）/ 集成 01.285	且（祖）/ 集成 01.285	且（祖）/ 集成 01.272	祖（⿰礻⿱且廾）/ 山東 104 頁
祖（⿰礻⿱且廾）/ 集成 08.4096	典/集錄 1009	典/集成 09.4649	典/集成 01.285	典/集成 01.275	旗（⿸㫃亓）/ 陶錄 3.456.1	旗（⿸㫃亓）/ 陶錄 3.456.2
旗（⿸㫃亓）/ 陶錄 3.456.3	旗（⿸㫃亓）/ 陶錄 3.638.1	⿱㠯丌/集成 09.4443	⿱㠯丌/集成 15.9704	⿱㠯丌/集成 09.4443	⿱㠯丌/集成 09.4444	⿱㠯丌/集成 16.10081

曩/集成 12.6511	曩/集成 09.4623	曩/集成 09.4442	曩/集成 16.11021	曩/集成 04.2146	斯/集成 01.278	斯/集成 01.285
斯/集成 01.278	斯/集成 01.285	斯/集成 01.280	斯/集成 01.280	唭/陶錄 2.181.2	亓/陶錄 3.473.5	亓/陶錄 3.473.2
合　文						
鑄其/集成 01.172						

279. 甾

《說文解字・卷十二・甾部》:「，東楚名缶曰甾。象形。凡甾之屬皆从甾。，古文。」甲骨文作（合 36535）、（合 36512）；金文作（訇簋）。用作偏旁時，楚系簡帛文字作（妻/清 3.赤.2）。戴侗認為，字象竹器。〔註 352〕季旭昇師認為，象某種器物之形。〔註 353〕駱珍伊認為，象盛物之器。〔註 354〕

齊系「甾」字偏旁承襲形，或字形內部筆畫簡省訛變，例：（䐿/璽考 53 頁）。

偏　旁						
臧/璽彙 3087	臧（䐿）/璽彙 0176	臧（䐿）/璽考 53 頁	臧（戩）/集成 15.9733	妻/山東 675 頁	妻/集成 08.4127	𤕫/集成 01.285

280. 匚

《說文解字・卷十二・匚部》:「匚，受物之器。象形。凡匚之屬皆从匚。讀若方。，籀文匚。」甲骨文作（合 00557）、匚（合 27084）；金文作（匚賓父癸鼎）、（乃孫乍且己鼎）；楚系簡帛文字作（匱/清 1.金.6）。季

〔註 352〕宋・戴侗：《六書故》，卷 29，頁 37～38。

〔註 353〕季旭昇師：《說文新證》，頁 878。

〔註 354〕駱珍伊：《〈上海博物館藏戰國楚竹書（七）～（九）〉與〈清華大學藏戰國竹簡（壹）～（叁）〉字根研究》，頁 484。

旭昇師謂「象盛物之器，亦用以盛神主。」〔註 355〕駱珍伊認為，古盛物之器多以藤竹編織，故金文字形多加紋飾。〔註 356〕

齊系「匚」字偏旁承襲甲骨匚、形，或在形中多加紋飾飾筆，例：（⿷匚甫/集成 09.4689）。

偏　旁						
匽/集成 01.412	匽/集成 16.9975	匽/銘文選 2.865	簠（⿷匚⿱夫古）/集成 09.4517	簠（⿷匚⿱夫古）/集成 09.4519	簠（⿷匚⿱夫古）/集成 09.4518	簠（⿷匚⿱夫古）/集成 09.4520
簠（⿷匚⿱夫古）/集成 09.4517	簠（⿷匚古）/遺珍 48 頁	簠（⿷匚古）/遺珍 67 頁	簠（⿷匚古）/遺珍 44 頁	簠（⿷匚古）/遺珍 115 頁	簠（⿷匚古）/遺珍 50 頁	簠（⿷匚古）/集成 09.4596
簠（⿷匚古）/集成 09.4556	簠（⿷匚古）/集成 09.4534	簠（⿷匚古）/集成 09.4568	簠（⿷匚古）/集成 09.4560	簠（⿷匚古）/集成 09.4570	簠（⿷匚古）/集成 09.4566	簠（⿷匚古）/集成 09.4567
簠（⿷匚古）/集成 09.4690	簠（⿷匚古）/集成 09.4689	簠（⿷匚古）/集成 09.4690	簠（⿷匚古）/集成 09.4691	簠（⿷匚古）/集成 09.4593	簠（⿷匚古）/集成 09.4571	簠（⿷匚古）/新收 1046
簠（⿷匚古）/新收 1042	簠（⿷匚古）/新收 1045	簠（⿷匚古）/新收 1045	鋪（⿷匚甫）/集成 09.4689	鋪（⿷匚甫）/集成 09.4690	鋪（⿷匚甫）/集成 09.4690	鋪（⿷匚甫）/集成 09.4691
⿷匚多/陶錄 2.535.3	⿷匚多/陶錄 2.534.2	⿷匚多/陶錄 2.535.1	⿷匚多/陶錄 2.537.1	⿷匚多/陶錄 2.670.3	匡/集成 09.4593	匠/璽彙 0234

〔註 355〕季旭昇師：《說文新證》，頁 875。

〔註 356〕駱珍伊：《〈上海博物館藏戰國楚竹書（七）～（九）〉與〈清華大學藏戰國竹簡（壹）～（叁）〉字根研究》，頁 485。

 区/陶錄 3.392.1	 区/陶錄 3.392.2	 区/陶錄 3.392.3				

281. 冊

《說文解字・卷二・冊部》:「，符命也。諸侯進受於王也。象其札一長一短，中有二編之形。凡冊之屬皆从冊。，古文冊从竹。」甲骨文作（合30653）、（合32285）；金文作（諫簋）、（望簋）；楚系簡帛文字作（清1.金.2）。姚孝遂謂「據出土戰國秦漢簡冊，皆有長有短。但成編之冊皆等長。長短不一之冊，無法編列。」〔註357〕季旭昇師謂「甲骨文作一長一短，可能是為了跟『柵』、『侖』等類似的字形區分。」〔註358〕

齊系「冊」字偏旁字形與金文形相同，或增加豎畫或橫畫。並有與說文古文形相同的字形。

偏　旁						
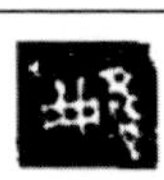 雕/集成 03.707	 典/集錄 1009	 典/集成 09.4649	 典/集成 01.285	 典/集成 01.275	 副/集成 01.285	

282. 彔

《說文解字・卷七・彔部》:「，刻木彔彔也。象形。凡彔之屬皆从彔。」甲骨文作（合28799）；金文作（大保簋）、（彔簋）；楚系簡帛文字作（上2.容.32）。李孝定謂「疑此為井鹿盧之初字，上象桔槔，下象汲水器，小點象水滴形。今字作轆，與轤字連文。」〔註359〕

齊系「彔」字承襲甲骨字形。

單　字						
 彔/山東 161頁						

〔註357〕于省吾主編：《甲骨文字詁林》，頁2963。
〔註358〕季旭昇師：《說文新證》，頁144。
〔註359〕李孝定：《甲骨文字集釋》，頁2347。

283. 中

《說文解字·卷一·丨部》:「中,內也。从口。丨,上下通。中,古文中。中,籀文中。」甲骨文作中(合 00811)、中(合 01063);金文作中(中鐃)、中(中私官鼎);楚系簡帛文字作中(包 2.140)、中(上 1.孔.17)、中(上 2.容.21)。唐蘭謂「本㫃旗之類也。……蓋古者有大事,聚眾於曠地,先建中焉,群眾望見中而趨附,群眾來自四方,則建中之地為中央矣。」〔註 360〕季旭昇師謂「一種戰爭及訓練用的工具,平日用以集合大眾,戰時用以集合軍士,還可以測日影、風向。」〔註 361〕

齊系「中」字單字承襲甲骨中、中形;或字形上部和下部增加圓圈形飾筆作中(陶錄 2.167.4);或字形上部保留旗形,下部豎畫向右彎曲,作中(陶錄 2.152.3)。偏旁字形在中形下部增加點形飾筆,例:宙(宙/集成 05.2732)。

單　字						
中/集成 17.10906	中/集成 01.172	中/集成 08.4190	中/集成 01.174	中/集成 09.4556	中/集成 03.939	中/集成 08.4152
中/集成 16.10016	中/集成 16.10275	中/集成 15.9709	中/集成 09.4534	中/集成 09.4428	中/集成 05.2639	中/集成 16.10318
中/集成 12.6511	中/集成 12.6511	中/集成 07.3828	中/集成 07.3829	中/集成 01.36	中/集成 01.285	中/集成 16.10266
中/集成 16.10374	中/集成 09.4440	中/集成 03.589	中/集成 03.590	中/集成 03.591	中/集成 07.3989	中/集成 01.271
中/集成 16.10277	中/集成 16.10086	中/集成 09.4428	中/集成 09.4546	中/集成 16.10135	中/集成 09.4640	中/集成 01.271

〔註 360〕唐蘭:《殷虛文字記》,頁 48～54。

〔註 361〕季旭昇師:《說文新證》,頁 63。

中/集成 01.173	中/集成 01.177	中/集成 08.4152	中/集成 01.271	中/集成 01.274	中/集成 01.285	中/集成 01.273
中/山大 7	中/璽考 33	中/遺珍 48 頁	中/考古 1973.1	中/考古 1973.1	中/考古 1973.1	中/考古 1973.1
中/齊幣 425	中/齊幣 425	中/齊幣 426	中/齊幣 424	中/齊幣 425	中/齊幣 424	中/璽彙 3707
中/璽彙 0047	中/璽彙 2709	中/璽彙 4090	中/陶錄 2.279.2	中/陶錄 2.653.4	中/陶錄 2.164.1	中/陶錄 2.279.4
中/陶錄 2.703.3	中/陶錄 2.42.1	中/陶錄 2.42.3	中/陶錄 2.166.4	中/陶錄 2.152.1	中/陶錄 2.152.2	中/陶錄 2.699.2
中/陶錄 2.152.3	中/陶錄 2.153.4	中/陶錄 2.154.1	中/陶錄 2.154.2	中/陶錄 2.164.4	中/陶錄 2.165.4	中/陶錄 2.280.1
中/陶錄 2.166.1	中/陶錄 2.164.3	中/陶錄 2.165.3	中/陶錄 2.166.3	中/陶錄 2.167.2	中/陶錄 2.167.3	中/陶錄 2.658.1
中/陶錄 2.167.4	中/陶錄 2.168.1	中/陶錄 2.168.3	中/陶錄 2.169.1	中/陶錄 2.170.1	中/陶錄 2.170.3	中/陶錄 2.167.1
中/陶錄 2.170.4	中/陶錄 2.171.1	中/陶錄 2.171.3	中/陶錄 2.171.4	中/陶錄 2.172.1	中/陶錄 2.172.4	中/陶錄 2.279.1
中/陶錄 2.174.1	中/陶錄 2.174.2	中/陶錄 2.173.2	中/陶錄 2.660.4	中/陶錄 2.660.3	中/山東 672 頁	中/山東 393 頁

中/桓台 41	中/新收 1046	中/新收 1045	中/新收 1045	中/新收 1034	中/歷文 2009.2.51	中/瑯琊網 2012.4.18
中/考古 1973.1	中/考古 1973.1	中/考古 1973.1				
偏　旁						
审/集成 05.2732						
合　文						
中山/新泰 13						

284. 㫃

《說文解字．卷七．㫃部》：「，旌旗之游，㫃蹇之皃。从屮，曲而下，垂㫃相出入也。讀若偃。古人名㫃，字子游。凡㫃人之屬皆从㫃。，古文㫃字。象形。及象旌旗之游。」甲骨文作（合 31136）；金文作（走馬休盤）。用作偏旁時，楚系簡帛文字作（族/上 9.卜.7）。羅振玉謂「象杠與首之飾，象游形。」〔註 362〕

齊系「㫃」字偏旁承襲甲骨形，但省略表示杠形的豎筆，例：（旂/集成 01.285）。偶有偏旁字形簡省右邊的豎筆，形近「止」形，例：（旂/陶錄 3.456.2）；或增加尾形飾筆，例：（旂/璽彙 3753）。

偏　旁						
旅/山東 393 頁	旅/集成 09.4547	旅/集成 07.4029	旅/集成 09.4428	旅/集成 03.939	旅/集成 09.4458	旅/集成 09.4458
旅/集成 09.4415	旅/集成 03.894	旅/集成 09.4415	旅/新收 1042	旅/新收 1042	旅/遺珍 43 頁	旅/遺珍 46 頁

〔註 362〕羅振玉：《增訂殷虛書契考釋》卷中，頁 46。

旅（肇）/遺珍 65 頁	⿰斿阝/陶錄 2.386.1	⿰斿阝/陶錄 2.386.2	⿰斿阝/陶錄 2.683.1	⿰忄斿/璽彙 0578	游/集成 01.177	游/集成 01.180
游/集成 01.173	游/集成 01.172	旓/周金 6.132	旓/集成 18.12093	遊/集成 01.285	遊/集成 01.273	⿱㫃言/陶錄 3.438.2
⿱㫃言/陶錄 2.132.4	⿱㫃言/陶錄 3.439.1	⿱㫃言/陶錄 3.441.2	⿱㫃言/陶錄 3.441.1	⿱㫃言/陶錄 2.53.1	⿱㫃言/陶錄 2.132.1	⿱㫃言/陶錄 3.440.4
⿱㫃言/陶錄 2.132.2	⿱㫃言/陶錄 3.438.3	⿱㫃言/陶錄 3.438.4	⿱㫃心/歷博 41.4	⿱㫃心/璽彙 2197	⿱㫃心/陶錄 3.642.5	⿱㫃心/陶錄 3.433.4
⿱㫃心/陶錄 3.433.2	⿱㫃心/陶錄 3.436.1	⿱㫃心/陶錄 3.436.5	⿱㫃心/陶錄 3.437.1	⿱㫃心/陶錄 3.437.3	⿱㫃心/陶錄 3.437.4	⿱㫃心/陶錄 3.437.5
⿱㫃心/陶錄 3.433.3	⿱㫃心/陶錄 3.433.1	⿱㫃心/陶錄 3.434.1	⿱㫃心/陶錄 3.434.3	⿱㫃心/陶錄 3.434.4	旟/集成 01.285	旟/集成 01.272
旟/銘文選 848	旟/陶彙 3.265	⿸㫃禹/璽彙 3691	⿸㫃甬/璽彙 3538	旗（旂）/陶錄 3.456.1	旗（旂）/陶錄 3.456.2	旗（旂）/陶錄 3.456.3
旗（旂）/陶錄 3.638.1	旂/集成 01.102	旂/集成 15.9729	旂/集成 15.9730	旂/集成 01.285	旂/集成 15.9709	旂/集成 01.277
旂/集成 01.87	旂/璽彙 3753	旂/璽彙 3660	旂/山東 104 頁	旂/新收 1043	旂/古研 29.396	祈（⿸㫃示）/集成 16.10283

祈（旂）/集成 09.4593	祈（旂）/集成 16.10007	祈（旂）/集成 01.271	祈（旂）/集成 01.271	祈（旂）/集成 16.10151	祈（旂）/集成 09.4458	祈（旂）/集成 09.4458
祈（旂）/集成 16.10144	旂（旂）/山東 212 頁	族/集成 15.9700	族/集成 17.11085	旃/陶錄 2.429.2		

285. 司

《說文解字・卷九・司部》:「司，臣司事於外者。从反后。凡司之屬皆从司。」甲骨文作（合 19208）；金文作（𫲨鐘）；楚系簡帛文字作（包 2.129）。季旭昇師謂「疑象權杖之類。」〔註 363〕陳劍彰師講義以為𠄎象鐮刀與其柄之形，可表示｛乂/刈｝/｛鎌/鐮｝詞、｛柌｝詞，一字有三讀。〔註 364〕

齊系「司」字字形承襲甲骨，用作偏旁時，字形不加「口」形。

單　字						
司/璽彙 0024	司/璽彙 0019	司/璽彙 0033	司/璽彙 3813	司/璽彙 3819	司/璽彙 3826	司/璽彙 0023
司/璽彙 0026	司/璽彙 0064	司/璽彙 5542	司/璽彙 0034	司/璽彙 0035	司/璽彙 0036	司/璽彙 0043
司/璽彙 5539	司/璽彙 0038	司/璽彙 0040	司/璽彙 0041	司/璽彙 0028	司/璽彙 0029	司/璽彙 0030
司/璽彙 0032	司/璽彙 0031	司/璽彙 0037	司/璽彙 0039	司/璽彙 5540	司/璽彙 0047	司/璽彙 0062
司/璽彙 0063	司/璽彙 0083	司/璽彙 0197	司/璽彙 3827	司/璽彙 0027	司/璽彙 0025	司/璽考 32 頁

〔註 363〕季旭昇師：《說文新證》，頁 709。

〔註 364〕陳劍於 2017 年在臺灣彰化師範大學上課講義，由季旭昇師提供。

司/璽考 337 頁	司/璽考 40 頁	司/璽考 61 頁	司/璽考 35 頁	司/璽考 35 頁	司/璽考 36 頁	司/璽考 37 頁
司/璽考 39 頁	司/璽考 38 頁	司/璽考 38 頁	司/璽考 37 頁	司/璽考 37 頁	司/璽考 35 頁	司/陶錄 2.85.2
司/陶錄 2.168.2	司/陶錄 2.168.3	司/陶錄 2.660.4	司/陶錄 3.5.2	司/陶錄 3.5.3	司/陶錄 3.5.4	司/陶彙 3.807
司/新收 1125	司/新收 1080	司/錄遺 6.132	司/山東 104 頁	司/分域 676	司/集成 17.11205	司/集成 01.285
司/集成 17.11131	司/集成 01.276					
偏　旁						
⿰台司/集成 01.172	⿰台司/集成 01.175	⿰台司/集成 01.177	⿰台司/集成 01.142	⿰台司/璽彙 4029	⿰台斤/璽彙 0175	鉰/集成 09.4649
鉰/璽考 37 頁	鉰（釕）/璽彙 0039	鉰（釕）/璽彙 5540	鉰（釕）/璽彙 0037	⿰女司/陶錄 2.374.3	⿰女司/陶錄 2.684.1	⿰女司/陶錄 2.374.1
⿰女司/陶錄 2.370.1	⿰女司/陶錄 2.370.4	⿰女司/陶錄 2.371.2	⿰女司/陶錄 2.375.1	⿰女司/陶錄 2.371.3	⿰女司/陶錄 2.373.1	𤔲/新收 1917
𤔲/中新網 2012.8.11	𤔲/中新網 2012.8.11	𤔲/陶錄 2.643.4	𤔲/集成 17.11206	𤔲/集成 16.10154	𤔲/集成 15.9729	𤔲/集成 16.10277
𤔲/集成 01.285	𤔲/集成 05.2638	𤔲/集成 15.9729	𤔲/集成 09.4440	𤔲/集成 09.4441	𤔲/集成 15.9730	𤔲/集成 15.9730

嗣/集成 15.9730	嗣/集成 09.4689	嗣/集成 09.4690	嗣/集成 16.10275	嗣/集成 15.9733	嗣/集成 01.273	嗣/集成 09.4691
嗣/集成 09.4440	嗣/集成 05.2592	嗣/集成 16.10116	趐/金文總集 02.1478	絧/璽彙 4033	弻/陶錄 3.638.2	
合　文						
司寇/璽彙 0220						

286. 工

《說文解字．卷五．工部》：「工，巧飾也。象人有規榘也。與巫同意。凡工之屬皆从工。[古文]，古文工从彡。」甲骨文作[甲骨文]（合 19441）、工（合 24976）；金文作工（免卣）；楚系簡帛文字作[楚文]（上 1.孔.5）。季旭昇師謂「工字應該是一種有刃的工具，其上部可能有矩的功能。」〔註 365〕

齊系「工」字字形作工（貨系 2515），偶有字形豎筆出頭作「士」形，例：[璽文]（璽考 60 頁）。單字與偏旁字形相同。「左」字所从「工」，或豎筆出頭作形近「土」形，例：[璽文]（左/璽彙 0195）。

單　字						
工/集成 17.11211	工/集成 17.11259	工/集成 07.4029	工/陶錄 3.18.1	工/陶錄 3.18.3	工/陶錄 3.654.2	工/陶錄 3.619.6
工/陶錄 3.620.1	工/陶錄 3.619.5	工/陶錄 3.619.4	工/後李六 2	工/後李八 5	工/後李八 6	工/貨系 2586
工/貨系 2606	工/貨系 2522	工/貨系 2523	工/貨系 2567	工/貨系 2515	工/貨系 2607	工/璽考 61 頁

〔註 365〕季旭昇師：《說文新證》，頁 382。

工/璽考 60 頁	工/齊幣 62	工/齊幣 454	工/齊幣 61	工/古研 29.310	工/古研 29.310	工/新收 1078
工/新收 1078	工/新收 1125	工/新收 1077				
偏　旁						
佐/集成 17.11211	佐/收藏家 2011.11.25	瘄 /陶錄 3.369.1	瘄 /陶錄 3.368.6	瘄 /陶錄 3.368.1	瘄 /陶錄 3.368.3	嫢/集成 01.285
嫢/集成 01.273	築/集成 16.10374	左/歷文 2007.5.15	左/中國錢 幣 1987.4	左/文物 2002.5.95	左/陶彙 3.703	左/後李六 1
左/山東 846 頁	左/山東 817 頁	左/山東 865 頁	左/山東 845 頁	左/集成 17.10982	左/集成 17.11041	左/集成 17.10997
左/集成 16.10374	左/集成 17.11001	左/集成 17.11017	左/集成 17.10932	左/集成 17.11158	左/集成 17.11130	左/集成 01.87
左/集成 17.11056	左/集成 17.10971	左/集成 17.11022	左/集成 17.10969	左/集成 17.10930	左/集成 16.10368	左/集成 01.274
左/集成 01.272	左/集成 01.278	左/集成 01.279	左/集成 01.280	左/集成 01.285	左/集成 01.285	左/集成 01.285
左/集成 18.11609	左/集成 16.10371	左/集成 15.9700	左/集成 16.10371	左/集成 05.2592	左/集成 17.10983	左/集成 17.10984
左/集成 17.10985	左/璽考 47 頁	左/璽考 47 頁	左/璽考 47 頁	左/璽考 48 頁	左/璽考 48 頁	左/璽考 51 頁

左/璽考 33 頁	左/璽考 35 頁	左/璽考 37 頁	左/璽考 35 頁	左/璽考 37 頁	左/璽考 40 頁	左/璽考 42 頁
左/璽考 42 頁	左/璽考 43 頁	左/璽考 45 頁	左/璽考 46 頁	左/陶錄 2.311.1	左/陶錄 2.311.3	左/陶錄 2.312.1
左/陶錄 2.315.3	左/陶錄 2.654.1	左/陶錄 2.666.1	左/陶錄 2.667.1	左/陶錄 2.673.1	左/陶錄 2.700.1	左/陶錄 2.313.1
左/陶錄 2.293.1	左/陶錄 2.5.1	左/陶錄 2.5.2	左/陶錄 2.5.4	左/陶錄 2.3.2	左/陶錄 2.3.3	左/陶錄 2.6.1
左/陶錄 2.6.2	左/陶錄 2.6.4	左/陶錄 2.8.1	左/陶錄 2.8.2	左/陶錄 2.8.3	左/陶錄 2.9.1	左/陶錄 2.10.1
左/陶錄 2.10.2	左/陶錄 2.10.4	左/陶錄 2.11.1	左/陶錄 2.11.4	左/陶錄 2.12.2	左/陶錄 2.15.1	左/陶錄 2.16.1
左/陶錄 2.17.1	左/陶錄 2.20.2	左/陶錄 2.20.3	左/陶錄 2.21.2	左/陶錄 2.23.1	左/陶錄 2.23.3	左/陶錄 2.23.4
左/陶錄 2.24.1	左/陶錄 2.24.2	左/陶錄 2.24.3	左/陶錄 2.35.1	左/陶錄 2.261.1	左/陶錄 2.293.3	左/陶錄 2.293.2
左/陶錄 2.295.4	左/陶錄 2.298.1	左/陶錄 2.298.2	左/陶錄 2.299.1	左/陶錄 2.299.2	左/陶錄 2.300.1	左/陶錄 2.300.2
左/陶錄 2.300.3	左/陶錄 2.300.4	左/陶錄 2.301.1	左/陶錄 2.302.4	左/陶錄 2.303.1	左/陶錄 2.309.1	左/陶錄 2.310.3
左/陶錄 2.304.1	左/陶錄 2.304.2	左/陶錄 2.310.4	左/璽彙 0337	左/璽彙 0313	左/璽彙 0307	左/璽彙 5540

左/璽彙 0195	左/璽彙 0047	左/璽彙 0037	左/璽彙 0038	左/璽彙 0039	左/璽彙 0157	左/璽彙 0227
左/璽彙 0256	左/璽彙 0257	左/璽彙 0285	左/璽彙 0296	左/璽彙 0298	左/璽彙 0300	左/山璽 015
左/山璽 003	左/山璽 004	左/山璽 008	左/山璽 009	左/山璽 011	左/山璽 012	左/山璽 013
左/山璽 014	左/新收 1167	左/新收 1983	左/新收 1078	左/新收 1110	左/新收 1197	左/新收 1167
左/新收 1496	差/集成 16.10361	差/集成 01.274	差/集成 01.285	隋（𡗝）/ 陶錄 3.484.6	隋（𡗝）/ 陶錄 3.484.5	隋（𡗝）/ 陶錄 3.484.4
攻/集成 01.285	攻/集成 01.271	攻/集成 16.10361	攻/集成 01.273	攻/集成 01.281	攻/後李三 8	攻/璽考 57 頁
攻/璽考 57 頁	攻/新收 1550	攻/璽彙 0147	攻/璽彙 0148	攻/璽彙 0157	攻/璽彙 0149	攻/璽彙 0150
𢀜/集成 01.283	𢀜/集成 01.285	𢀜/集成 01.276	𦐊/山璽 16	𦐊/璽彙 0259		
合　文						
工帀/文物 1997.6.17	工帀/新收 1075					

287. 巨

《說文解字・卷五・工部》:「，規巨也。从工，象手持之。，巨或从木、矢。矢者，其中正也。，古文巨。」金文作（鄘侯簋）、（矩尊）；楚系簡帛文字作（郭.語 4.14）。高鴻縉謂「工與一字，工象榘形，為最初文。自借為職工百工之工，乃加畫人形以持之，作。後所加之人形變為夫，變為矢，流而為矩，省而為巨。後巨又借為巨細之巨，矩復加木旁作榘，而工與巨復因形歧而變其音。」〔註 366〕

齊系「巨」字單字和偏旁字形作（陶錄 3.166.2）、（陶錄 3.19.1）。單字字形還作（考古 1973.1）、（璽考 70 頁）。

單字						
 巨/集成 08.4152	 巨/陶錄 3.164.2	 巨/陶錄 3.166.2	巨/陶錄 3.484.1	 巨/陶錄 3.19.1	 巨/陶錄 3.624.2	 巨/陶錄 3.19.5
 巨/陶錄 3.19.2	 巨/考古 1973.1	 巨/考古 1973.1	 巨/璽考 70 頁			
偏旁						
 䝔/陶錄 3.164.3	 䝔/陶錄 3.165.6	 䝔/陶錄 3.164.6	 䝔/陶錄 3.165.2	 䝔/陶錄 3.163.4	 䝔/陶錄 3.633.6	 䝔/陶錄 3.165.3
 䝔/陶錄 3.163.3	 怇/陶錄 3.118.3	 怇/陶錄 3.116.6	 怇/陶錄 3.115.4	 怇/陶錄 3.117.3	 怇/陶錄 3.117.6	 怇/陶錄 3.117.4
 怇/陶錄 3.118.1	 怇/陶錄 3.116.3	 怇/陶錄 3.116.4				

〔註 366〕高鴻縉:《中國字例》，頁 194～195。

288. 壬

《說文解字‧卷十四‧壬部》:「壬,位北方也。陰極陽生,故《易》曰:『龍戰于野。』戰者,接也。象人裹妊之形。承亥壬以子,生之敘也。與巫同意。壬承辛,象人脛。脛,任體也。凡壬之屬皆如林切。」甲骨文作[glyph](乙222)、[glyph](佚518);金文作[glyph](無曩簋)、[glyph](父壬爵);楚系簡帛文字作[glyph](包2.180)。林義光謂「即縢之古文,機持經者也。……巠為經之古文,古作[glyph](虢季子白盤/經字偏旁),正象縢持經形,从壬。」〔註367〕季旭昇師疑卜辭「壬」或假「工」為之。〔註368〕

齊系「壬」字作[glyph](陶錄3.519.1)、[glyph](中新網2012.8.11)。偏旁字形除上述字形外,還作中間增加橫畫飾筆之形,例:[glyph](妊/山東170頁)。

單　字						
壬/集成 01.87	壬/陶錄 2.275.1	壬/陶錄 2.275.2	壬/陶錄 2.282.1	壬/陶錄 2.282.2	壬/陶錄 2.282.3	壬/陶錄 2.600.2
壬/陶錄 3.519.1	壬/陶錄 3.519.2	壬/陶錄 3.519.3	壬/後李二 11	壬/中新網 2012.8.11		
偏　旁						
任/璽彙 2559	任/澂秋 30	妊/遺珍 38頁	妊/遺珍 61頁	妊/遺珍 116頁	妊/遺珍 69頁	妊/山東 379頁
妊/山東 170頁	妊/集成 09.4574	妊/集成 16.10133	妊/集成 05.2601	妊/集成 16.10263	妊/遺珍 41頁	

289. 巠

《說文解字‧卷十一‧川部》:「[glyph],水脈也。从川在一下。一,地也。壬省聲。一曰水冥巠也。[glyph],古文巠不省。」金文作[glyph](克鐘);楚系簡帛

〔註367〕林義光:《文源》,頁94。

〔註368〕季旭昇師:《甲骨文字根研究》,頁573。

文字作（郭.唐.19）、（郭.尊.13）。林義光謂「即經之古文，織縱絲也。巛象縷，壬持之，壬即縢字，機中持經者也。上从一，一亦縢之略形。」〔註 369〕

齊系「巠」字單字作（陶錄 3.655.5），或增加橫畫飾筆作（陶錄 3.552.5）。偏旁字形除作上述兩形外，還作絲形中增加點形之形，例：（徑/新泰 5）；或作絲形中增加橫畫，例：（逕/陶錄 3.384.1）；或下部訛變為「壬」形，例：（經/集成 01.272）。

單字						
巠/陶錄 3.552.5	巠/陶錄 3.655.5	巠/陶錄 2.242.2				
偏旁						
徑/山大 4	徑/陶錄 3.625.6	徑/陶錄 3.625.5	徑/新泰 5	徑/新泰 6	徑/新泰 7	逕/陶錄 3.384.4
逕/陶錄 3.384.1	逕/陶錄 3.384.2	逕/陶錄 3.384.3	逕/陶錄 3.384.5	逕/陶錄 3.654.1	[巠阝]/璽彙 2598	[巠阝]/璽彙 4014
誙/璽彙 2530	[口巠]/璽彙 3620	誙/陶錄 2.115.3	誙/璽彙 2531	誙/璽彙 4889	誙/陶錄 2.115.1	誙/陶錄 2.115.2
[忄巠]/陶錄 2.83.1	[忄巠]/陶錄 2.83.2	[忄巠]/陶錄 2.665.3	[土巠]/陶錄 2.242.1	[土巠]/陶錄 2.551.2	[土巠]/陶錄 2.551.1	牼/陶錄 2.397.4
牼/集成 01.150	牼/集成 01.151	牼/集成 01.152	經/集成 09.4596	經/集成 01.285	經/集成 01.272	弳/陶錄 3.625.6

〔註 369〕林義光：《文源》，頁 122。

彊/陶錄 3.625.3	彊/陶錄 3.625.4	彊/陶錄 3.625.5				

290. 叀

《說文解字·卷四·叀部》:「[illegible]，專小謹也。从幺省；屮，財見也；屮亦聲。凡叀之屬皆从叀。[illegible]，古文叀。[illegible]，亦古文叀。」甲骨文作[illegible]（合 32331）；金文作[illegible]（史墻盤）。用作偏旁時，楚系簡帛文字作[illegible]（惠/清 1.皇.8）。孫海波謂「象紡專之形。」〔註 370〕[illegible]（禹鼎）、[illegible]（上 8.有皇.1）等字舊亦釋「叀」，現在都改釋為「助」。〔註 371〕

齊系偏旁「叀」字承襲金文[illegible]形，但常常簡省字形下部作[illegible]（傳/集成 15.9729），有些字形中間的「田」形也發生了簡省，變成「口」形、「日」形，例：[illegible]（傳/陶錄 2.152.2）。偶有字形簡省字形上部作[illegible]（惠/集成 09.4624）。「叀」字簡省下部字形後，與「甫」字字形非常接近，不易區分，例：[illegible]（塼/集成 01.285）、[illegible]（專/集成 01.282）。

偏　旁						
傳/集成 15.9729	傳/璽彙 3551	傳/璽彙 0583	傳/陶錄 2.152.2	傳/陶錄 2.152.3	傳/陶錄 2.152.1	傳/陶錄 2.153.1
�береж/陶錄 2.551.3	塼/集成 01.285	�/陶錄 2.406.4	惠/古研 29.396	惠/集成 01.271	惠/集成 01.271	惠/集成 09.4624
惠/集成 09.4623	惠/古研 29.395					

291. 氏

《說文解字·卷十二·氏部》:「[illegible]，巴蜀山名岸脅之旁箸欲落嫷曰氏，氏崩，聞數百里。象形，乁聲。凡氏之屬皆从氏。楊雄賦：響若氏隤。」甲

〔註 370〕孫海波：《甲骨文錄》（臺北：藝文印書館，1958 年）釋文，頁 27。

〔註 371〕楊安：〈「助」、「叀」考辨〉，《中國文字》新 37 期，臺北：藝文印書館，2012 年 1 月。

骨文作（鐵 140.1）、（後 2.21.6）；金文作（令鼎）、（大克鼎）、（齊鞶氏鐘）；楚系簡帛文字作（上 1.孔.5）、（上 1.孔.27）。季旭昇師認為，「可能為槌狀物。」〔註 372〕

齊系「氏」字單字作（陶錄 3.3.1）、（集成 01.271）、（集成 01.142），字形不加飾筆，或增加點形或橫畫飾筆。偏旁字形上下部都增加橫畫，例：（狋/陶錄 2.377.3）。

單字						
 氏/集成 07.4096	 氏/集成 01.142	 氏/集成 01.271	 氏/集成 01.271	 氏/集成 01.271	 氏/集成 16.10361	 氏/集成 16.10361
 氏/集成 16.10123	 氏/集成 09.4689	 氏/集成 09.4691	 氏/集成 09.4560	 氏/集成 09.4560	 氏/陶錄 3.4.3	 氏/陶錄 3.3.3
 氏/陶錄 3.3.1	 氏/陶錄 3.3.4	 氏/陶錄 3.4.1	 氏/陶錄 2.291.1	 氏/瑯琊網 2012.4.18		
偏旁						
 狋/陶錄 2.379.1	 狋/陶錄 2.379.4	 狋/陶錄 2.379.3	 狋/陶錄 2.377.1	 狋/陶錄 2.377.2	 狋/陶錄 2.377.3	

292. 冂

《說文解字・卷五・冂部》：「，邑外謂之郊，郊外謂之野，野外謂之林，林外謂之冂。象遠界也。凡冂之屬皆从冂。，古文冂从口，象國邑。，坰或从土。」金文作（訇簋）、（大盂鼎）；楚系簡帛文字作（清 2.繫.70）。季旭昇師謂「置物之度架。」〔註 373〕

齊系「冂」字偏旁與金文形相同。

〔註 372〕季旭昇師：《甲骨文字根研究》，頁 860。
〔註 373〕季旭昇師：《說文新證》，頁 449。

偏旁						
內/貨系 242	內/璽考 56 頁	內/新收 1113	內/齊幣 151	內/齊幣 152	內/齊幣 150	內/璽彙 0154
內/集成 15.9703	內/集成 15.9703	內/集成 16.9975	內/集成 16.10374	內/集成 04.2354	內/集成 01.274	內/集成 01.277
內/集成 01.284	內/集成 01.285	內/集成 01.285	內/陶錄 2.2.2	內/陶錄 2.649.1	內/陶錄 2.5.1	內/陶錄 2.5.2
內/陶錄 2.648.1	姊/璽彙 0331	𤔲/集成 09.4691	𤔲/集成 16.10116	𤔲/集成 17.11206	𤔲/集成 16.10154	𤔲/集成 05.2592
𤔲/集成 01.285	𤔲/集成 05.2638	𤔲/集成 15.9729	𤔲/集成 09.4440	𤔲/集成 09.4441	𤔲/集成 15.9730	𤔲/集成 15.9730
𤔲/集成 15.9730	𤔲/集成 09.4689	𤔲/集成 09.4690	𤔲/集成 16.10275	𤔲/集成 15.9733	𤔲/集成 01.273	𤔲/集成 16.10277
𤔲/新收 1917	𤔲/陶錄 2.643.4	𡈼/璽考 64 頁	𡈼/璽考 64 頁	𡈼/後李二 3	𡈼/後李 7	𡈼/後李四 8
𡈼/考古 2008.11.27	𡈼/璽彙 0273	𡈼/璽彙 0334	𡈼/璽彙 0265	𡈼/璽彙 0336	𡈼/璽彙 0312	𡈼/陶錄 2.632.2
𡈼/陶錄 2.293.1	𡈼/陶錄 2.325.1	𡈼/陶錄 2.326.1	𡈼/陶錄 2.678.3	𡈼/陶錄 2.744.4	𡈼/陶錄 2.744.6	𡈼/陶錄 2.252.3

王/陶錄 2.267.3	王/陶錄 2.309.2	王/陶錄 2.267.1	王/陶錄 2.267.3	王/陶錄 2.283.1	王/陶錄 2.283.3	王/陶錄 2.293.1
王/陶錄 2.293.2	王/陶錄 2.293.4	王/陶錄 2.341.2	王/陶錄 2.339.3	王/陶錄 2.341.1	王/陶錄 2.343.1	王/陶錄 2.347.1
王/陶錄 2.349.1	王/陶錄 2.350.3	王/陶錄 2.450.1	王/陶錄 2.451.2	王/陶錄 2.455.1	王/陶錄 2.456.3	王/陶錄 2.456.4
王/陶錄 2.457.3	王/陶錄 2.459.2	王/陶錄 2.460.3	王/陶錄 2.461.2	王/陶錄 2.461.3	王/陶錄 2.462.2	王/陶錄 2.577.1
王/陶錄 2.578.4	王/陶錄 2.579.1	王/陶錄 2.572.1	王/陶錄 2.573.1	王/陶錄 2.529.1	王/陶錄 2.743.1	王/陶錄 2.748.4
王/陶錄 2.744.1	王/陶錄 2.743.2	王/陶錄 2.747.1	王/陶錄 2.747.2	王/陶錄 2.744.5	王/陶錄 2.746.6	王/陶錄 2.748.2
王/陶錄 2.558.5	王/陶錄 2.594.1	王/陶錄 2.632.3	王/陶錄 2.628.5	王/桓台 40	王/桓台 40	賣/陶錄 3.450.1
賣/陶錄 3.450.2	賣/陶錄 3.450.3	賣/陶錄 3.450.4	賣/陶錄 3.450.6	賣/陶錄 3.451.1	賣/陶錄 3.451.3	賣/陶錄 3.451.4
賣/陶錄 3.451.5						
合　文						
內郭/璽彙 0241	內郭/璽彙 0247	內郭/陶錄 2.3.4	內郭/陶錄 2.3.1	內郭/陶錄 2.3.2	內郭/陶錄 2.3.3	非子/璽彙 1365

293. 丙

《說文解字・卷十四・丙部》:「　，位南方，萬物成，炳然。陰气初起，陽气將虧。从一入冂。一者，陽也。丙承乙，象人肩。凡丙之屬皆从丙。」甲骨文作　（甲 2328）、　（合 23395）；金文作　（冉丙爵）、　（冠尊）；楚系簡帛文字作　（包 2.186）。于省吾謂「象物之安。……即今俗所稱物之底座。　之形，上象平面可置物，下象左右足。」〔註 374〕

齊系「丙」字承襲甲骨金文，增加兩個撇畫飾筆，字形內部近似「火」形，作　（集成 16.10374）。偏旁字形與金文　形相同，　形內部筆畫或訛變作「大」形，例：　（啻/集成 09.4629）；或訛變作豎筆，例：　（萳/陶錄 2.390.1）。

單字						
丙/集成 08.4152	丙/集成 16.10374	丙/陶錄 3.21.4	丙/陶錄 3.21.5	丙/陶錄 3.21.6	丙/陶錄 3.535.1	丙/陶錄 3.535.2
丙/陶錄 3.535.3	丙/陶錄 3.444.5	丙/陶錄 2.757.1				
偏旁						
兩/集成 15.9729	兩/集成 15.9730	兩/集成 04.2591	萳/陶錄 2.390.3	萳/陶錄 2.391.3	萳/陶錄 2.392.1	萳/陶錄 2.392.4
萳/陶錄 2.390.1	萳/陶錄 2.390.2	兩/新收 1077	兩/新收 1078	㾏/陶錄 3.358.5	㾏/陶錄 3.358.6	㾏/陶錄 3.358.4
邴/璽彙 2209	啻/集成 09.4630	啻/集成 09.4629	啻/集成 09.4629	啻/集成 09.4630	啻/集成 07.4096	啻/新收 1781
商/集成 15.9733	商/集成 15.9733	商/集成 07.4110	商/集成 07.4110	商/集成 07.4111	商/集成 16.10187	商/璽彙 3723

〔註 374〕于省吾：《雙劍誃殷契駢枝》，頁 31。

商/璽彙 3746	商/璽彙 3213	鼏/集成 03.614	鼏/集成 16.10361			

294. 己

《說文解字·卷十四·己部》:「己，中宮也。象萬物辟藏詘形也。己承戊，象人腹。凡己之屬皆从己。己，古文己。」甲骨文作己（前 1.6.1）；金文作己（己侯簋）；楚系簡帛文字作己（包 2.165）、己（郭.尊.10）。葉玉森謂「當為綸索類利約束耳，不必定為惟射之繳。」〔註 375〕

齊系「己」字承襲甲骨己形，或作說文古文己形，單字與偏旁字形相同。

單　字						
己/集成 07.3939	己/集成 15.9700	己/集成 03.614	己/集成 07.3772	己/集成 07.3772	己/集成 07.3977	己/集成 01.88
己/集成 04.2418	己/集成 01.14	己/集成 03.600	己/集成 15.9632	己/璽彙 3638	己/璽彙 1475	己/璽彙 2191
己/陶錄 3.476.4	己/集錄 0134	己/考古 1973.1	己/山東 76 頁	己/山東 76 頁	己/山東 575 頁	己/山東 103 頁
己/山東 103 頁	己/山東 103 頁	己/山東 103 頁	己/後李七 10			
偏　旁						
改/集成 16.10163	改/集成 16.10282	記/集成 01.217	記/陶錄 3.539.5	記/陶錄 3.539.6	忌/新收 1074	忌/璽彙 1146
忌/璽彙 1269	忌/璽彙 5587	忌/集成 01.151	忌/集成 01.245	忌/集成 16.10151	忌/集成 01.285	忌/集成 08.4190

〔註 375〕葉玉森：《殷虛書契前編集釋》，頁 50～51。

忌/集成 01.272	忌/集成 01.149	忌/集成 01.150	[illegible]/陶錄 3.485.5	己（㠱）/集成 16.10151	杞/集成 07.3902	杞/集成 09.4592
杞/集成 04.2494	杞/集成 04.2495	杞/集成 05.2642	杞/集成 15.9687	杞/集成 15.9688	杞/集成 07.3898	杞/集成 07.3899
杞/集成 07.3901	㠱/集成 12.6511	㠱/集成 09.4443	㠱/集成 15.9704	㠱/集成 16.10081	㠱/集成 16.11021	㠱/集成 04.2146
㠱/集成 09.4443	㠱/集成 09.4623	㠱/集成 09.4442	㠱/集成 09.4444	[illegible]/集成 01.285	紀/璽彙 2610	紀/陶錄 3.538.1
紀（[illegible]）/璽彙 2301	紀（絽）/璽彙 2611	紀（絽）/璽考 70 頁				

295. 戹

《說文解字‧卷十二‧戶部》:「，隘也。从戶乙聲。」甲骨文作（合18267）；金文作（毛公鼎）；楚系簡帛文字作（曾 20）。季旭昇師認為，字象戹形，為架在馬脖子上控制馬的器具。〔註 376〕

齊系「戹」字字形用短橫畫表示馬脖上控制馬的工具。

單　字						
戹/集成 01.271						

〔註 376〕季旭昇師：《說文新證》，頁 834。

三、絲　部

296. 幺

《說文解字・卷四・幺部》：「[illegible]，小也。象子初生之形。凡幺之屬皆从幺。」甲骨文作[illegible]（合 27306）；金文作[illegible]（頌簋）。用作偏旁時，楚系簡帛文字作[illegible]（茲/清 1.楚.1）。何琳儀謂「象絲束之形。引申為微小幽遠。」〔註 377〕季旭昇師謂「本義是小絲。……象單根絲線。」〔註 378〕。

齊系偏旁「幺」字承襲甲骨[illegible]形。偶有字形作絲束之間用豎筆連接之形，例：[illegible]（茲/古研 29.311）。

偏　旁						
茲/集成 09.4630	茲/集成 16.10261	茲/集成 16.10371	茲/集成 08.4190	茲/集成 09.4629	茲/古研 29.311	茲/陶錄 2.239.4
茲/陶錄 2.408.1	茲/陶錄 2.408.2	茲/分域 691	茲/新收 1781	幾/璽彙 0249	謑/集成 16.10374	嗣/陶錄 2.643.4
嗣/璽彙 0249	嗣/集成 09.4440	嗣/集成 05.2592	嗣/集成 16.10116	嗣/集成 16.10275	嗣/集成 16.10154	嗣/集成 16.10277
嗣/集成 09.4691	嗣/集成 05.2638	嗣/集成 09.4689	嗣/集成 09.4440	嗣/集成 09.4441	嗣/集成 15.9730	嗣/集成 09.4690
嗣/新收 1917	繳/集成 16.10371	後/陶錄 3.338.2	後/陶錄 3.338.3	後/陶錄 3.338.6	後/陶錄 3.338.5	後/陶錄 3.338.1
後/陶錄 3.338.4	後/璽彙 0296	後/山東 871 頁	核/陶錄 2.523.1	濼/集成 01.88	濼/集成 01.179	濼/集成 01.89

〔註 377〕何琳儀：《戰國古文字典》，頁 1108。

〔註 378〕季旭昇師：《說文新證》，頁 316。

 濼/集成 01.174	 濼/集成 01.175	 幽/中新網 2012.8.11	 玺/璽彙 1149	 畜/璽彙 1953	 斆/璽彙 3651	 斆/璽彙 2599
 𧇾/陶錄 2.588.2	 𧇾/集成 16.10371	 絲/歷博 1993.2	 絲/集成 18.12107	 幻/陶錄 3.274.1	 幻/陶錄 3.274.2	 幻/陶錄 3.274.3
 幻/陶錄 3.613.4	 繼/集成 09.4644	 繼/古研 29.311				
合　文						
 𧇾月/集成 18.11259						

297. 玄

《說文解字・卷四・玄部》:「，幽遠也。黑而有赤色者爲玄。象幽而入覆之也。凡玄之屬皆从玄。，古文玄。」甲骨文作（粹 816）；金文作（此鼎）；楚系簡帛文字作（上 2.子.12）。季旭昇師認為，「玄」字是「幺」字的分化字，在其上方加一橫畫或加兩短豎形成的。〔註 379〕

齊系「玄」字承襲甲骨形，或增加兩短豎作為指事符號，增加在「幺」形上部作（集成 01.277）；或增加在「幺」形內部作（集成 01.151）。

單　字						
 玄/集成 01.245	 玄/集成 01.172	 玄/集成 01.149	 玄/集成 01.151	 玄/集成 01.150	 玄/集成 01.277	 玄/集成 01.174
 玄/集成 01.152	 玄/集成 01.180	 玄/陶錄 3.476.5	 玄/齊幣 442			

〔註 379〕季旭昇師：《說文新證》，頁 322。

298. 率

《說文解字·卷十三·糸部》:「[illegible]，捕鳥畢也。象絲罔，上下其竿柄也。凡率之屬皆从率。」甲骨文作[illegible]（合 00248）；金文作[illegible]（大盂鼎）；楚系簡帛文字作[illegible]（衞/清 2.繫.63）。戴侗謂「大索也，上下兩端象所用絞率者，中象率，旁象麻枲之餘。」〔註 380〕

齊系「率」字偏旁承襲甲骨，但字形中的點形與「行」字結合共筆。駱珍伊認為，「『率』有『率領』之義，故加『辵』、『行』等義符，別出『達』字。……『行』旁與『率』旁的小點結合共筆，故中間的『率』省訛為『幺』形。」〔註 381〕

偏　旁						
 逹（衞）/集成 15.9733	 逹（衞）/集成 02.718					

299. 糸

《說文解字·卷十三·糸部》:「[illegible]，細絲也。象束絲之形。凡糸之屬皆从糸。讀若硯。[illegible]，古文糸。」甲骨文作[illegible]（合 28401）、[illegible]（合 21306）；金文作[illegible]（子糸爵）、[illegible]（糸父壬爵）。用作偏旁時，楚系簡帛文字作[illegible]（約/清 2.繫.114）、[illegible]（紝/清 3.赤.3）。姚孝遂謂「糸即象束絲之形。」〔註 382〕

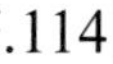

齊系「糸」字偏旁的束絲形只作絲下方束緊之形，與楚系偏旁字形相同，例：[illegible]（經/集成 01.285）。「糸」字偏旁的特殊字形為：簡省絲形，例：[illegible]（縈/集成 07.3772）；絲形簡省離散為兩撇畫，例：[illegible]（緩/陶錄 2.327.1）；「糸」與「子」共筆並發生訛變，例：[illegible]（孫/陶錄 2.555.2）。

偏　旁						
 縱/集成 18.12092	 癰/陶彙 3.1008	 癰/陶錄 3.365.1	 癰/陶錄 3.366.2	 癰/陶錄 3.364.5	 癰/陶錄 3.10.2	 繆/陶錄 2.158.1

〔註 380〕宋·戴侗：《六書故》卷三十，頁 2。

〔註 381〕駱珍伊：《〈上海博物館藏戰國楚竹書（七）～（九）〉與〈清華大學藏戰國竹簡（壹）～（叁）〉字根研究》，頁 508。

〔註 382〕于省吾主編：《甲骨文字詁林》，頁 3217。

繆/陶錄 2.141.1	繆/陶錄 2.141.2	繆/陶錄 2.142.1	繆/陶錄 2.142.2	紩/璽彙 0226	纘/璽彙 0243	綴/陶錄 2.57.4
綴/陶錄 2.57.4	綴/陶錄 2.57.3	[illegible]/璽彙 3545	繞/陶錄 2.517.4	繞/陶錄 2.676.1	繞/陶錄 2.516.4	繞/陶錄 2.518.1
繞/陶錄 2.515.1	繞/陶錄 2.515.2	繞/陶錄 2.515.3	繞/陶錄 2.515.4	繞/陶錄 2.516.1	繞/陶錄 2.516.3	繞/陶錄 2.517.1
繞/陶錄 2.517.2	繞/陶錄 2.517.3	纓/陶錄 3.417.6	纓/陶錄 3.416.1	纓/陶錄 3.416.3	纓/陶錄 3.416.4	纓/陶錄 3.416.5
纓/陶錄 2.208.1	纓/陶錄 2.161.1	纓/陶錄 2.161.2	纓/陶錄 2.161.3	纓/陶錄 2.161.4	纓/陶錄 3.417.5	纓/陶錄 3.417.5
纓/陶錄 2.208.3	纓/陶錄 2.209.1	纓/陶錄 2.171.3	纓/陶錄 2.171.4	纓/陶錄 2.549.1	纓/陶錄 2.549.2	纓/陶彙 3.283
緐/陶錄 3.500.3	緐/陶錄 3.486.2	緐/集成 18.12107	孫/璽考 315 頁	孫/新收 1043	孫/新收 1781	孫/新收 1781
孫/集成 17.11040	孫/集成 07.4096	孫/集成 07.4096	孫/集成 07.4096	孫/集成 17.11069	孫/集成 09.4649	孫/集成 16.10261
孫/集成 05.2732	孫/集成 01.102	孫/集成 05.2732	孫/集成 08.4190	孫/集成 09.4630	孫/集成 16.10154	孫/集成 09.4428
孫/集成 09.4441	孫/集成 07.3772	孫/集成 07.3893	孫/集成 04.2418	孫/集成 07.3898	孫/集成 16.10263	孫/集成 05.2602

孫/集成 09.4642	孫/集成 01.271	孫/集成 01.280	孫/集成 01.285	孫/集成 01.285	孫/集成 01.276	孫/集成 01.140
孫/集成 15.9733	孫/集成 09.4645	孫/集成 16.10144	孫/山東 76 頁	孫/山東 103 頁	孫/山東 103 頁	孫/璽彙 3938
孫/璽彙 3754	孫/璽彙 3678	孫/璽彙 1556	孫/璽彙 1560	孫/璽彙 1562	孫/璽彙 3920	孫/璽彙 5625
孫/璽彙 3939	孫/璽彙 3940	孫/璽彙 3931	孫/璽彙 3932	孫/璽彙 3934	孫/璽彙 3935	孫/璽彙 3937
孫/陶錄 3.518.5	孫/陶錄 2.4.3	孫/陶錄 3.518.6	孫/陶錄 2.5.3	孫/陶錄 2.8.2	孫/陶錄 2.8.4	孫/陶錄 2.9.2
孫/陶錄 2.176.1	孫/陶錄 2.177.1	孫/陶錄 2.176.3	孫/陶錄 2.405.3	孫/陶錄 2.405.4	孫/陶錄 2.555.1	孫/陶錄 2.555.2
孫/陶錄 2.555.3	孫/陶錄 2.556.4	孫/陶錄 2.285.1	孫/陶錄 3.17.3	孫/陶錄 3.17.6	孫/陶錄 3.518.4	孫/陶錄 3.610.1
孫/古研 29.396	孫/古研 29.396	縣/集成 01.285	縣/集成 01.273	縣/陶錄 2.13.1	縣/璽考 46 頁	縣/璽考 46 頁
綴（縚）/ 陶錄 2.82.2	綴（縚）/ 陶錄 2.65.3	綴（縚）/ 陶錄 2.82.1	綴（縚）/ 陶錄 2.405.4	綴（縚）/ 陶錄 2.405.3	綴（縚）/ 歷博 43.16	綴（縚）/ 璽彙 1460
綴（縚）/ 璽彙 3519	嗣/集成 01.273	嗣/集成 15.9729	嗣/集成 15.9733	嗣/集成 17.11206	嗣/集成 15.9729	嗣/集成 15.9730

嗣/集成 01.285	嗣/中新網 2012.8.11	嗣/中新網 2012.8.11	紹（[illegible]）/ 陶錄 3.502.1	紹/考古 1985.5.476	紹/璽考 60 頁	紹/璽考 60 頁
絧/璽彙 4033	結/陶錄 3.249.2	結/陶錄 3.249.3	結/陶錄 3.249.4	結/陶錄 3.249	結/陶錄 3.249.6	結/陶錄 3.249.1
絬/陶錄 3.133.1	絬/陶錄 3.132.1	絬/陶錄 3.132.2	絬/陶錄 3.132.3	絬/陶錄 3.133.2	𦃃/歷博 52.6	𦃃/璽彙 3921
𦃃/陶錄 3.389.1	𦃃/陶錄 3.388.1	𦃃/陶錄 3.388.2	𦃃/陶錄 3.388.6	𦃃/陶錄 3.388.4	𦃃/陶錄 3.390.4	緩/陶錄 2.328.3
緩/陶彙 3.114.1	緩/陶錄 2.327.1	縢/集成 15.9733	縢/璽彙 3827	絢/新收 1076	縈/集成 07.3772	縈/集成 07.3772
縈/集成 16.10147	綵/陶錄 2.280.2	緒/陶錄 3.386.1	緒/陶錄 3.387.2	緒/陶錄 3.387.3	緒/陶錄 3.387.4	緒/陶錄 3.386.3
緒/陶錄 3.387.6	紂/陶錄 2.71.3	紂/陶錄 2.71.1	[illegible]/集成 01.285	[illegible]/集成 01.274	[illegible]/銘文選 848	純/集成 16.10371
[illegible]/陶彙 3.1101	綳/陶錄 3.55.1	縪/璽彙 2654	縪/璽彙 3692	縪/璽彙 3738	縪/璽彙 3081	繮/陶錄 2.216.2
繮/陶錄 2.216.4	繮/陶錄 2.215.4	維/璽彙 0225	維/陶錄 2.674.2	維/陶錄 2.166.1	維/陶錄 2.166.2	[illegible]/璽彙 0584
經/集成 01.285	經/集成 01.272	經/集成 09.4596	紀/璽彙 2610	紀/陶錄 3.538.1	紀（絽）/璽 考 70 頁	紀（絽）/ 璽彙 2611

紀（綛）/璽彙 2301	終/陶彙 3.1149	𦆵/璽彙 1560	緟（練）/集成 09.4649	練/璽彙 3714	練/陶彙 3.786	羅/陶錄 3.329.3
紂/璽彙 5558	紂/陶錄 2.750.1	紂/陶錄 2.749.2	紉/陶錄 3.200.1	紉/陶錄 3.200.4	紉/陶錄 3.200.5	紉/陶錄 3.201.4
紉/陶錄 3.198.1	紉/陶錄 3.198.3	紉/陶錄 3.198.4	紉/陶錄 3.199.1	紉/陶錄 3.200.2	紉/陶錄 3.200.3	紉/陶錄 3.200.6
紉/陶錄 3.201.1	紉/陶錄 3.199.3	紉/陶錄 3.199.6	綼/陶錄 3.82.4	綼/陶錄 3.84.3	綼/陶錄 3.425.5	綼/陶錄 3.425.4
綼/陶錄 3.83.1	綼/陶錄 3.83.2	綼/陶錄 3.82.1				
重　文						
孫/集成 01.87	孫/集成 01.245	孫/集成 01.140	孫/集成 04.2426	孫/集成 01.175	孫/集成 09.4556	孫/集成 07.3897
孫/集成 15.9709	孫/集成 09.4689	孫/集成 16.10277	孫/集成 09.4440	孫/集成 07.3817	孫/集成 05.2638	孫/集成 03.696
孫/集成 07.3902	孫/集成 16.10266	孫/集成 01.47	孫/集成 04.2525	孫/集成 01.285	孫/集成 16.10318	孫/集成 09.4629
孫/山東 379 頁	孫/山東 104 頁	孫/新收 1462	孫/山東 668 頁	孫/國史 1 金 1.13	孫/瑯琊網 2012.4.18	孫/歷文 2009.2.51

合文						
孝孫/集成 08.4152	公孫/璽彙 3914	公孫/璽彙 3915	公孫/璽彙 3918	公孫/璽彙 3921	公孫/璽彙 3922	公孫/璽彙 3923
公孫/璽彙 3924	公孫/璽彙 3925	公孫/璽彙 3726	公孫/璽彙 5687	公孫/璽彙 3896	公孫/璽彙 3912	公孫/璽彙 1556
公孫/璽考 311 頁	公孫/璽考 311 頁	公孫/璽考 312 頁	公孫/璽考 312 頁	公孫/璽考 312 頁	公孫/璽考 312 頁	公孫/陶錄 2.280.2
公孫/璽考 308 頁	公孫/璽考 308 頁					

300. 𢇍

《說文解字・卷十二・系部》:「系，繫也。从糸丿聲。凡系之屬皆从系。𦃇，系或从毄處。𦀇，籀文系从爪絲。」《說文解字・卷十二・系部》:「聯，連也。从耳，耳連於頰也；从絲，絲連不絕也。」甲骨文作（前 7.4.1）；金文作（小臣系卣）；楚系簡帛文字作（顯/清 1.祭.7）。裘錫圭謂「字象兩『糸』相連，因此它的字義應該跟『聯』、『系』等字相同或相近。……可能就是『聯』的初文。」〔註 383〕季旭昇師謂「強調絲相連時讀『聯』，強調絲相繫時則讀『系』。」〔註 384〕

齊系「𢇍」字在偏旁字形中作（顯/集成 01.277），或省略一「糸」形，例：（郄/陶錄 2.6.3）。

偏旁						
顯/古研 29.310	顯/集成 01.92	顯/集成 01.276	顯/集成 01.277	顯/集成 01.277	顯/集成 01.283	顯/集成 01.285

〔註 383〕裘錫圭：〈戰國璽印文字考釋三篇〉，《裘錫圭學術文集》卷 3，頁 283。
〔註 384〕季旭昇師：《說文新證》，頁 884。

顯/集成 01.285	顯/集成 01.285	㬎/陶錄 2.6.3				

301. 冬

《說文解字・卷十一・仌部》：「[字形]，四時盡也。从仌从夂。夂，古文終字。[字形]，古文冬从日。」甲骨文作[字形]（合 00916）；金文作[字形]（陳璋方壺）；楚系簡帛文字作[字形]（清 1.保.3）、[字形]（清 1.耆.3）。高鴻縉謂「象繩端終結之形（或即結繩之遺）。故托以寄終結之意。」〔註 385〕

齊系「冬」字作[字形]（新收 1043），或增加圓形飾筆作[字形]（集成 16.9703）；偏旁字形增加「二」形飾筆，例：[字形]（終/陶彙 3.1149）。

單　字						
冬/集成 16.9975	冬/集成 16.9703	冬/銘文選 2.865	冬/銘文選 2.865	冬/璽彙 2207	冬/新收 1043	冬/後李七 4
偏　旁						
終/陶彙 3.1149						

302. 衣

《說文解字・卷八・衣部》：「[字形]，依也。上曰衣，下曰裳。象覆二人之形。凡衣之屬皆从衣。」甲骨作[字形]（合 37836）、[字形]（合 22655）；金文作[字形]（大盂鼎）；楚系文字作[字形]（望 2.49）、[字形]（上 2.容.21）。羅振玉謂「象襟衽左右掩覆之形。」〔註 386〕

齊系「衣」字單字作[字形]（集成 15.9733），偏旁字形除作此形外，還作衣形的一邊筆畫向另一邊延長之形，例：[字形]（勞/集成 01.273）；或省略衣形的上部或下部字形，例：[字形]（祷/陶錄 2.534.4）、[字形]（裔/集成 09.4629）。

〔註 385〕高鴻縉：《中國字例》，頁 235。

〔註 386〕羅振玉：《殷虛書契考釋》中，頁 42。

單字						
衣/集成 15.9733	衣/陶錄 3.503.6					
偏旁						
裔/集成 08.4190	哀/山東 104 頁	裔/新收 1781	裔/集成 07.4096	裔/集成 09.4629	裔/集成 09.4630	還/山東 104 頁
還/山東 104 頁	袶/陶錄 2.527.3	袶/陶錄 2.546.2	袶/陶錄 2.528.1	袶/陶錄 2.533.1	袶/陶錄 2.546.1	袶/陶錄 2.533.4
袶/陶錄 2.534.2	袶/陶錄 2.534.4	袶/陶錄 2.535.3	膝/集成 01.285	袿/陶錄 2.529.2	袿/陶錄 2.538.3	袿/陶錄 2.537.4
袿/陶錄 2.526.1	袿/陶錄 2.526.2	袿/陶錄 2.528.4	袿/陶錄 2.530.3	袿/陶錄 2.546.3	袿/陶錄 3.41.4	袿/陶錄 2.529.1
袿/陶錄 2.529.3	袿/陶錄 2.671.1	袿/陶錄 2.541.1	袿/陶錄 2.542.3	袿/陶錄 2.538.1	袿/陶錄 2.540.3	袿/陶錄 2.540.1
袿/後李三 3	勞/集成 01.271	勞/集成 01.273	勞/集成 01.283	勞/集成 01.285	勞/集成 01.285	裘/集成 15.9733
重文						
儇/山東 104 頁	哀/集成 05.2750					
合文						
還子/璽彙 5681						

303. 卒

《說文解字・卷八・衣部》:「[glyph]，隸人給事者衣爲卒。卒，衣有題識者。」甲骨文作[glyph]（鐵 23.2）、[glyph]（粹 1325）；金文作[glyph]（天亡鼎）、[glyph]（邿子姜首盤）；楚系簡帛文字作[glyph]（望 2.47）、[glyph]（包 2.201）。季旭昇師謂「甲骨文[glyph]从衣，在衣形中打叉，以示衣服縫製完畢，交叉線象徵所縫的線；[glyph]末筆帶勾，可能表示衣服已經縫製完畢，可以折疊起來。」〔註 387〕

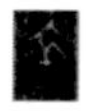

齊系「卒」字作[glyph]（陶錄 2.304.2），或衣服下部加一横畫作[glyph]（陶錄 2.299.1）。

單　字						
 卒/陶錄 2.294.2	 卒/陶錄 2.294.3	 卒/陶錄 2.298.2	卒/陶錄 2.299.1	 卒/陶錄 2.304.1	 卒/陶錄 2.304.2	 卒/陶錄 2.295.3
卒/陶錄 2.46.4	 卒/陶錄 2.298.3	 卒/陶錄 2.299.2	 卒/陶錄 2.301.1	 卒/陶錄 2.301.3	 卒/陶錄 2.303.1	 卒/陶錄 2.303.2
 卒/陶錄 2.672.4	卒/陶錄 2.700.1	 卒/新收 1043				

304. 冃

《說文解字・卷七・冃部》:「[glyph]，小兒蠻夷頭衣也。从冂；二，其飾也。凡冃之屬皆从冃。」古文字未見獨立字形。用作偏旁時，甲骨文作[glyph]（曼/乙 5303）；金文作[glyph]（曼/曼龏父盨蓋）；楚系簡帛文字作[glyph]（曼/上 1.性.37）。段玉裁注「冃即今之帽字也。後聖有作。因冃以制冠冕。而冃遂為小兒蠻夷頭衣。」〔註 388〕

齊系「曼」字偏旁字形作「冂」形，以「一」或「二」形為飾筆。

偏　旁						
 曼/集成 09.4596	 曼/集成 09.4595					

〔註 387〕季旭昇師：《說文新證》，頁 667。

〔註 388〕清・段玉裁：《說文解字註》，頁 618。

305. 弁

《說文解字・卷八・皃部》:「[illegible]，冕也。周曰覍，殷曰吁，夏曰收。从皃，象形。[illegible]，籀文覍从廾，上象形。弁，或覍字。」甲骨文作[illegible]（續 5.5.3）；金文作[illegible]（牧共作父丁簋）；楚系簡帛文字作[illegible]（上 1.孔.8）。徐中舒認為，字从廾持□，□象冠弁。〔註 389〕

齊系「弁」字上部字形與甲金文有所不同，而與楚簡文字相似。字形下部的又形簡寫為二橫畫。王瑜楨認為，上博簡「弁」字形與說文籀文相似，其上部與楚簡「史」字上部相同。〔註 390〕齊系「甾」字用作偏旁時作[illegible]（𢦏/集成 15.9733），其字形確與「弁」字上部相似。

單字						
弁/集成 16.10151	弁/歷博 1993.2					
偏旁						
𥄕/陶錄 2.662.2	𥄕/陶錄 2.72.1	𥄕/陶錄 2.74.1	𥄕/陶錄 2.73.1	𥄕/陶錄 2.73.2	𥄕/陶錄 2.75.1	𥄕/陶錄 2.265.3
𥄕/陶錄 2.75.3	𥄕/陶彙 3.136	汴/璽彙 2598	絣/集成 18.12107	絣/歷博 1993.2		

306. 素

《說文解字・卷十三・素部》:「[illegible]，白緻繒也。从糸、𠂹取其澤也。凡素之屬皆从素。」金文作[illegible]（師克盨蓋）；楚系簡帛文字作[illegible]（上 8.李.1）。用作偏旁時，甲骨文作[illegible]（𩊎/京都 2161）。季旭昇師謂「象絲在ㅂ（架）上之形，表示未經加工處理的絲。」〔註 391〕

齊系「素」字偏旁與金文字形相似，例：[illegible]（素/陶錄 2.547.2），或省略ㅂ（架）形；或ㅂ（架）形訛變，例：[illegible]（𩊎/集成 01.271）。

〔註 389〕徐中舒：〈對金文編的幾點意見〉，《考古》，1959 年第 7 期，頁 382～383。
〔註 390〕王瑜楨：《上海博物館藏戰國楚竹書（一）～（六）字根研究》，頁 492。
〔註 391〕季旭昇師：《說文新證》，頁 892。

偏　旁						
綸/集成 01.271	素/陶錄 2.547.3	素/陶錄 2.547.2				

307. 巾

《說文解字．卷七．巾部》：「[巾]，佩巾也。从冂，丨象糸也。凡巾之屬皆从巾。」甲骨文作[巾]（前 7.5.3）；金文作[巾]（曶壺盖）。用作偏旁時，楚系簡帛文字作[幣]（幣/清 2.繫.68）。林義光謂「象佩巾下垂形。」〔註 392〕

齊系「巾」字偏旁字形承襲甲骨。

偏　旁						
黹/陶錄 2.176.1	黹/陶錄 2.176.2	黹/陶錄 2.176.3	黹/陶錄 2.177.3	帛/陶錄 2.84.3	韐/陶錄 2.84.4	常/陶錄 3.296.2
常/陶錄 2.549.3	常/陶錄 2.548.3	常/陶錄 2.548.4	常/陶錄 3.299.2	常/陶錄 3.297.1	常/陶錄 3.297.2	常/陶錄 3.298.1
常/陶錄 3.296.1	常/陶錄 3.296.1	常/陶錄 3.296.4	常/陶錄 2.549.2	常/陶錄 2.549.4	常/陶錄 2.550.2	常/陶錄 2.550.3
常/陶錄 2.551.2	常/陶錄 2.551.3	常/陶錄 2.548.2	常/陶錄 2.550.4	常/陶錄 2.520.4	常/陶錄 2.579.3	常/陶錄 2.549.1
常/陶錄 3.297.3	常/陶錄 3.298.2	常/陶錄 3.298.4	常/陶錄 3.298.6	常/陶錄 3.296.2	常/陶錄 3.298.5	常/陶錄 3.296.6
常/陶錄 3.296.3	敝/璽考 37 頁	帥/山東 104 頁				

〔註 392〕林義光：《文源》，頁 81。

308. 㡀

《說文解字・卷七・㡀部》:「㡀，敗衣也。从巾，象衣敗之形。凡㡀之屬皆从㡀。」《說文解字・卷七・敝部》「帗也。一曰敗衣。从攴从㡀，㡀亦聲。」甲骨文作（合 29405）、（合 00584）；楚系簡帛文字作（清 3.祝.1）。裘錫圭謂「象擊巾之形，巾旁小點表示擊巾時揚起來的的灰塵。……至於㡀字，它有可能實際上是省『敝』而成的；也有可能是以巾上有塵來表示破舊的意思的，雖然跟『敝』字左旁同形，但所取之義並不相同。」〔註 393〕

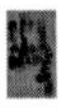

齊系「㡀」字偏旁字形與楚系字形形相同。

偏　旁						
 黹/陶錄 2.177.3	 黹/陶錄 2.176.3	 黹/陶錄 2.176.1	 黹/陶錄 2.176.2	 郲/璽彙 0098	 敝/璽考 37 頁	

309. 帶

《說文解字・卷七・巾部》:「帶，紳也。男子鞶帶，婦人帶絲。象繫佩之形。佩必有巾，从巾。」甲骨文作（合 13935）、（合 35242）；金文作（大保戈）、（平周戈）。用作偏旁時，楚系簡帛文字作（紲/清 2.繫.72）。季旭昇師謂「當釋『帶』、當釋『黹』即可確定，其不同在於；『帶』字中間象紳帶交組之形，『黹』字中間象花紋曲捲之形。」〔註 394〕

齊系「帶」字偏旁字形保留紳帶交組之形，字形其他部分簡省或訛變。

偏　旁						
 紲/璽彙 1560						

310. 黹

《說文解字・卷七・黹部》:「黹，箴縷所紩衣。从㡀，丵省。凡黹之屬皆从黹。」甲骨文作（乙 8287）；金文作（頌壺）、（頌簋）。季旭昇師謂「當釋『帶』、當釋『黹』即可確定，其不同在於：『帶』字中間象紳帶

〔註 393〕裘錫圭：〈說字小記・說敝〉，《裘錫圭學術文集》卷 3，頁 411～412。

〔註 394〕季旭昇師：《說文新證》，頁 621。

交組之形，『黹』字中間象花紋曲捲之形。」〔註 395〕並認為「黹」本為「帶」形織物上的花紋，「黹」字下部演變與「帶」字有類似之處，後引申為其他織物上複雜的花紋形制。〔註 396〕

齊系璽印文「黹」字字形較為簡省，僅用一斜畫表示花紋捲曲之形。

單　字						
黹/璽彙 0083						

四、囊　部

311. 槖

《說文解字・卷六・槖部》：「槖，囊也。从槖省，石聲。」甲骨文作（合 40066）、（京津 243）。用作偏旁時，楚系簡帛文字作（橐/清 1.程.4）。李孝定謂「字正象橐形，其中一點則橐中所貯之物，兩端象以繩約括之。」〔註 397〕

齊系「槖」偏旁字形與甲骨形相同。

偏　旁						
瘪/璽彙 3742						

312. 東

《說文解字・卷六・東部》：「東，動也。从木。官溥說：从日在木中。凡東之屬皆从東。」甲骨文（合 14341）、（合 11469）；金文作（臣卿鼎）；楚系簡帛文字作（包 2.131）、（包 2.167）、（上 2.容.31）。徐中舒謂「象橐中實物以繩約括兩端之形，為橐之初文。甲骨文金文俱借為東方之東。」〔註 398〕

〔註 395〕季旭昇師：《說文新證》，頁 621。

〔註 396〕季旭昇師：《說文新證》，頁 628。

〔註 397〕李孝定：《甲骨文字集釋》，頁 2109。

〔註 398〕徐中舒：《甲骨文字典》，頁 661～662。

齊系「東」字承襲甲骨形，單字和偏旁字形皆或簡省橐形中部「十」形筆畫作（陶錄 2.156.1）；或橐形中部簡省為點形作（陶錄 2.176.1）。偏旁字形還有簡省橐形上部的束繩之形，例：（鍾/集成 01.277）；或橐形的束繩形變為一橫畫，例：（鐘/集成 01.14）。

單　字						
東/集成 01.173	東/集成 01.175	東/集成 07.4029	東/璽彙 0314	東/璽彙 0150	東/璽彙 1145	東/璽彙 3992
東/璽彙 3742	東/璽彙 5558	東/陶錄 2.155.1	東/陶錄 2.702.4	東/陶錄 3.598.2	東/陶錄 2.156.1	東/陶錄 2.178.1
東/陶錄 2.154.3	東/陶錄 2.157.1	東/陶錄 2.157.3	東/陶錄 2.159.2	東/陶錄 2.160.4	東/陶錄 2.159.3	東/陶錄 2.162.2
東/陶錄 2.162.4	東/陶錄 2.163.2	東/陶錄 2.169.1	東/陶錄 2.169.2	東/陶錄 2.174.3	東/陶錄 2.175.1	東/陶錄 2.175.3
東/陶錄 2.176.1	東/陶錄 2.176.2	東/陶錄 2.177.2	東/陶錄 2.180.2	東/陶錄 2.178.2	東/陶錄 2.178.3	東/陶錄 2.179.1
東/陶錄 2.181.1	東/陶錄 2.181.2	東/陶錄 2.280.2	東/陶錄 2.287.2	東/陶錄 2.553.1	東/陶錄 2.553.3	東/陶錄 2.553.4
東/陶錄 2.554.2	東/陶錄 2.554.4	東/陶錄 2.555.1	東/陶錄 2.556.2	東/陶錄 2.557.3	東/陶錄 2.557.4	東/陶錄 2.558.4
東/陶錄 2.558.1	東/陶錄 2.559.2	東/陶錄 2.559.3	東/陶錄 2.560.4	東/陶錄 2.598.2	東/後李二 2	

偏　旁						
鄆/陶錄 3.611.1	鐘/集成 01.18	鐘/集成 01.47	鐘/集成 01.89	鐘/集成 01.92	鐘/國史1金 1.13	鍾/山東 923頁
鐘/古研 29.396	鐘/古文字 1.141	鐘/集成 01.14	鍾/集成 01.149	鍾/集成 01.87	鍾/集成 01.151	鍾/集成 01.149
鍾/集成 01.245	鍾/集成 01.245	鍾/集成 01.88	鍾/集成 15.9730	鍾/集成 01.86	鍾/集成 01.102	鍾/集成 01.285
鍾/集成 01.277	鍾/集成 01.277	鍾/集成 01.284	鍾/集成 01.50	鍾/集成 15.9729	鍊/集成 01.172	鍊/集成 01.172
鍊/集成 01.173	鍊/集成 01.174	鍊/集成 01.175	曹/璽彙 3603	曹/集成 08.4593	曹/集成 17.11120	曹/集成 16.10144
曹/集成 07.4019	曹/集成 17.11070	曹/陶錄 3.538.3	曹/陶錄 3.414.2	曹/陶錄 3.414.3	曹/陶錄 3.414.6	曹/陶錄 2.738.4
曹/陶錄 2.737.1	曹/陶錄 3.414.2	曹/陶錄 2.737.4	曹/陶錄 2.737.3	曹/陶錄 2.737.5	曹/陶錄 2.738.2	曹/陶錄 2.739.4
曹/陶錄 2.738.5	糧/國史1金 1.13	陳/新收 1781	陳/新收 1781	陳/集成 09.4630	陳/集成 17.11034	陳/集成 17.10964
陳/集成 17.11038	陳/集成 17.11031	陳/集成 17.11084	陳/集成 09.4630	陳（塦）/瀓秋 28	陳（塦）/桓台 41	陳（塦）/桓台 40

陳（塦）/ 集成 17.10816	陳（塦）/ 集成 17.11036	陳（塦）/ 集成 17.11126	陳（塦）/ 集成 17.11260	陳（塦）/ 集成 17.11081	陳（塦）/ 集成 16.10371	陳（塦）/ 集成 16.10371
陳（塦）/ 集成 17.11033	陳（塦）/ 集成 17.11083	陳（塦）/ 集成 17.11128	陳（塦）/ 集成 17.11035	陳（塦）/ 集成 16.10374	陳（塦）/ 集成 17.11082	陳（塦）/ 集成 17.11127
陳（塦）/ 集成 15.9975	陳（塦）/ 集成 15.9975	陳（塦）/ 集成 15.9703	陳（塦）/ 集成 15.9703	陳（塦）/ 集成 18.12023	陳（塦）/ 集成 18.12024	陳（塦）/ 集成 17.11086
陳（塦）/ 集成 17.11087	陳（塦）/ 集成 17.11035	陳（塦）/ 集成 17.11037	陳（塦）/ 集成 17.11031	陳（塦）/ 集成 15.9700	陳（塦）/ 集成 17.11591	陳（塦）/ 集成 07.4096
陳（塦）/ 集成 09.4596	陳（塦）/ 集成 09.4646	陳（塦）/ 集成 09.4649	陳（塦）/ 集成 09.4647	陳（塦）/ 集成 09.4648	陳（塦）/ 集成 08.4190	陳（塦）/ 集成 09.4645
陳（塦）/ 璽彙 1457	陳（塦）/ 璽彙 1463	陳（塦）/ 璽彙 1465	陳（塦）/ 璽彙 1466	陳（塦）/ 璽彙 1480	陳（塦）/ 璽彙 1481	陳（塦）/ 璽彙 1478
陳（塦）/ 璽彙 1479	陳（塦）/ 璽彙 1472	陳（塦）/ 璽彙 1473	陳（塦）/ 璽彙 1475	陳（塦）/ 璽彙 1469	陳（塦）/ 璽彙 1464	陳（塦）/ 璽彙 1460
陳（塦）/ 璽彙 1468	陳（塦）/ 璽彙 0289	陳（塦）/ 璽彙 0290	陳（塦）/ 璽彙 0291	陳（塦）/ 璽彙 1462	陳（塦）/ 璽考 42 頁	陳（塦）/ 璽考 42 頁
陳（塦）/ 璽考 41 頁	陳（塦）/ 陶彙 3.19	陳（塦）/ 陶錄 2.1.1	陳（塦）/ 陶錄 2.3.3	陳（塦）/ 陶錄 2.4.3	陳（塦）/ 陶錄 2.13.2	陳（塦）/ 陶錄 2.34.2

陳（墜）/ 陶錄 2.14.3	陳（墜）/ 陶錄 2.3.1	陳（墜）/ 陶錄 2.5.2	陳（墜）/ 陶錄 2.5.4	陳（墜）/ 陶錄 2.6.1	陳（墜）/ 陶錄 2.6.2	陳（墜）/ 陶錄 2.6.3
陳（墜）/ 陶錄 2.11.3	陳（墜）/ 陶錄 2.11.4	陳（墜）/ 陶錄 2.15.4	陳（墜）/ 陶錄 2.15.5	陳（墜）/ 陶錄 2.16.2	陳（墜）/ 陶錄 2.17.1	陳（墜）/ 陶錄 2.11.1
陳（墜）/ 陶錄 2.17.2	陳（墜）/ 陶錄 2.18.1	陳（墜）/ 陶錄 2.18.2	陳（墜）/ 陶錄 2.18.3	陳（墜）/ 陶錄 2.18.4	陳（墜）/ 陶錄 2.8.2	陳（墜）/ 陶錄 2.7.1
陳（墜）/ 陶錄 2.7.2	陳（墜）/ 陶錄 2.9.2	陳（墜）/ 陶錄 2.10.1	陳（墜）/ 陶錄 2.10.3	陳（墜）/ 陶錄 2.13.1	陳（墜）/ 陶錄 2.14.3	陳（墜）/ 陶錄 2.15.1
陳（墜）/ 陶錄 2.16.3	陳（墜）/ 陶錄 2.20.3	陳（墜）/ 陶錄 2.21.1	陳（墜）/ 陶錄 2.654.1	陳（墜）/ 陶錄 2.564.3	陳（墜）/ 陶錄 2.219.3	陳（墜）/ 陶錄 2.646.1
陳（墜）/ 陶錄 2.20.1	陳（墜）/ 新泰 1	陳（墜）/ 新泰 2	陳（墜）/ 新泰 5	陳（墜）/ 新泰 6	陳（墜）/ 新泰 7	陳（墜）/ 新泰 8
陳（墜）/ 新泰 9	陳（墜）/ 新泰 13	陳（墜）/ 新泰 16	陳（墜）/ 新泰 17	陳（墜）/ 新泰 19	陳（墜）/ 新泰 20	陳（墜）/ 新泰 21
陳（墜）/ 新泰 22	陳（墜）/ 山東 103 頁	陳（墜）/ 山東 103 頁	陳（墜）/ 山東 76 頁	陳（墜）/ 山東 76 頁	陳（墜）/ 考古 2011.10.28	陳（墜）/ 歷文 2007.5.15
陳（墜）/ 山大 8	陳（墜）/ 山大 9	陳（墜）/ 山大 10	陳（墜）/ 山大 11	陳（墜）/ 山大 12	陳（墜）/ 山大 1	陳（墜）/ 山大 2

陳（塦）/山大 5	陳（塦）/山大 3	陳（塦）/新收 1032	陳（塦）/新收 1499	陳（塦）/新收 1861	緟（塦）/集成 09.4649	

313. 柬

《說文解字・卷六・柬部》:「[illegible]，分別簡之也。从束从八。八，分別也。」金文作[illegible]（新邑鼎）；楚系簡帛文字作[illegible]（望 1.28）、[illegible]（郭.五.37）。林義光謂「本義為柬，故與柬同音之字如簡編之簡、諫諍之諫、欄楯之欄、弩盛之蘭，並有約束義。柬从束，注二點以別於束，亦省作束。」〔註 399〕季旭昇師謂「柬與束當有不同，束唯有約束義；柬則有柬擇然後約束義。」〔註 400〕

齊系「柬」字單字和偏旁字形與金文[illegible]形相同。偏旁字形中的柬形的兩點或拉長，例：[illegible]（悚/陶錄 3.356.2）；或變成一橫畫，例：[illegible]（諫/集成 01.272）。

單字						
柬/歷文 2009.2.51						
偏旁						
諫/集成 01.285	諫/集成 01.272	諫/集成 01.279	敕/集成 16.10371	悚/陶錄 3.356.2	悚/陶錄 3.356.3	悚陶錄 3.356.4
悚/陶錄 3.356.1	練/璽彙 3714	練/陶彙 3.786				

314. 函

《說文解字・卷七・马部》:「[illegible]，舌也。象形。舌體马马，从马，马亦聲。[illegible]，俗圅从肉、今。」用作偏旁時，甲骨文作[illegible]（合 37545）；金文作[illegible]（毛

〔註 399〕林義光：《文源》，頁 278。

〔註 400〕季旭昇師：《說文新證》，頁 513。

公鼎)。王國維認為,字象倒矢在函中。〔註 401〕董妍希據此認為,即古函字,象盛矢之器。〔註 402〕

齊系「圅」字偏旁字形承襲甲骨偏旁形,有些偏旁字形將函形右側的圓圈形移到上方,筆畫與函形相連,例:(敿/璽彙 0630)。

偏　旁						
敿/陶錄 2.154.1	敿/陶錄 2.154.2	敿/璽彙 0630	敿/璽彙 0631	圅/陶錄 2.104.4		

五、樂　部

315. 壴

《說文解字·卷五·壴部》:「,陳樂立而上見也。从屮从豆。凡壴之屬皆从壴。」甲骨文作(合 27382)、(合 09258);金文作(壴鼎);楚系簡帛文字作(郭.六.24)。季旭昇師謂「甲骨文、金文都象鼓形。」〔註 403〕

齊系「壴」字偏旁承襲甲骨、形。字形或增加飾筆,例:(喜/陶錄 3.47.4);或簡省筆畫,例:(彭/璽彙 3513);鼓形中部或訛成「田」形,例:(豐/考古 2010.8.33)。

偏　旁						
艱/集成 01.285	艱/集成 01.282	艱/集成 01.274	鄗/璽彙 1885	喜/新泰 1	喜/山大 1	喜/陶錄 3.48.5
喜/陶錄 2.156.4	喜/陶錄 2.553.2	喜/陶錄 3.481	喜/陶錄 3.44.1	喜/陶錄 3.45.1	喜/陶錄 3.47.4	喜/陶錄 3.43.1

〔註 401〕王國維:〈不嬰敦蓋銘考釋〉,《觀堂古今文考釋》(臺北:臺灣商務印書館,1976 年)。

〔註 402〕董妍希:《金文字根研究》,頁 429。

〔註 403〕季旭昇師:《說文新證》,頁 399。

喜/陶錄 3.43.6	喜/陶錄 3.43.4	喜/陶錄 3.43.5	喜/陶錄 3.43.3	喜/陶錄 3.44.2	喜/陶錄 3.45.4	喜/陶錄 3.46.1
喜/陶錄 3.44.3	喜/陶錄 3.47.3	喜/陶錄 3.47.5	喜/陶錄 3.48.1	喜/陶錄 3.48.4	喜/集成 01.142	喜/集成 01.151
喜/集成 01.140	喜/集成 15.9700	喜/集成 04.2586	鼓/集成 15.9730	鼓/集成 15.9733	鼓/集成 01.277	鼓/集成 01.284
鼓/集成 01.285	鼓/集成 15.9729	嘉/陶錄 2.143.1	嘉/陶錄 2.143.3	嘉/陶錄 2.143.2	嘉/山東 188 頁	嘉/集成 01.142
嘉/集成 15.9729	嘉/集成 05.2750	嘉/集成 01.102	嘉/集成 15.9730	嘉/集成 04.2591	荳/璽彙 0277	豐/考古 2011.2.16
豐/考古 2010.8.33	豐/考古 2010.8.33	醴/遺珍 38 頁	醴/遺珍 38 頁	�/璽彙 0635	彭/璽彙 3513	

316. 庚

《說文解字·卷十四·庚部》:「[image]，位西方，象秋時萬物庚庚有實也。庚承己，象人齎凡庚之屬皆从庚。」甲骨文作[image]（合 01474）、[image]（合 21917）；金文作[image]（史父庚鼎）、[image]（子父庚爵）；楚系簡帛文字作[image]（望 1.132）。李孝定謂「其形製當後世之貨郎鼓。執其柄，旋轉搖之作聲者，上从[image]乃其飾。」〔註 404〕

齊系「庚」字作[image]（集成 15.10142）；或字形下部增加點形飾筆作[image]（集成 15.9733）。單字與偏旁字形相同。

〔註 404〕李孝定：《甲骨文字集釋》，頁 4271。

單　字						
 庚/集成 01.173	 庚/集成 15.9733	 庚/集成 15.9733	 庚/集成 15.9733	 庚/集成 15.9733	 庚/集成 09.4620	 庚/集成 05.2690
 庚/集成 15.10142	 庚/集成 01.174	 庚/陶錄 3.395.1	 庚/陶錄 3.395.2	 庚/陶錄 3.395.5	 庚/陶錄 3.20.3	 庚/璽彙 3695
 庚/山東 104 頁	庚/山東 634 頁	 庚/古研 29.396				
偏　旁						
 唐/集成 01.285	 唐/集成 01.275	 賡/陶錄 3.161.1	 賡/陶錄 3.161.3	 賡/陶錄 3.160.4	 賡/陶錄 3.160.1	 賡/陶錄 3.160.3
 賡/璽彙 0262	 賡/陶錄 3.161.2	 賡/陶錄 3.160.5	 賡/陶錄 3.160.2			

317. 康

《說文解字・卷七・禾部》:「，穀皮也。从禾从米，庚聲。，穅或省。」甲骨文作（粹 345）；金文作（頌鼎）；楚系簡帛文字作（上 1.紂.3）、（清 3.芮.4）。郭沫若認為，「康」字甲骨文从庚（一種樂器），其下撇點與「彭」之撇點相同。〔註 405〕撇點形表示樂聲。

齊系「康」字承襲甲骨作（集成 01.274）。

單　字						
 康/集成 09.4596	 康/集成 09.4595	 康/集成 01.285	 康/集成 01.274	 康/山東 161 頁		

〔註 405〕于省吾主編《甲骨文字詁林》，頁 2891～2892。

318. 南

《說文解字·卷六·宋部》:「，艸木至南方，有枝任也。从宋羊聲。，古文。」甲骨文作（合 02020）、（合 20549）；金文作（無㠱簋蓋）、（大盂鼎）；楚系簡帛文字作（包 2.90）。郭沫若謂「本為鐘鎛之象形。」〔註 406〕假借為方位之南。

齊系「南」字作（陶錄 2.75.4）；或增加點形飾筆作（陶錄 2.23.3）；或省略下部字形作（陶錄 2.65.4）。

單字						
南/集成 15.9729	南/集成 15.9730	南/陶錄 2.660.1	南/陶錄 2.6.1	南/陶錄 2.267.3	南/陶錄 2.68.3	南/陶錄 2.267.1
南/陶錄 2.5.4	南/陶錄 2.6.4	南/陶錄 2.23.3	南/陶錄 2.58.4	南/陶錄 2.60.2	南/陶錄 2.61.1	南/陶錄 2.62.1
南/陶錄 2.64.2	南/陶錄 2.65.1	南/陶錄 2.65.3	南/陶錄 2.67.4	南/陶錄 2.65.4	南/陶錄 2.68.1	南/陶錄 2.68.3
南/陶錄 2.69.1	南/陶錄 2.70.1	南/陶錄 2.70.2	南/陶錄 2.70.3	南/陶錄 2.71.1	南/陶錄 2.71.3	南/陶錄 2.70.4
南/陶錄 2.72.1	南/陶錄 2.74.1	南/陶錄 2.76.3	南/陶錄 2.78.1	南/陶錄 2.81.1	南/陶錄 2.78.3	南/陶錄 2.75.4
南/陶錄 2.81.2	南/陶錄 2.81.3	南/陶錄 2.82.4	南/陶錄 2.82.1	南/陶錄 2.82.2	南/陶錄 2.85.3	南/陶錄 2.664.3
南/陶錄 2.660.1	南/陶錄 2.83.1	南/陶錄 2.85.1	南/陶錄 2.267.3	南/陶錄 2.267.4	南/陶錄 2.315.3	南/陶錄 2.308.1

〔註 406〕郭沫若：〈釋南〉，《甲骨文字研究》，頁 4～5。

 南/陶錄 2.308.1	 南/陶錄 2.311.3	 南/陶錄 2.312.3	 南/陶錄 2.309.1	 南/陶錄 2.314.3	 南/陶錄 2.313.1	 南/陶錄 2.666.1
 南/陶錄 2.667.1	 南/陶錄 2.652.2	 南/陶錄 2.58.2	 南/陶錄 2.6.2	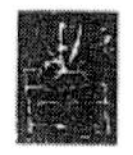 南/後李六 3	 南/桓台 41	 南/歷博 43.16
南/考古 2008.11.27	 南/璽考 66 頁	 南/璽考 52 頁	 南/璽考 42 頁	 南/璽考 65 頁	 南/璽考 65 頁	 南/璽考 65 頁

319. 龠

《說文解字・卷二・龠部》：「，樂之竹管，三孔，以和眾聲也。从品侖。侖，理也。凡龠之屬皆从龠。」甲骨文作（合 25755）；金文作（𨫑鼎）、（士上卣）；楚系簡帛文字作（清 3.良.6）。郭沫若謂「象編管之形也。金文之作若者，實示管頭之空，示此為編管而非編簡，蓋正與从亼冊之侖字有別。」〔註 407〕

齊系偏旁「龠」字承襲甲骨字形，作（龢/集成 01.277），楚系「龠」字增加意符「亼」字，齊系「龠」字也有此類字形，例：（龢/集成 01.285）。

偏　旁						
 龢/集成 01.18	 龢/集成 01.149	 龢/集成 01.151	 龢/集成 01.245	 龢/集成 01.245	 龢/集成 01.140	 龢/集成 01.142
 龢/集成 05.2750	 龢/集成 01.285	 龢/集成 01.92	 龢/集成 01.50	 龢/集成 01.50	 龢/集成 01.150	 龢/集成 01.285
 龢/集成 01.277	 龢/集成 01.277					

〔註 407〕郭沫若：〈釋龢言〉，《甲骨文字研究》，頁 1。

320. 于

《說文解字・卷五・亏部》:「亏，於也。象气之舒亏。从丂从一。一者，其气平之也。凡亏之屬皆从亏。」甲骨文作亐（合 22097）、亐（合 21661）；金文作亐（競卣）、亐（大保簋）；楚系簡帛文字作亐（上 2.昔.2）。裘錫圭認為，「于」為「竽」（亐）的簡化字。〔註 408〕季旭昇師從之，並謂「因為假借為往、虛詞『於』，於是樂器一義加『竹』頭作『竽』，虛詞則作『于』形，與由『烏』字分化而來的『於』字形、義俱不同，後世用法漸漸不分，《說文》以『於』釋『于』，蓋用後世假借義。」〔註 409〕

齊系「于」字作亐（集成 15.9733），或增加點形或短橫畫飾筆作亐（集成 01.285）、亐（集成 17.11124）。單字與偏旁字形相同。偏旁字形還有一種特殊字形，「于」形受到「皿」形的類化作用，上部增加形似正反兩个「人」形的飾筆，作盂（盂/集成 15.9659）。晉系文字中有「盂」字的「皿」形置於「于」形之上，且形體近似正反兩個「人」形，作盂（盂/蘇公簋/集成 07.3739），可證齊系此形是受到「皿」形的類化作用。

單　字						
于/集成 17.11124	于/集成 17.11125	于/集成 08.4127	于/集成 15.9733	于/集成 09.4648	于/集成 01.149	于/集成 07.4040
于/集成 01.88	于/集成 07.4040	于/集成 15.9729	于/集成 15.9730	于/集成 15.9729	于/集成 15.9729	于/集成 15.9730
于/集成 15.9730	于/集成 15.9730	于/集成 15.9730	于/集成 15.9730	于/集成 15.9729	于/集成 01.271	于/集成 01.271
于/集成 01.272	于/集成 01.272	于/集成 01.273	于/集成 01.274	于/集成 01.142	于/集成 01.274	于/集成 01.274

〔註 408〕裘錫圭：〈甲骨文中的幾種樂器名稱——釋「庸」、「豐」、「鞀」〉,《裘錫圭學術論文集》第四卷，頁 203～204。

〔註 409〕季旭昇師：《說文新證》，頁 395。

于/集成 01.276	于/集成 01.285	于/集成 01.276	于/集成 01.277	于/集成 01.278	于/集成 01.281	于/集成 01.282
于/集成 01.285	于/集成 01.285	于/集成 01.285	于/集成 01.285	于/集成 01.285	于/集成 01.285	于/集成 01.285
于/集成 01.285	于/集成 01.285	于/集成 01.285	于/集成 01.150	于/集成 01.245	于/集成 01.172	于/集成 09.4630
于/集成 15.9733	于/集成 15.9733	于/集成 09.4629	于/集成 16.10371	于/集成 18.11608	于/集成 16.10374	于/集成 16.10374
于/集成 01.172	于/集成 01.271	于/集成 18.11608	于/集成 01.245	于/集成 15.9729	于/集成 16.10374	于/集成 16.10374
于/璽彙 4033	于/陶錄 3.615.1	于/陶錄 3.615.4	于/陶錄 3.659.2	于/考古 1973.1	于/考古 1973.1	于/古研 29.396
于/古研 29.310	于/古研 29.310	于/古研 29.310	于/古研 29.310	于/古研 29.311	于/中新網 2012.8.11	于/金文總集 10.7678
于/山東 189 頁	于/山東 104 頁	于/山東 104 頁	于/山東 161 頁	于/新收 1110	于/新收 1781	于/新收 1043
于/新收 1069	于/新收 1109					
偏　旁						
夸/陶錄 3.379.1	夸/陶錄 3.380.2	夸/陶錄 3.381.2	夸/陶錄 3.379.4	夸/陶錄 3.383.1	夸/陶錄 3.383.3	夸/陶錄 3.381.6

夸/陶錄 3.382.3	夸/陶錄 3.379.5	夸/陶錄 3.379.2	夸/陶錄 3.381.4	夸/陶錄 3.382.1	夸/陶錄 3.382.4	夸/陶錄 3.382.6
夸/陶錄 3.383.4	夸/陶錄 3.383.5	邘/璽彙 5555	咢/陶錄 2.211.1	咢/陶錄 2.211.2	咢/陶錄 2.211.3	咢/陶錄 2.259.3
咢/後李一 7	腭/璽考 66 頁	懼（愕）/ 陶錄 2.218.4	懼（愕）/ 陶錄 2.153.3	懼（愕）/ 璽考 66 頁	吁/集成 17.11032	智/集成 01.175
智/集成 01.177	智/集成 01.180	雩/集成 01.285	雩/集成 01.285	雩/集成 01.273	雩/集成 01.276	雩/璽彙 2185
盂/集成 16.10316	盂/集成 16.10318	盂/集成 15.9659	盂/集成 16.10283	盂（盓）/ 集成 16.10283		
合　文						
敦于/璽彙 4025	敦于/璽彙 4026	敦于/璽彙 4027	敦于/璽彙 4028	敦于/璽彙 4029	敦于/璽彙 4030	敦于/璽彙 4031
敦于/璽彙 4032	敦于/珍秦 34	敦于/山東 848 頁				

六、獵　部

321. 干

《說文解字．卷三．干部》：「干，犯也。从反入，从一。凡干之屬皆从干。」甲骨文作（合 28059）、（合 32834）；金文作（師克盨蓋）、（毛公鼎）；楚系簡帛文字作（包 2.269）。丁山認為，干盾同實異名，單

干為古文字。〔註410〕

齊系「干」字與甲骨形、金文形相同，有些偏旁字形或中部省略點形或橫畫，例：（悍/陶錄2.117.2）；或上部作「一」形，例：（鄖/陶錄3.624.2）。

單　字						
 干/陶錄3.2.1						
偏　旁						
 鄖/陶錄3.624.2	 鄖/璽彙0244	 嚴/山東104頁	 悍/陶錄2.219.3	悍/陶錄2.117.1	 悍/陶錄2.117.2	 悍/陶錄2.117.3
 悍/陶錄2.117.4	 悍/陶錄2.15.5	 㦕/集成17.10958	 桿/集成16.10374	 荊/陶錄3.603.3		

322. 單

《說文解字·卷二·吅部》：「，大也。从吅皁，吅亦聲。闕。」甲骨文作（合13539）、（合21729）；金文作（揚簋）；楚系簡帛文字作（郭.成.22）。丁山認為，單干為古文字。〔註411〕徐中舒謂「干應為先民狩獵之工具。其初形為丫，後在其兩端傅以尖銳之石片而成形，復於兩歧之下縛重塊而成、，遂孳乳為單。」〔註412〕

齊系「單」字承襲金文形，單字字形增加左右兩撇畫飾筆，偏旁字形則不加。

單　字						
 單/陶錄3.36.3	 單/陶錄3.36.4	 單/陶錄3.37.4	 單/陶錄3.37.5			

〔註410〕丁山：《說文闕義箋》（臺北：國立中央研究院歷史語言研究所，1930年），頁3～8。

〔註411〕丁山：《說文闕義箋》，頁3～8。

〔註412〕徐中舒：《甲骨文字典》，頁209。

偏　旁						
罾/集錄 1164	祈（旂）/集成 01.271	祈（旂）/集成 01.271	祈（旂）/集成 16.10151	祈（旂）/集成 09.4458	祈（旂）/集成 09.4458	祈（旂）/集成 16.10283
祈（旂）/集成 16.10007	祈（旂）/集成 09.4593	祈（旂）/集成 16.10144	旂（旂）/山東 212頁			

323. 罕

《說文解字・卷七・网部》：「罕，网也。从网，干聲。」《說文解字・卷十四・内部》：「禽，山神，獸也。从禽頭，从厹从屮。歐陽喬說：离，猛獸也。」甲骨文作（甲 2285）；金文作（爵文）。用作偏旁時，楚系簡帛文字作（禽/清 3.祝.4）。唐蘭認為，字象罕形，當釋為干，為長柄小網，與網羅不同。〔註 413〕何琳儀認為，字象鳥網之形，引申有捕獲網羅之意。〔註 414〕

齊系偏旁「罕」字承襲甲骨形。

偏　旁						
禽/集成 08.4041	禽/集成 08.4041	禽/集成 08.4041	禽/山東 137頁			

324. 華

《說文解字・卷四・華部》：「華，箕屬。所以推棄之器也。象形。凡華之屬皆从華。官溥說。」《說文解字・卷四・華部》：「田罔也。从華，象畢形。微也。或曰：由聲。」甲骨文作（周原 45）；金文作（北子華觶）、（史䀇簋）、（段簋）、（奄公華鐘）；楚系簡帛文字作（包 2.158）。季旭昇師謂「捕兔、鳥的有柄網子。華為畢的初文，周原甲骨从田（表田獵），象有柄的田網。」〔註 415〕

〔註 413〕唐蘭：《天壤閣甲骨文存考釋》，頁 57～78。

〔註 414〕何琳儀：《戰國古文字典》，頁 871。

〔註 415〕季旭昇師：《說文新證》，頁 312～313。

齊系「華」字與金文形相同，有些字形或簡省下部作（畢/集成01.245），與楚系字形相同；或簡省柄形的豎畫作（彈/璽彙1479）。曹錦炎認為，有些齊系「畢」字中的「又」字作手持柄形，這是齊系文字的一個字形特點〔註416〕，例如：（戰/璽彙0195）。

單　字						
畢/陶錄 2.48.2	畢/陶錄 2.48.3	畢/陶錄 2.48.4	畢/陶錄 2.49.1	畢/遺珍 48頁	畢/遺珍 48頁	畢/陶錄 2.48.1
偏　旁						
畢/集成 01.245	畢/集成 08.4190	畢/集成 01.149	畢/集成 01.151	戰/璽彙 0195	戰/璽彙 5706	戰/璽彙 3706
戰/璽彙 5502	繹/璽彙 2654	繹/璽彙 3692	繹/璽彙 3738	繹/璽彙 3081	彈/璽彙 1479	彈/璽文 447

325. 章

《說文解字·卷三·音部》:「，樂竟爲一章。从音从十。十，數之終也。」金文作（𤼈簋）；楚系簡帛文字作（包2.77）、（郭.緇.2）。王輝謂「从辛从⊕或，辛為鑿具，即琢玉之工具，⊕象玉璞，上有交文。故章之本義乃以鑿具治玉，後引申為名詞圭璋之章。」〔註417〕

齊系「章」字與金文、楚系形相同。單字字形或在下部增加左右撇畫飾筆，作（陶錄 2.562.1）。偏旁字形或簡省下部的豎畫，作（璋/陶錄 2.156.1）。

單　字						
章/陶錄 2.562.1	章/陶錄 2.287.2					

〔註416〕曹錦炎：〈戰國古璽考釋（三篇）〉，《第二屆國際中國古文字學研討會論文集》，1993年，頁401。

〔註417〕王輝：〈殷墟玉璋朱書文字蠡測〉，《文博》1996年第5期，頁3～5。

偏旁						
璋/集成 17.11021	璋/集成 16.9975	璋/陶錄 2.155.3	璋/陶錄 2.155.1	璋/陶錄 2.115.1	璋/陶錄 2.156.1	璋/陶錄 2.155.2
璋/璽彙 0232	璋/集錄 1140	璋/銘文選 2.865	璋/新收 1540			

326. 网

《說文解字・卷七・网部》:「，庖犧所結繩以漁。从冂，下象网交文。凡网之屬皆从网。，网或从亡。，网或从糸。，古文网。，籀文网。」甲骨文作（合 10754）、（合 40757）、（合 10514）；楚系簡帛文字作（上 8.蘭.5）。用作偏旁時，金文作（羁/小子峰卣）。羅振玉謂「象張網形。」〔註 418〕

齊系「网」字偏旁承襲甲骨、形，有些字形或簡省作（罰/集成 01.272）；或網格形或作豎筆來表示，作（買/陶錄 3.446.3）。

偏旁						
罬/陶錄 2.285.2	罬/陶錄 2.48.4	罬/陶錄 2.48.1	罬/陶錄 2.48.2	罰/集成 01.279	罰/集成 01.273	罰/集成 01.285
罰/集成 01.272	叜/璽彙 0312	叜/璽彙 0334	叜/璽彙 0336	叜/璽彙 0265	叜/璽考 64 頁	賸（䝴）/新收 1550
罟/陶錄 3.385.6	罔/陶錄 3.656.2	羅/陶錄 3.329.3	買/陶錄 3.449.3	買/陶錄 3.449.5	買/陶錄 3.448.5	買/陶錄 3.449.4
買/陶錄 3.446.3	買/陶錄 3.446.5	買/陶錄 3.445.1	買/陶錄 3.446.2	買/陶錄 3.447.4	買/陶錄 3.449.6	買/陶錄 3.449.2

〔註 418〕羅振玉：《增訂殷虛書契考釋》卷中，頁 49。

[illegible]/璽彙 0153	[illegible]/璽彙 3483					

327. 力

《說文解字・卷十三・力部》:「[illegible]，筋也。象人筋之形。治功曰力，能圉大災。凡力之屬皆从力。」甲骨文作[illegible]（合 22322）；金文作[illegible]（屭羌鐘）；楚系簡帛文字作[illegible]（上 1.性.36）。裘錫圭認為「力」為「耜」的象形字，「力是由原始農業中挖掘植物或點種用的尖頭木棒發展而來的一種發土工具，字形裡的短畫象踏腳的橫木。」〔註 419〕

齊系「力」字作[illegible]（集成 01.276），單字與偏旁字形相同，偏旁字形方向不一。

單　字						
力/集成 01.285	力/集成 01.276					
偏　旁						
劦/陶錄 3.11.4	劦/陶錄 3.83	勝（𠢕）/ 陶彙 3.1304	勝（𠢕）/ 陶錄 3.9.2	勝（𠢕）/ 陶錄 3.154.1	勝（𠢕）/ 陶錄 3.154.2	勝（𠢕）/ 陶錄 3.152.4
勝（𠢕）/ 陶錄 3.152.5	勝（𠢕）/ 集成 16.9975	敏（勄）/ 集成 01.285	敏（勄）/ 集成 01.273	敏（勄）/ 集成 01.281	敏（勄）/ 古研 29.310	敏（勄）/ 古研 29.311
敏（勄）/ 古研 29.310	敏（勄）/ 古研 29.310	叻/陶錄 2.262.3	嘉/陶錄 2.143.1	嘉/陶錄 2.143.3	嘉/陶錄 2.143.2	嘉/山東 188 頁
嘉/集成 15.9729	嘉/集成 05.2750	嘉/集成 01.102	嘉/集成 15.9730	嘉/集成 04.2591	嘉/集成 01.142	靜/集成 16.10361

〔註 419〕裘錫圭：〈甲骨文中所見的商代農業〉，《裘錫圭學術文集》卷 1，頁 241～242。

男/陶彙 3.703	男/歷文 2009.2.51	男/歷文 2009.2.51	男/新收 1043	男/集成 01.278	男/集成 15.10280	男/集成 01.280
男/集成 01.285	男/集成 15.9704	男/集成 15.10283	男/集成 09.4645	男/集成 15.10159		

328. 耒

《說文解字・卷十三・耒部》：「，手耕曲木也。从木推丰。古者垂作耒梠以振民也。凡耒之屬皆从耒。」金文作（耒父乙爵）。用作偏旁時，甲骨文作（合 00900）；楚系簡帛文字作（協/清 1.誥.2）。徐中舒謂「耒與耜為兩種不同的農具。耒下歧頭，耜下一刃。耒為效仿樹枝式的農具。」〔註 420〕

齊系偏旁「耒」字承襲金文形，但字形的兩個耒頭增加兩個橫畫，導致字形與「肉」形接近，例：（協/集成 01.277）。

偏旁						
協/集成 01.277	協/集成 01.285					

329. 辰

《說文解字・卷十四・辰部》：「，震也。三月，陽气動，靁電振，民農時也。物皆生，从乙、匕，象芒達；厂，聲也。辰，房星，天時也。从二，二，古文上字。凡辰之屬皆从辰。，古文辰。」甲骨文作（合 00137）、（合 36002）；金文作（庚嬴卣）、（旂鼎）、（陳璋方壺）；楚系簡帛文字作（包 2.90）、（包 2.186）。裘錫圭謂「辰是農業上用於清除草木的一種農具。……辰有可能是形制與斤、钁相類的一種農具，……短畫，本象把石質的辰頭捆在木柄上的繩索一類東西。」〔註 421〕

齊系「辰」字作（集成 01.149），有些字形增加「口」符，作（集成 16.9975）。

〔註 420〕徐中舒：〈耒耜考〉，《中央研究院歷史語言研究所集刊》第 2 本第 1 分，頁 32。
〔註 421〕裘錫圭：〈甲骨文中所見的商代農業〉，《裘錫圭學術文集》卷 1，頁 246。

單　字						
 辰/集成 01.140	 辰/集成 01.149	 辰/集成 01.150	 辰/集成 01.152	 辰/新收 1074		
偏　旁						
 辰/集成 01.272	 辰/集成 01.285	 辰/集成 16.9975	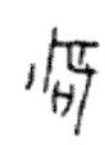 辰/集成 15.9703	 辰/銘文選 2.865	 辰/陶錄 2.18.4	 辰/雪齋 2.72
 辰/璽彙 3718	 辰/璽彙 3106	 辰/璽彙 0579	 辰/璽彙 3499	 辰/璽彙 3727	 農（䢉）/ 陶錄 3.538.3	

330. 弋

《說文解字・卷十二・厂部》:「，橜也。象折木衺銳著形。从厂，象物挂之也。」甲骨文作（合 01763）；金文作（史墻盤）；楚系簡帛文字作（郭.唐.17）、（上 2.從甲.1）。裘錫圭認為，「弋」即橛杙之「杙」的本字，並謂「象一種下端很尖的柲狀物。」〔註 422〕

齊系偏旁「弋」字與承襲金文字形。

偏　旁						
 妐/集成 09.4534	 紱/陶錄 2.750.1	 紱/陶錄 2.749.2	 紱/璽彙 5558			

331. 才

《說文解字・卷六・才部》:「，艸木之初也。从丨上貫一，將生枝葉。一，地也。凡才之屬皆从才。」甲骨文作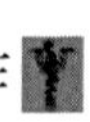（合 14149）、（合 24387）；金文作（豐作父辛尊）、（遹簋）、（秦公鎛）；楚系簡帛文字作（郭.魯.4）、（上 2.容.9）。陳劍認為，「弋」、「才」乃一字分化而來，「才」字字形象下端尖銳的橛杙之形。〔註 423〕

〔註 422〕裘錫圭：〈釋「弋」〉，《裘錫圭學術文集》卷 1，頁 67～71。
〔註 423〕陳劍：〈釋造〉，《甲骨金文考釋論集》（北京：線裝書局，2007 年），頁 141。

齊系「才」字作（集成 08.4029）、十（集成 01.272）。有些偏旁字形訛誤成近似「中」形，例：（𢦏/陶錄 3.578.1）。「才」字有作形，另有「十」、「七」、「甲」、「土」字字根作此形，詳見各字根。

單　字						
才/集成 01.149	才/集成 01.150	才/集成 01.152	才/集成 01.151	才/集成 01.272	才/集成 01.285	才/集成 01.275
才/集成 08.4029	才/集成 01.285	才/集成 01.149	才/集成 01.150	才/張莊磚文圖一	才/張莊磚文圖三	才/張莊磚文圖四
才/陶錄 3.611.2	才/古研 29.311	才/璽彙 3222				
偏　旁						
𢦏/陶錄 3.578.1	𢦏/陶錄 3.706	𢦏/集成 09.4649	𢦏/集成 15.9733	哉/集成 01.245	在/集錄 543	在/雪齋 2.72
在/集成 01.140	𢧁/璽彙 0248	𢧁/璽彙 3698	䵵/銘文選 848	䵵/集成 01.285	䵵/集成 01.274	閉/集成 16.10374

332. 歺

《說文解字．卷四．歺部》：「，列骨之殘也。从半冎。凡歺之屬皆从歺。讀若櫱岸之櫱。，古文歺。」甲骨文作（合 18805）。用作偏旁時，金文作（死/頌簋）；楚系簡帛文字作（死/清 2.繫.90）。季旭昇師謂「象木杙裂開之形。」〔註 424〕

齊系「歺」字偏旁承襲甲骨，或字形中左邊的豎筆分離，作（死/集成 01.285），或字形與人形筆畫共筆，例：（葬/張莊磚文圖四）。

〔註 424〕季旭昇師：《說文新證》，頁 333。

偏　旁						
死/歷文 2009.2.51	死/集成 01.271	死/集成 01.272	死/集成 01.285	列/陶錄 3.534.1	列/陶錄 3.534.2	葬（[illegible]）/張莊磚文圖一
葬（[illegible]）/張莊磚文圖二	葬（[illegible]）/張莊磚文圖三	葬（[illegible]）/張莊磚文圖四列				

七、兵　部

333. 戈

《說文解字・卷十二・戈部》:「，平頭戟也。从弋，一橫之。象形。凡戈之屬皆从戈。」甲骨文作（合 08405）、(合 03335)；金文作（虡簋）、（戈器）；楚系簡帛文字作（包 2.261）。羅振玉謂「戈全為象形。丨象柲，一象戈。」〔註 425〕

齊系「戈」字作（山東 797 頁），單字與偏旁字形相同。

單　字						
戈/集成 17.10972	戈/集成 17.11120	戈/集成 17.11024	戈/集成 17.10971	戈/集成 17.11126	戈/集成 17.10893	戈/集成 17.11049
戈/集成 17.11089	戈/集成 17.11070	戈/集成 17.10961	戈/集成 17.11085	戈/集成 17.10956	戈/集成 17.11206	戈/集成 17.11037
戈/集成 17.10966	戈/集成 17.11121	戈/集成 17.11022	戈/集成 17.11210	戈/集成 17.11040	戈/集成 17.11050	戈/集成 17.11086
戈/集成 17.11031	戈/新收 1129	戈/新收 1025	戈/新收 1128	戈/新收 1540	戈/山東 871 頁	戈/山東 865 頁

〔註 425〕羅振玉：《增訂殷虛書契考釋》卷中，頁 46。

戈/山東 860 頁	戈/山東 833 頁	戈/山東 770 頁	戈/山東 797 頁	戈/山東 869 頁	戈/山東 799 頁	戈/山東 809 頁
戈/山東 877 頁	戈/山東 864 頁	戈/錄遺 631	戈/古研 23.98	戈/古貨幣 222	戈/古貨幣 227	戈/歷文 2007.5.16
戈/考古 2011.10.28	戈/考古 1999.1.96	戈/錢幣 1987.4.44				
偏　旁						
伐/集成 07.4029	伐/集成 07.4041	伐/集成 15.9703	伐/集成 16.9975	伐/集成 15.9733	伐/集成 01.276	伐/集成 01.285
伐/集成 15.9733	䵼/集成 15.9733	䵼/陶錄 3.578.1	䵼/陶錄 3.706	䵼/集成 09.4649	威/集成 01.245	威/集成 01.149
威/集成 01.151	穖/璽彙 0238	咸（戓）/ 集成 01.285	咸（戓）/ 集成 01.276	造（焅）/ 集成 17.11023	造（[illegible]）/ 集成 17.11123	或/集成 01.273
或/集成 01.285	臧（⿰爿咸）/ 後李三 5	臧（⿰爿咸）/ 桓台 40	臧（⿰爿咸）/ 璽彙 1464	臧（⿰爿咸）/ 璽彙 2219	臧（⿰爿咸）/ 璽彙 3934	臧（⿰爿咸）/ 璽彙 0653
臧（⿰爿咸）/ 璽彙 3935	臧（⿰爿咸）/ 集成 09.4444	臧（⿰爿咸）/ 集成 16.9975	臧（⿰爿咸）/ 集成 09.4443	臧（⿰爿咸）/ 璽考 315 頁	臧（⿰爿咸）/ 銘文選 2.865	臧（⿰爿咸）/ 陶錄 3.185.2
臧（⿰爿咸）/ 陶錄 2.412.4	臧（⿰爿咸）/ 陶錄 3.184.3	臧（⿰爿咸）/ 陶錄 3.185.1	臧（⿰爿咸）/ 陶錄 3.185.3	臧（⿰爿咸）/ 陶錄 2.258.1	臧（⿰爿咸）/ 陶錄 2.257.4	臧（⿰爿咸）/ 陶錄 2.681.1

臧（[illegible]）/陶錄 2.312.4	臧（[illegible]）/陶錄 2.316.1	臧（[illegible]）/陶錄 2.317.3	臧（[illegible]）/陶錄 2.358.3	臧（[illegible]）/陶錄 2.533.1	臧（[illegible]）/陶錄 2.533.4	臧（[illegible]）/陶錄 2.418.3
哉/集成 01.245	臧/璽彙 3087	識/璽彙 0338	戠/陶錄 3.14.1	戠/陶錄 3.14.2	戠/陶錄 3.411.4	戠/陶錄 3.410.1
戠/陶錄 3.410.5	戠/陶錄 3.410.6	戠/璽彙 0157	戠/璽彙 0314	戠/璽彙 0154	戠/璽彙 0156	戠/璽考 56 頁
織/陶錄 3.410.3	織/陶錄 3.410.2	織/陶錄 3.410.4	鈛/尋繹 64 頁	鈛/尋繹 63 頁	鈛/新收 1496	鈛/新收 1112
鈛/新收 1032	鈛/集成 17.11082	鈛/集成 17.11083	鈛/集成 17.11128	鈛/集成 17.11025	鈛/集成 17.11036	鈛/集成 17.11031
鈛/集成 17.11034	鈛/集成 17.11154	鈛/集成 17.11156	鈛/集成 17.11155	鈛/集成 16.9975	鈛/集成 17.11041	鈛/集成 17.11069
鈛/集成 17.11020	鈛/集成 17.11101	鈛/集成 17.11127	鈛/集成 17.11035	鈛/山東 832 頁	鈛/山東 812 頁	鈛/收藏家 2011.11.25
戟（[illegible]）/山東 826 頁	戟（[illegible]）/新收 1983	戟（[illegible]）/集成 18.11815	戟（[illegible]）/集成 17.11062	戟（[illegible]）/集成 17.11123	戟（𢦏）/山東 843 頁	戟（𢦏）/山東 876 頁
戟（𢦏）/山東 768 頁	戟（𢦏）/山東 875 頁	戟（𢦏）/集成 17.10967	戟（𢦏）/集成 17.11023	戟（𢦏）/集成 17.11158	戟（𢦏）/集成 17.11130	戟（𢦏）/集成 17.11105

戟（⿰丰戈）/集成 17.11051	戟（⿰丰戈）/集成 17.11084	戟（⿰丰戈）/集成 17.11088	戟（⿰丰戈）/集成 17.11160	戟（⿰丰戈）/文物 2002.5.95	戟（⿰丰戈）/新收 1028	戟（⿰丰戈）/新收 1542
戟（⿰丰戈）/新收 1097	戟（⿰丰戈）/新收 1498	慽/陶錄 2.13.1	僟/璽彙 0249	戒/集成 01.274	戒/集成 01.275	戒/集成 01.285
戒/集成 01.285	戒/集成 01.285	戒/集成 01.272	肇/山東 104 頁	肇/山東 170 頁	肇/集成 09.4571	肇/集成 01.273
肇/集成 01.285	肇/集成 07.3939	肇/集成 05.2639	肇/集成 16.10116	肇/集成 09.4423	肇/集成 09.4440	肇/集成 09.4415
肇/集成 09.4570	肇/集成 09.4441	肇/集成 09.4441	肇/集成 09.4595	肇/集成 09.4596	肇/集成 16.10275	肇/集成 08.4110
肇/集成 09.4458	肇/集成 16.10275	肇/集成 05.2587	肇/集成 07.3944	肇/新收 1917	戜/陶錄 2.111.1	武/新收 1169
武/新收 1781	武/璽考 53 頁	武/璽考 64 頁	武/集成 17.10966	武/集成 17.10967	武/集成 17.10923	武/集成 15.9733
武/集成 01.276	武/集成 01.276	武/集成 01.278	武/集成 01.285	武/集成 09.4630	武/集成 09.4649	武/集成 09.4649
武/集成 17.11024	武/集成 17.11025	武/集成 17.10900	武/璽彙 0150	武/璽彙 0174	武/璽彙 0176	武/璽彙 0336
武/璽彙 1326	武/璽彙 3120	武/璽彙 3483	武/分域 676	武/陶錄 3.171.5	武/陶錄 3.171.1	武/陶錄 3.171.2

武/陶錄 2.52.1	武/陶錄 3.171.3	武/小校 10.16.1	淢/陶錄 3.186.1	淢/陶錄 3.186.2	淢/陶錄 3.186.3	莪/集成 17.10962
膩/陶錄 2.54.2	膩/陶錄 2.50.1	膩/陶錄 2.54.1	膩/陶錄 2.54.2	戮/璽彙 3651	戮/璽彙 2599	戫/璽彙 3698
戫/璽彙 0248	賊/山東 104 頁	盞 /集成 17.11033	戫/周金 6.132	臧（戩）/集成 15.9733	一（弌）/集成 15.9733	二（弍）/新收 1080
二（弍）/臨淄	戎/陶錄 2.159.4	戎/陶錄 2.159.3	戎/集成 01.273	戎/集成 01.275	戎/集成 01.275	戎/集成 01.281
戎/集成 01.285	戎/集成 01.285	戎/集成 01.285	戎/集成 04.2525	戎/集成 15.9657	戎/山東 611 頁	
合　文						
弌日/集成 16.10361	弌日/陶錄 3.658	弌日/陶錄 2.312				

334. 必

《說文解字·卷二·八部》：「，分極也。从八弋，弋亦聲。」甲骨文作（合 14034）；金文作（㝨盤）；楚系簡帛文字作（郭.性.60）。裘錫圭謂「『柲』的象形初文。……去掉戈頭的一横，剩下來的象戈柲的的部分。」〔註 426〕

齊系「必」字承襲甲骨形，與金文形相似，但字形中小點形的位置不一。

〔註 426〕裘錫圭：〈釋「柲」〉，《裘錫圭學術文集》卷 1，頁 51。

單 字						
必/陶錄 3.538.1	 必/陶錄 3.538.2					
偏 旁						
 柲/集成 09.4624	 密/集成 17.11023	密/集成 17.10972	 宓/璽考 51 頁			

335. 弟

《說文解字．卷五．弟部》：「，韋束之次弟也。从古字之象。凡弟之屬皆从弟。，古文弟从古文韋省，丿聲。」甲骨文作（合 41331）、（合 09817）；金文作（沈子它簋蓋）、（臣諫簋）；楚系簡帛文字作（郭.語 1.55）。張日昇認為字从必，並謂「聚竹為柲，縛以繩，韜以帛而油桼。第从S，蓋即以繩縛竹，與弗所从同意。」〔註 427〕

齊系「弟」字與金文形相同。

單 字						
 弟/集成 01.271	 弟/集成 05.2638	 弟/集成 05.2638	 弟/歷文 2009.2.51			

336. 矛

《說文解字．卷十四．矛部》：「，酋矛也。建於兵車，長二丈。象形。凡矛之屬皆从矛。，古文矛从戈。」楚系簡帛文字作（郭.五.41）、（上 2.從甲.10）。用作偏旁，甲骨文作（柔/京都 2062）；金文作（遹/遹簋）、（遹/翏生盨）。《金文形義通解》謂「上象矛葉兩翼，中象環形繫，下象矛柄。」〔註 428〕

齊系「矛」字偏旁承襲甲骨偏旁字形，矛形上部訛變作（瘍/陶錄 3.358.5），或上部兩翼形省略作（楙/集成 16.10107）。

〔註 427〕周法高主編：《金文詁林》，頁 3653～3654。

〔註 428〕張世超、孫凌安、金國泰、馬如森：《金文形義通解》，頁 3314。

偏　旁						
瘏/陶錄 3.358.4	瘏/陶錄 3.358.5	瘏/陶錄 3.358.6	楙/集成 16.10107	楙/山東 104 頁	楙/山東 104 頁	

337. 害

《說文解字・卷七・宀部》:「[古文字]，傷也。从宀从口。宀、口，言从家起也。丯聲。」金文作[古文字]（毛公鼎）、[古文字]（師害簋）；楚系簡帛文字作[古文字]（郭.成.33）、[古文字]（上 1.孔.7）。郭沫若謂「害乃古蓋字。象缶上有罩覆蓋。」〔註 429〕何琳儀謂「[古文字]象矛頭之形，稓之初文。」〔註 430〕高鴻縉認為，字即「桷」之初文，从[古文字]，象屋宇上榱桷之形，古聲。〔註 431〕「害」字本義尚不能確定。

齊系「害」字與金文字形相同，單字與偏旁字形相同。

單　字						
害/遺珍 67 頁						
偏　旁						
簠（害）/ 集成 09.4574	簠（[古文字]）/ 集成 09.4517	簠（[古文字]）/ 集成 09.4519	簠（[古文字]）/ 集成 09.4518	簠（[古文字]）/ 集成 09.4520	簠（[古文字]）/ 集成 09.4517	割/集成 09.4443
割/集成 09.4443	割/集成 09.4444	割/集成 09.4445	簠（害）/山東 393 頁	簠（害）/山東 379 頁	簠（害）/新收 1068	

338. 朿

《說文解字・卷七・朿部》:「[古文字]，木芒也。象形。凡朿之屬皆从朿。讀若刺。」甲骨文作[古文字]（合 22288）；金文作[古文字]（朿鼎）、[古文字]（作册大方鼎）；

〔註 429〕郭沫若：《金文叢考》，頁 304。
〔註 430〕何琳儀：《戰國古文字典》，頁 898。
〔註 431〕高鴻縉：《中國字例》，頁 159～160。

楚系簡帛文字作（包 2.167）、（郭.老甲.14）。于省吾謂「朿字有一鋒、三鋒、四鋒等形，乃刺殺人和物的一種利器。總之，朿為刺之古文。」〔註 432〕

齊系「朿」字承襲甲骨作（陶錄 3.12.3），偏旁字形簡省字形下半部分，例：（陶錄 3.269.6）。

單　字						
朿/陶錄 3.12.3	朿/陶錄 3.139.1	朿/陶錄 3.139.4	朿/陶錄 3.637.6	朿/陶錄 3.645.6		
偏　旁						
㻈/陶錄 3.143.4	㻈/陶錄 3.143.1	㻈/陶錄 3.144.4	㻈/陶錄 3.143.3	㻈/陶錄 3.143.4	㻈/陶錄 3.145.6	漬/璽考 43 頁
墳/璽考 44 頁	脊/陶錄 3.270.6	脊/陶錄 3.270.1	脊/陶錄 3.270.2	脊/陶錄 3.262.3	脊/陶錄 3.262.5	脊/陶錄 3.262.6
脊/陶錄 3.271.2	脊/陶錄 3.483.3	脊/陶錄 3.269.6				

339. 爾（尔）

《說文解字・卷三・㸚部》：「，麗爾，猶靡麗也。从冂从㸚，其孔㸚，尒聲。此與爽同意。」甲骨文作（合 11400）、（合 28461）；金文作（宼尊）、（𤼈鐘）；楚系簡帛文字作（清 2.繫.11）、（郭.老甲.30）。張亞初謂「上象朿（刺）字，下面三豎畫上都遍佈刺形，上下左右都是芒刺形，這就是表示遍與滿的爾字的造字本意。」〔註 433〕

齊系「爾」單字作（集成 15.9730），偏旁字形則簡省下部，只作「尔」形，例：（璽/璽彙 0222）。

〔註 432〕于省吾：《甲骨文字釋林》，頁 176。

〔註 433〕張亞初：〈古文字源流疏證釋例〉，《古文字研究》第 21 輯，頁 373。

單　字						
爾/集成 15.9730	爾/集成 15.9729	爾/集成 15.9729	爾/集成 15.9729			
偏　旁						
妳/集成 08.4152	璽（鉨）/ 山璽 005	璽（鉨）/ 山璽 006	璽（鉨）/ 山璽 016	璽（鉨）/ 璽彙 3939	璽（鉨）/ 璽彙 5542	璽（鉨）/ 璽彙 0064
璽（鉨）/ 璽彙 0223	璽（鉨）/ 璽彙 0224	璽（鉨）/ 璽彙 0328	璽（鉨）/ 璽彙 0232	璽（鉨）/ 璽彙 0233	璽（鉨）/ 璽彙 3233	璽（鉨）/ 璽彙 3727
璽（鉨）/ 璽彙 0331	璽（鉨）/ 璽彙 0342	璽（鉨）/ 璽彙 1185	璽（鉨）/ 璽彙 3681	璽（鉨）/ 璽彙 5539	璽（鉨）/ 璽彙 5256	璽（鉨）/ 璽彙 0200
璽（鉨）/ 璽彙 0201	璽（鉨）/ 璽彙 5555	璽（鉨）/ 璽彙 0227	璽（鉨）/ 璽彙 0023	璽（鉨）/ 璽彙 0030	璽（鉨）/ 璽彙 0034	璽（鉨）/ 璽彙 0035
璽（鉨）/ 璽彙 0194	璽（鉨）/ 璽彙 0234	璽（鉨）/ 璽彙 0657	璽（鉨）/ 璽彙 5537	璽（鉨）/ 璽彙 0025	璽（鉨）/ 璽彙 0026	璽（鉨）/ 璽彙 0027
璽（鉨）/ 璽彙 0033	璽（鉨）/ 璽彙 0036	璽（鉨）/ 璽彙 0043	璽（鉨）/ 璽彙 0063	璽（鉨）/ 璽彙 0098	璽（鉨）/ 璽彙 0147	璽（鉨）/ 璽彙 0150
璽（鉨）/ 璽彙 0154	璽（鉨）/ 璽彙 0153	璽（鉨）/ 璽彙 0176	璽（鉨）/ 璽彙 0193	璽（鉨）/ 璽彙 0197	璽（鉨）/ 璽彙 0198	璽（鉨）/ 璽彙 0202

璽（鉩）/ 璽彙 5257	璽（鉩）/ 璽彙 0157	璽（鉩）/ 璽彙 0322	璽（鉩）/ 璽彙 2709	璽（鉩）/ 璽彙 0007	璽（鉩）/ 璽彙 0028	璽（鉩）/ 璽彙 0330
璽（鉩）/ 璽彙 0208	璽（鉩）/ 璽彙 0209	璽（鉩）/ 璽彙 0225	璽（鉩）/ 璽彙 0248	璽（鉩）/ 璽彙 0259	璽（鉩）/ 璽彙 0262	璽（鉩）/ 璽彙 0277
璽（鉩）/ 璽彙 0282	璽（鉩）/ 璽彙 0286	璽（鉩）/ 璽彙 0356	璽（鉩）/ 璽彙 0345	璽（鉩）/ 璽彙 0482	璽（鉩）/ 璽彙 1661	璽（鉩）/ 璽彙 0331
璽（鉩）/ 璽考 35 頁	璽（鉩）/ 璽考 55 頁	璽（鉩）/ 璽考 55 頁	璽（鉩）/ 璽考 44 頁	璽（鉩）/ 璽考 31 頁	璽（鉩）/ 璽考 31 頁	璽（鉩）/ 璽考 38 頁
璽（鉩）/ 璽考 55 頁	璽（鉩）/ 璽考 61 頁	璽（鉩）/ 璽考 58 頁	璽（鉩）/ 璽考 56 頁	璽（鉩）/ 璽考 57 頁	璽（鉩）/ 璽考 57 頁	璽（鉩）/ 璽考 57 頁
璽（鉩）/ 璽考 45 頁	璽（鉩）/ 璽考 45 頁	璽（鉩）/ 璽考 37 頁	璽（鉩）/ 璽考 37 頁	璽（鉩）/ 璽考 38 頁	璽（鉩）/ 璽考 40 頁	璽（鉩）/ 璽考 43 頁
璽（鉩）/ 璽考 32 頁	璽（鉩）/ 璽考 53 頁	璽（鉩）/ 璽考 53 頁	璽（鉩）/ 璽考 46 頁	璽（鉩）/ 璽考 334 頁	璽（鉩）/ 陶錄 2.702.1	璽（鉩）/ 陶錄 2.702.3
璽（鉩）/ 陶錄 2.702.4	璽（鉩）/ 陶錄 2.23.2	彌/集成 01.271	彌/集成 01.271	璽/璽考 282 頁	璽/璽考 69 頁	璽/桓台 41

璽/璽彙 0272	璽/璽彙 0222	璽/陶錄 2.358.2	璽/陶錄 2.23.1	璽/陶錄 2.218.3		

340. 癸

《說文解字・卷十四・癸部》:「[篆]，冬時，水土平，可揆度也。象水從四方流入地中之形。癸承壬，象人足。凡癸之屬皆从癸。[籀]，籀文从癶从矢。」甲骨文作[甲]（鐵 112.3）、[甲]（佚 545）；金文作[金]（癸山簋）、[金]（矢令方彝）、[金]（此簋）；楚系簡帛文字作[楚]（包 2.183）。葉玉森引饒炯之說，謂「癸為葵之古文，象四葉對生形。」〔註 434〕周伯琦謂「交錯二木度地，以取平也，與準同義，从二木象形。」〔註 435〕駱珍伊認為，「癸或即『揆』之初文，从二工或二物交揆，以會揆度意。」〔註 436〕

齊系「癸」字承襲甲骨字形，或字形下部多加兩撇畫作[齊]（璽彙 1929）。

單　字						
癸/集成 09.4649	癸/陶錄 2.90.4	癸/陶錄 2.285.3	癸/陶錄 3.604.4	癸/陶錄 2.323.3	癸/陶錄 2.323.4	癸/璽彙 1929
癸/齊幣 451						

341. 由

《說文解字・卷十二・糸部》:「[篆]，隨從也。从系𦍋聲。[古]，或繇字。」甲骨文作[甲]（合 16047）；金文作[金]（由伯尊）；楚系簡帛文字作[楚]（上 1.紂.15）。唐蘭認為，字象冑形。〔註 437〕

齊系「由」字作[齊]（集成 17.11608），單字與偏旁字形相同。

〔註 434〕葉玉森：《殷墟書契前編集釋》卷 1，頁 1。

〔註 435〕元・周伯琦：《六書正譌》（臺北：臺灣商務印書館，1983 年）卷 3，頁 5。

〔註 436〕駱珍伊：《〈上海博物館藏戰國楚竹書（七）～（九）〉與〈清華大學藏戰國竹簡（壹）～（叁）〉字根研究》，頁 562。

〔註 437〕唐蘭：《天壤閣甲骨文存考釋》，頁 49～50。

單字						
 由/集成 17.11608						
偏旁						
 克/集成 09.4649	 克/山東 104 頁					

342. 盾

《說文解字．卷四．盾部》：「，瞂也。所以扞身蔽目。象形。凡盾之屬皆从盾。」甲骨文作（合 07427）、（合 38704）；金文作（秉毌父乙爵）、（秉毌丁卣）、（睸秉毌鼎）。用作偏旁時，楚系簡帛文字作（古/清 2.繫.25）。朱芳圃謂「即盾之初文。象形。」〔註 438〕

齊系「盾」字偏旁同楚系字形相同，盾形簡化為「十」字形。季旭昇師謂「西周瘨鐘、墻盤的『古』字上部的『毌』形漸漸線條化，至春秋、戰國時代，上部變成『十』字形（由『毌』形變成『十』字形的，還有『戎』、『博』字等）。」〔註 439〕

偏旁						
 居/陶錄 2.35.1	 者/集成 17.11077	 者/集成 17.11078	 者/陶錄 2.672.2	 者/陶錄 2.407.1	 者/陶錄 2.407.2	 者/陶錄 2.407.3
 者/璽彙 5678	 者/陶彙 3.612	 者/陶彙 3.616	 者/古研 29.395	 者/古研 29.396	 者/璽考 334 頁	 䍜/陶錄 2.48.4
 䍜/陶錄 2.285.2	 䍜/陶錄 2.48.1	 䍜/陶錄 2.48.2	 㪽/璽彙 4025	 古/山東 104 頁	 古/陶錄 3.585.6	 故/集成 3817

〔註 438〕朱芳圃：《殷周文字釋叢》，頁 7。

〔註 439〕季旭昇師：《說文新證》，頁 154。

故/集成 3818	故/山東 696 頁	⿱故心/陶錄 2.197.1	⿱故心/陶錄 2.197.3	⿱故心/陶錄 2.309.1	⿱故心/陶錄 3.185.6	⿱故心/陶錄 3.185.5
⿱故心/陶錄 2.197.2	⿱故心/陶錄 2.69.1	⿱故心/陶錄 2.69.2	⿱故心/陶錄 2.69.3	⿱故心/陶錄 2.68.2	⿱故心/陶錄 2.251.1	⿱故心/陶錄 2.309.1
⿱故心/陶錄 2.252.4	⿱故心/璽彙 1949	适 /陶錄 3.336.6	适/陶錄 3.649.2	适/陶錄 3.336.1	适/陶錄 3.336.2	适/陶錄 3.336.3
适/陶錄 3.336.5	适/陶錄 3.337.1	适/陶錄 3.337.2	适/陶錄 3.337.3	适/陶錄 3.337.4	适/陶錄 3.649.1	适/陶錄 3.336.4
怙/陶錄 2.417.1	怙/陶錄 2.417.4	怙/陶錄 2.669.1	⿰阝怘/陶錄 2.252.4	沽/璽彙 0216	沽/陶彙 3.785	沽/陶錄 3.330.1
沽/陶錄 3.330.2	沽/陶錄 3.330.3	沽/陶錄 3.330.4	⿴囗沽 /陶錄 2.511.1	⿴囗沽 /陶錄 2.5.4	⿴囗沽 /陶錄 2.6.1	⿴囗沽 /陶錄 2.6.2
⿴囗沽 /陶錄 2.7.1	⿴囗沽 /陶錄 2.22.3	⿴囗沽 /陶錄 2.509.3	⿴囗沽 /陶錄 2.514.3	⿴囗沽 /陶錄 2.637.4	⿴囗沽 /陶錄 2.638.4	⿴囗沽 /陶錄 2.641.3
⿴囗沽 /陶錄 2.315.2	⿴囗沽 /陶錄 2.667.1	⿴囗沽 /陶錄 2.587.2	⿴囗沽 /陶錄 2.509.1	⿴囗沽 /璽考 42 頁	⿴囗沽 /璽彙 0582	⿴囗沽 /璽彙 3685
貼/璽彙 3107	貼/璽彙 0585	貼/璽彙 3677	貼/璽彙 4032	貼/陶錄 3.453.5	貼/陶錄 3.453.6	貼/陶錄 3.452.5
貼/陶錄 3.452.1	貼/陶錄 3.452.6	貼/陶錄 3.453.2	貼/陶錄 3.453.3	貼/陶錄 3.453.4	貼/陶錄 3.452.2	貼/陶錄 3.453.1

 胡/璽彙 3691	 簠（𠤳）/ 集成 09.4534	 簠（𠤳）/ 集成 09.4568	 簠（𠤳）/ 集成 09.4560	 簠（𠤳）/ 集成 09.4570	 簠（𠤳）/ 集成 09.4566	 簠（𠤳）/ 集成 09.4567
 簠（𠤳）/ 集成 09.4690	 簠（𠤳）/ 集成 09.4689	 簠（𠤳）/ 集成 09.4690	 簠（𠤳）/ 集成 09.4691	 簠（𠤳）/ 集成 09.4593	 簠（𠤳）/ 集成 09.4571	簠（𠤳）/ 集成 09.4596
 簠（𠤳）/ 集成 09.4556	 簠（𠤳）/ 遺珍 44 頁	 簠（𠤳）/ 遺珍 115 頁	 簠（𠤳）/ 遺珍 50 頁	 簠（𠤳）/ 遺珍 48 頁	 簠（𠤳）/ 遺珍 67 頁	 簠（𠤳）/ 新收 1045
 簠（𠤳）/ 新收 1045	 簠（𠤳）/ 新收 1046	 簠（𠤳）/ 新收 1042	 [illegible]/陶錄 2.407.3	 [illegible]/陶彙 3.612	 [illegible]/陶彙 3.615	 [illegible]/陶彙 3.616
[illegible]/璽彙 5678	 [illegible]/陶錄 2.407.1					

343. 王

《說文解字・卷一・王部》:「王，天下所歸往也。董仲舒曰:『古之造文者，三畫而連其中謂之王。三者，天、地、人也，而參通之者王也。』孔子曰:『一貫三爲王。』凡王之屬皆从王。，古文王。李陽冰曰:『中畫近上。王者，則天之義。』」甲骨文作（合 06834）、（合 37743）；金文作（宰甫卣）、王（頌簋）；楚系簡帛文字作（望 1.89）。林澐認為，字象不納柲之斧鉞，斧鉞本為軍事統率權力的象徵物，後來作為王權的象徵物。〔註 440〕

齊系「王」字承襲甲骨字形，作王（集成 15.9733）、（王/陶錄 2.226.1）、（陶彙 3.743）、（陶錄 2.5.3）。單字與偏旁字形相同，有些偏旁字形或省略上部橫畫作（皇/集成 17.10982）。

〔註 440〕林澐:〈說王〉,《考古》1965 年第 6 期，頁 311～312。

單　字						
王/集成 01.87	王/集成 01.149	王/集成 01.245	王/集成 01.140	王/集成 16.10261	王/集成 16.10282	王/集成 16.10151
王/集成 08.4029	王/集成 08.4041	王/集成 08.4041	王/集成 16.10163	王/集成 16.10151	王/集成 02.271	王/集成 15.9703
王/集成 02.272	王/集成 02.285	王/集成 15.9733	王/集成 15.9733	王/集成 15.9733	王/集成 15.9733	王/集成 01.150
王/集成 01.151	王/集成 09.4629	王/集成 09.4630	王/集成 15.9975	王/集成 15.9703	王/集成 04.2268	王/集成 08.4190
王/璽彙 5587	王/璽彙 0482	王/璽彙 0643	王/璽彙 5550	王/璽彙 0652	王/璽彙 0644	王/璽彙 0063
王/璽彙 0648	王/璽彙 0649	王/璽彙 0474	王/璽彙 0550	王/璽彙 0587	王/璽彙 0546	王/璽彙 1468
王/璽彙 0570	王/璽彙 0571	王/璽彙 0572	王/璽彙 0573	王/璽彙 0574	王/璽彙 0575	王/璽彙 0651
王/璽彙 0576	王/璽彙 0577	王/璽彙 0578	王/璽彙 0579	王/璽彙 0580	王/璽彙 0581	王/璽彙 0635
王/璽彙 0583	王/璽彙 0584	王/璽彙 0585	王/璽彙 0589	王/璽彙 0603	王/璽彙 0608	王/璽彙 0653
王/璽彙 0615	王/璽彙 0629	王/璽彙 0630	王/璽彙 0631	王/璽彙 0632	王/璽彙 0633	王/璽彙 0656

王/璽彙 0634	王/璽彙 0590	王/璽彙 0655	王/璽彙 0657	王/璽彙 0588	王/璽彙 0654	王/璽彙 0599
王/璽彙 0640	王/陶錄 2.2.2	王/陶錄 2.4.3	王/陶錄 2.5.3	王/陶錄 2.8.2	王/陶錄 2.8.3	王/陶錄 3.583.4
王/陶錄 2.8.4	王/陶錄 2.9.2	王/陶錄 2.42.2	王/陶錄 2.1.1	王/陶錄 2.46.3	王/陶錄 2.13.2	王/陶錄 2.406.3
王/陶錄 2.12.1	王/陶錄 2.14.1	王/陶錄 2.14.3	王/陶錄 2.26.4	王/陶錄 2.26.5	王/陶錄 2.26.6	王/陶錄 2.403.3
王/陶錄 2.42.1	王/陶錄 2. 42.2	王/陶錄 2. 42.4	王/陶錄 2. 43.2	王/陶錄 2.43.4	王/陶錄 2.44.1	王/陶錄 2.651.4
王/陶錄 2.45.3	王/陶錄 2.45.4	王/陶錄 2.46.2	王/陶錄 2.46.3	王/陶錄 2.47.1	王/陶錄 2.47.2	王/陶錄 2.408.1
王/陶錄 2.47.3	王/陶錄 2.47.4	王/陶錄 2.46.4	王/陶錄 2.42.1	王/陶錄 2.42.3	王/陶錄 2.53.3	王/陶錄 2.408.2
王/陶錄 2.54.3	王/陶錄 2.166.4	王/陶錄 2.181.1	王/陶錄 2.181.2	王/陶錄 2.217.1	王/陶錄 2.217.2	王/陶錄 2.409.1
王/陶錄 2.217.3	王/陶錄 2.218.1	王/陶錄 2.226.1	王/陶錄 2.226.2	王/陶錄 2.226.3	王/陶錄 2.227.1	王/陶錄 2.576.3
王/陶錄 2.227.2	王/陶錄 2.227.3	王/陶錄 2.227.4	王/陶錄 2.259.2	王/陶錄 2.261.4	王/陶錄 2.293.1	王/陶錄 2.50.1

王/陶錄 2.295.3	王/陶錄 2.296.1	王/陶錄 2.298.1	王/陶錄 2.298.2	王/陶錄 2.298.3	王/陶錄 2.299.1	王/陶錄 2.645.2
王/陶錄 2.299.2	王/陶錄 2.299.3	王/陶錄 2.300.1	王/陶錄 2.300.2	王/陶錄 2.302.3	王/陶錄 2.303.1	王/陶錄 2.758.1
王/陶錄 2.303.3	王/陶錄 2.304.1	王/陶錄 2.305.2	王/陶錄 2.306.2	王/陶錄 2.306.4	王/陶錄 2.307.2	王/陶錄 2.673.1
王/陶錄 2.396.4	王/陶錄 2.397.2	王/陶錄 2.397.3	王/陶錄 2.397.4	王/陶錄 2.398.1	王/陶錄 2.398.3	王/陶錄 2.700.1
王/陶錄 2.398.4	王/陶錄 2.397.1	王/陶錄 2.403.1	王/陶錄 2.403.2	王/分域 729	王/桓台 41	王/考古 1973.1
王/陶彙 3.784	王/陶彙 3.743	王/陶彙 3.785	王/山東 104 頁	王/山東 172 頁	王/山東 173 頁	王/山東 171 頁
王/山東 174 頁	王/中新網 2012.8.11	王/中新網 2012.8.11	王/中新網 2012.8.11	王/古研 29.396	王/古研 29.396	王/璽考 67
王/璽考 43	王/璽考 44	王/新收 1074	王/新收 1781	王/研究 1.141		
偏旁						
鐱/集成 18.11651	鈠/集成 09.4646	鏐/集成 01.172	鏐/集成 01.149	鏐/集成 01.151	鏐/集成 01.174	鏐/集成 01.180
鏐/集成 01.245	鏐/集成 01.150	鏐/銘文選 848	鐘/國史 1 金 1.13	鐘/古研 29.396	鐘/古文字 1.141	鐘/集成 01.92

鐘/集成 01.18	鐘/集成 01.47	鐘/集成 01.89	鐘/集成 01.14	鍾/集成 01.149	鍾/集成 01.149	鍾/集成 01.87
鍾/集成 01.151	鍾/集成 01.277	鍾/集成 01.285	鍾/集成 01.284	鍾/集成 15.9729	鍾/集成 15.9730	鍾/集成 01.102
鍾/集成 01.245	鍾/集成 01.245	鍾/集成 01.88	鍾/集成 01.50	鍾/集成 01.86	鍾/集成 01.277	鍾/山東 923 頁
鋊/璽彙 0312	鋊/璽彙 0019	鈇/集成 01.277	鏻/集成 01.285	鏻/銘文選 848	鈴/集成 01.50	鋈/山東 740 頁
鋈/山東 740 頁	鋈/集成 16.10366	鋈/集成 16.10367	鋈/璽彙 0355	鋈/璽考 59 頁	鋈/璽考 59 頁	鋈/璽考 59 頁
鋈/璽考 58 頁	鋈/璽考 58 頁	鋈/璽考 59 頁	鋈/璽考 31 頁	鋈/陶錄 2.32.1	鋈/陶錄 2.32.2	鋈/陶錄 2.32.3
鋈/陶錄 2.28.2	鋈/陶錄 2.28.3	鋈/陶錄 2.28.4	鋈/陶錄 2.7.2	鋈/陶錄 2.24.4	鋈/陶錄 2.35.3	鋈/陶錄 2.29.1
鋈/陶錄 2.28.1	鋈/新收 1175	鏤/璽彙 3687	鋯/集成 17.11062	鋯/集成 17.11120	鋯/集成 17.11034	鋯/集成 17.11078
鋯/集成 17.11081	鉚/集成 16.10374	鉚/集成 16.10368	銅/集成 15.9729	銅/集成 15.9730	鍋/集成 01.172	鏄/集成 01.140
鏄/集成 01.285	鏄/集成 01.271	銉/集成 15.9730	鐓/璽彙 3666	鑄/三代 10.17.3	鑄/新收 1917	鑄/新收 1781

鑄/山東 379 頁	鑄/集成 15.9730	鑄/集成 09.4630	鑄/集成 09.4629	鑄/集成 01.277	鑄/集成 15.9729	鑄/集成 01.285
鑄/集成 09.4642	鑄/集成 09.4574	鑄/集成 09.4560	鑄/集成 09.4560	鑄/集成 09.4570	鑄/集成 09.4570	鑄/集成 09.4127
鑄（[illegible]）/ 璽彙 3760	鑄（[illegible]）/ 集成 15.9709	鈞/集成 16.10374	皇/山東 104 頁	皇/山東 104 頁	皇/古研 29.396	皇/古研 29.396
皇/集成 17.10982	皇/集成 17.10983	皇/集成 17.10984	皇/集成 09.4649	皇/集成 09.4647	皇/集成 09.4649	皇/集成 09.4595
皇/集成 01.245	皇/集成 01.245	皇/集成 09.4646	皇/集成 09.4596	皇/集成 08.4127	皇/集成 01.285	皇/集成 01.285
皇/集成 07.3939	皇/集成 08.4190	皇/集成 18.11836	皇/集成 05.2639	皇/集成 08.4152	皇/集成 01.87	皇/集成 01.271
皇/集成 01.142	皇/集成 07.3828	皇/集成 07.3829	皇/集成 16.10275	皇/集成 08.4111	皇/集成 05.2639	皇/集成 01.285
皇/集成 09.4581	皇/集成 09.4582	皇/集成 01.87	皇/集成 15.9659	皇/集成 01.271	皇/集成 01.271	皇/集成 01.285
皇/集成 09.4440	皇/集成 16.10123	皇/集成 01.273	皇/集成 01.277	皇/集成 01.277	皇/集成 01.277	皇/集成 01.285
皇/集成 01.277	皇/集成 01.277	皇/集成 01.284	皇/集成 01.284	皇/集成 01.284	皇/集成 01.284	皇/集成 01.285

皇/璽彙 1285	皇/遺珍 50 頁	鍺/集成 01.149	銖/璽彙 0064	瓃/璽彙 0635	戟（鍼）/ 集成 18.11815	戟（鍼）/ 集成 17.11062
戟（鍼）/ 新收 1983	戟（鍼）/ 山東 826 頁	鈈/臨淄商 王墓地 27 頁	陰（陰）/ 集成 18.11609	陰（陰）/ 山東 768 頁	錞/集成 09.4646	錞/集成 09.4649
錞/新收 1074	鎵/陶彙 3.717	錐/集成 05.2750	匜（鉇）/ 新收 1733	匜（鉇）/ 集成 16.10194	匜（鉇）/ 集成 16.10280	鐈/集成 01.177
鐈/集成 01.245	鐈/集成 01.172	鐈/集成 01.176	鋁/集成 01.285	鋀/陶彙 3.703	鑰/集成 08.4190	鑰/文物 1993.4.94
鍊/集成 01.172	鍊/集成 01.172	鍊/集成 01.173	鍊/集成 01.174	鍊/集成 01.175	鈛/尋繹 63 頁	鈛/尋繹 64 頁
鈛/集成 17.11035	鈛/集成 17.11082	鈛/集成 17.11083	鈛/集成 17.11128	鈛/集成 17.11025	鈛/集成 17.11036	鈛/集成 17.11031
鈛/集成 17.11034	鈛/集成 17.11154	鈛/集成 17.11156	鈛/集成 17.11155	鈛/集成 16.9975	鈛/集成 17.11041	鈛/集成 17.11069
鈛/集成 17.11020	鈛/集成 17.11101	鈛/集成 17.11127	鈛/山東 812 頁	鈛/山東 832 頁	鈛/新收 1496	鈛/新收 1112
鈛/新收 1032	鈛/收藏家 2011.11.25	璽（鈢）/ 山璽 016	璽（鈢）/ 山璽 005	璽（鈢）/ 山璽 006	璽（鈢）/ 璽彙 3939	璽（鈢）/ 璽彙 5542

壐（鉩）/ 壐彙 0223	壐（鉩）/ 壐彙 0224	壐（鉩）/ 壐彙 0328	壐（鉩）/ 壐彙 0232	壐（鉩）/ 壐彙 0233	壐（鉩）/ 壐彙 3233	壐（鉩）/ 壐彙 3727
壐（鉩）/ 壐彙 0331	壐（鉩）/ 壐彙 0342	壐（鉩）/ 壐彙 1185	壐（鉩）/ 壐彙 3681	壐（鉩）/ 壐彙 5539	壐（鉩）/ 壐彙 5256	壐（鉩）/ 壐彙 0200
壐（鉩）/ 壐彙 0201	壐（鉩）/ 壐彙 5555	壐（鉩）/ 壐彙 0227	壐（鉩）/ 壐彙 0023	壐（鉩）/ 壐彙 0030	壐（鉩）/ 壐彙 0034	壐（鉩）/ 壐彙 0035
壐（鉩）/ 壐彙 0194	壐（鉩）/ 壐彙 0234	壐（鉩）/ 壐彙 0657	壐（鉩）/ 壐彙 5537	壐（鉩）/ 壐彙 0025	壐（鉩）/ 壐彙 0026	壐（鉩）/ 壐彙 0027
壐（鉩）/ 壐彙 0033	壐（鉩）/ 壐彙 0036	壐（鉩）/ 壐彙 0043	壐（鉩）/ 壐彙 0063	壐（鉩）/ 壐彙 0098	壐（鉩）/ 壐彙 0147	壐（鉩）/ 壐彙 0150
壐（鉩）/ 壐彙 0154	壐（鉩）/ 壐彙 0153	壐（鉩）/ 壐彙 0176	壐（鉩）/ 壐彙 0193	壐（鉩）/ 壐彙 0197	壐（鉩）/ 壐彙 0198	壐（鉩）/ 壐彙 0202
壐（鉩）/ 壐彙 5257	壐（鉩）/ 壐彙 0157	壐（鉩）/ 壐彙 0322	壐（鉩）/ 壐彙 2709	壐（鉩）/ 壐彙 0007	壐（鉩）/ 壐彙 0028	壐（鉩）/ 壐彙 0330
壐（鉩）/ 壐彙 0208	壐（鉩）/ 壐彙 0209	壐（鉩）/ 壐彙 0225	壐（鉩）/ 壐彙 0248	壐（鉩）/ 壐彙 0259	壐（鉩）/ 壐彙 0262	壐（鉩）/ 壐彙 0277
壐（鉩）/ 壐彙 0282	壐（鉩）/ 壐彙 0286	壐（鉩）/ 壐彙 0356	壐（鉩）/ 壐彙 0345	壐（鉩）/ 壐彙 0482	壐（鉩）/ 壐彙 1661	壐（鉩）/ 壐彙 0331
壐（鉩）/ 壐彙 0064	壐（鉩）/ 壐考 55 頁	壐（鉩）/ 壐考 55 頁	壐（鉩）/ 壐考 44 頁	壐（鉩）/ 壐考 31 頁	壐（鉩）/ 壐考 31 頁	壐（鉩）/ 壐考 38 頁

璽（鉨）/璽考 55 頁	璽（鉨）/璽考 61 頁	璽（鉨）/璽考 58 頁	璽（鉨）/璽考 56 頁	璽（鉨）/璽考 57 頁	璽（鉨）/璽考 57 頁	璽（鉨）/璽考 57 頁
璽（鉨）/璽考 45 頁	璽（鉨）/璽考 45 頁	璽（鉨）/璽考 37 頁	璽（鉨）/璽考 37 頁	璽（鉨）/璽考 38 頁	璽（鉨）/璽考 40 頁	璽（鉨）/璽考 43 頁
璽（鉨）/璽考 32 頁	璽（鉨）/璽考 53 頁	璽（鉨）/璽考 53 頁	璽（鉨）/璽考 46 頁	璽（鉨）/璽考 35 頁	璽（鉨）/璽考 334 頁	璽（鉨）/陶錄 2.702.1
璽（鉨）/陶錄 2.702.3	璽（鉨）/陶錄 2.702.4	璽（鉨）/陶錄 23.2	金/古研 29.396	金/考古 1973.1	金/考古 1973.1	金/考古 1973.1
金/集成 09.4630	金/集成 08.4041	金/集成 09.4646	金/集成 09.4649	金/集成 09.4648	金/集成 01.50	金/集成 01.87
金/集成 01.151	金/集成 09.4620	金/集成 01.245	金/集成 01.140	金/集成 05.2750	金/集成 09.4621	金/集成 01.149
金/集成 01.276	金/集成 01.285	金/集成 15.9733	金/集成 08.4152	金/集成 08.4145	金/集成 08.4190	金/璽彙 0223
金/璽彙 3681	金/璽彙 0322	金/璽彙 3728	金/璽彙 0224	金/陶錄 2.31.4	金/陶錄 3.419.3	金/陶錄 3.419.6
金/新收 1781	金/遺珍 32 頁	金/遺珍 33 頁	鈇/集成 01.285	鎬/集成 01.277	鐈/集成 01.285	鐈/銘文選 848
鈺/集成 01.102						

344. 戉

《說文解字・卷十四・戉部》:「，斧也。从戈乚聲。《司馬法》曰:『夏執玄戉，殷執白戚，周左杖黃戉，右秉白髦。』凡戉之屬皆从戉。」金文作（師克盨）；楚系簡帛文字作（清 2.繫.111）。吳其昌謂「其原始之本義，乃斧鉞之象形也。」〔註 441〕

齊系「戉」字偏旁與金文形相同，部分字形簡省左上部字形，作（郕/璽彙 2218）。

偏　旁						
 郕/璽彙 2218	 郕/璽彙 5646	 郕/璽彙 1147	 郕/璽彙 5681	 歲/璽彙 0290	 歲/璽彙 0289	 歲/陶錄 2.8.2
 歲/集成 17.11259	 歲/集成 15.9703	 歲/集成 15.9700	 歲/集成 15.9709	 歲/集成 16.10361	 歲/集成 16.9975	 歲/集成 16.10371
 歲/集成 16.10374	 歲/山東 104 頁	 歲/山東 103 頁	 歲/山東 76 頁	 歲/山東 76 頁	 歲/山東 103 頁	 歲/山東 103 頁
 歲/陶錄 2.646.1	 歲/陶錄 2.16.4	 歲/陶錄 2.1.1	 歲/陶錄 2.8.3	 歲/陶錄 2.21.2		

345. 戊

《說文解字・卷十四・戊部》:「，中宮也。象六甲五龍相拘絞也。戊承丁，象人脅。凡戊之屬皆从戊。」甲骨文作（合 07603）、（合 38012）；金文作（攸簋）、（司母戊方鼎）；楚系簡帛文字作（包 2.95）、（包 2.184）。季旭昇師謂「象斧鉞類兵器，但是刃部的弧形向內凹，如月芽。」〔註 442〕

齊系「戊」字承襲甲骨作（集成 01.272），或加飾筆作（集成 16.9975）。

〔註 441〕吳其昌：《殷墟書契解詁》（臺北：藝文印書館，1960 年），頁 23～24。

〔註 442〕季旭昇師：《說文新證》，頁 963。

單　字						
戊/集成 01.272	戊/集成 01.285	戊/集成 16.10371	戊/集成 16.9975	戊/集成 15.9703	戊/陶錄 2.235.1	戊/陶錄 2.235.3
戊/陶錄 2.236.1	戊/陶錄 2.557.1	戊/銘文選 2.865				
偏　旁						
威/集成 16.10374	裁/集成 01.285	裁/銘文選 848				

346. 戌

《說文解字・卷十四・戌部》:「[illegible]，滅也。九月，陽气微，萬物畢成，陽下入地也。五行，土生於戊，盛於戌。从戊含一。凡戌之屬皆从戌。」甲骨文作[illegible]（合 11648）、[illegible]（合 37986）；金文作[illegible]（班簋）、[illegible]（冠尊）；楚系簡帛文字作[illegible]（包 2.28）、[illegible]（包 2.152）。羅振玉謂「象戉形。」〔註 443〕

齊系「戌」字偏旁字形與金文[illegible]形相同。在齊系陶文字形中，因為筆畫簡省和殘缺，導致「戌」形近似「勹」形或「宀」形，較難辨別，例：[illegible]（䤐/陶錄 2.608.1）、[illegible]（䤐/陶錄 2.576.3）。

偏　旁						
䤐/集成 01.285	䤐/集成 01.276	䤐/集成 01.280	䤐/銘文選 848	成/古研 29.310	成/考古 1999.1.96	成/璽彙 3700
成/集成 01.278	成/集成 01.285	成/集成 01.285	成/集成 01.285	成/陶錄 3.176.2	成/陶錄 3.176.3	成/陶錄 3.177.1
成/陶錄 3.176.1	成/陶錄 3.176.6	成/璽考 32 頁	成/璽考 31 頁	城/收藏家 2011.11.25	城/璽考 31 頁	城/周金 6.46

〔註 443〕羅振玉：《增訂殷虛書契考釋》卷中，頁 4。

城/集成 17.10900	城/集成 17.10966	城/集成 17.11154	城/集成 18.11815	城/集成 17.11154	城/集成 17.11155	城/集成 17.10998
城/集成 17.10989	城/璽彙 0150	城/璽彙 0150	城/新收 1983	城/新收 1167	城/新收 1167	城/新收 1169
盛/璽彙 1319	䶢/集成 17.11025	䶢/集成 17.11024	䶢/集成 17.10967	䶢/璽彙 3751	䶢/陶錄 2.576.3	䶢/陶錄 2.640.4
䶢/陶錄 2.630.1	䶢/陶錄 2.635.2	䶢/陶錄 2.636.1	䶢/陶錄 2.636.4	䶢/陶錄 2.638.2	䶢/陶錄 2.631.3	䶢/陶錄 2.641.2
䶢/陶錄 2.627.4	䶢/陶錄 2.637.4	䶢/陶錄 2.580.1	䶢/陶錄 2.568.3	䶢/陶錄 2.609.1	䶢/陶錄 2.567.1	䶢/陶錄 2.568.3
䶢/陶錄 2.570.4	䶢/陶錄 2.573.1	䶢/陶錄 2.687.3	䶢/陶錄 2.573.3	䶢/陶錄 2.577.3	䶢/陶錄 2.578.1	䶢/陶錄 2.584.4
䶢/陶錄 2.587.1	䶢/陶錄 2.593.3	䶢/陶錄 2.590.3	䶢/陶錄 2.593.2	䶢/陶錄 2.589.1	䶢/陶錄 2.589.3	䶢/陶錄 2.594.1
䶢/陶錄 2.594.2	䶢/陶錄 2.595.1	䶢/陶錄 2.595.2	䶢/陶錄 2.595.3	䶢/陶錄 2.595.4	䶢/陶錄 2.596.1	䶢/陶錄 2.596.2
䶢/陶錄 2.628.3	䶢/陶錄 2.629.2	䶢/陶錄 2.596.3	䶢/陶錄 2.599.1	䶢/陶錄 2.599.3	䶢/陶錄 2.600.2	䶢/陶錄 2.601.1
䶢/陶錄 2.602.4	䶢/陶錄 2.603.1	䶢/陶錄 2.603.4	䶢/陶錄 2.604.1	䶢/陶錄 2.604.2	䶢/陶錄 2.604.3	䶢/陶錄 2.605.1

甗/陶錄 2.605.4	甗/陶錄 2.607.1	甗/陶錄 2.607.4	甗/陶錄 2.608.1	甗/陶錄 2.608.2	甗/陶錄 2.608.4	甗/陶錄 2.618.2
甗/陶錄 2.617.2	甗/陶錄 2.617.3	甗/陶錄 2.610.2	甗/陶錄 2.611.3.	甗/陶錄 2.613.1	甗/陶錄 2.613.2	甗/陶錄 2.612.1
甗/陶錄 2.619.1	甗/陶錄 2.622.2	甗/陶錄 2.623.1	甗/陶錄 2.696.1	𢧵/集成 01.274		

347. 我

《說文解字·卷十二·我部》:「，施身自謂也。或說我，頃頓也。从戈从。，或說古垂字。一曰古殺字。凡我之屬皆从我。，古文我。」甲骨文作（合 12812）、（合 21744）；金文作（大盂鼎）、（㝬鐘）；楚系簡帛文字作（上 1.紂.21）。李孝定謂「象兵器之形，以其柲似戈故與戈同，非从戈也。器身作，左象其內，右象三銛鋒形。」〔註 444〕

齊系「我」字單字字形作（集成 01.102）、（集成 08.4190），偏旁字形與形相同，或增加銛鋒形，例：（義/集成 01.285）。

單　字						
我/集成 01.102	我/集成 01.102	我/集成 01.142	我/集成 08.4190			
偏　旁						
義/陶錄 3.431.2	義/陶錄 3.431.3	義/集成 01.285	義/集成 01.271	義/集成 01.278	義/集成 01.280	

348. 戚

《說文解字·卷十二·戉部》:「，戉也。从戉尗聲。」甲骨文作（合 31036）；金文作（戚姬簋）、（戚作父癸鼎）；楚系簡帛文字作（郭.

〔註 444〕李孝定：《甲骨文字集釋》，頁 3799。

語 1.34)、[glyph] (上 1.性.19)。金祥恆謂「戚之結構與戉、戈同，丨象器柄，[glyph]象刃形，刃兩側有棘狀。」〔註 445〕

齊系「戚」字偏旁字形承襲甲骨，字形簡省刃形只保留刃形的棘狀，作[glyph]（𰀀/璽彙 0615）。

偏旁						
𰀀/璽彙 0615	𰀀/陶錄 2.35.1	𰀀/陶錄 3.411.6				
合文						
亡戚/璽彙 0615	亡戚/陶錄 2.35.1	亡戚/陶錄 3.411.6				

349. 刀

《說文解字・卷四・刀部》:「[glyph]，兵也。象形。凡刀之屬皆从刀。」甲骨文作[glyph]（合 33036）；金文作[glyph]（子刀簋）；楚系簡帛文字作[glyph]（包 2.254）。季旭昇師謂「一種割殺用的工具或兵器。」〔註 446〕

齊系「刀」字承襲甲骨金文，與楚系字形相同，單字與偏旁字形相同。

單字						
刀/陶錄 3.151.6	刀/貨系 2558	刀/貨系 2560	刀/貨系 2561	刀/貨系 2596	刀/貨系 3793	刀/貨系 3794
刀/齊幣 235	刀/齊幣 236	刀/齊幣 237	刀/齊幣 238	刀/齊幣 239	刀/齊幣 240	刀/齊幣 241
刀/齊幣 242	刀/齊幣 234 背文	刀/齊幣 297	刀/齊幣 376	刀/考古 1973.1	刀/考古 1973.1	刀/考古 1973.1

〔註 445〕金祥恆：〈甲骨文字考釋三則〉,《中研院第二屆國際漢學會議論文》，頁 875～890。

〔註 446〕季旭昇師：《說文新證》，頁 352。

刀/考古 1973.1	刀/考古 1973.1	刀/考古 1973.1	刀/考古 1973.1	刀/考古 1973.1		
偏　旁						
鐱/集成 18.11651	貿/集成 08.4096	剢/陶錄 3.533.2	剢/陶錄 3.533.3	剢/陶錄 3.533.1	剢/陶錄 3.533.4	劘/集成 08.4190
刵/陶錄 3.557.1	剿/集成 01.285	剿/集成 01.277	超/陶彙 3.827	鋫/璽彙 0355	鋫/新收 1175	鋫/集成 16.10367
鋫/集成 16.10366	鋫/璽考 59 頁	鋫/璽考 59 頁	鋫/璽考 31 頁	鋫/璽考 58 頁	鋫/璽考 58 頁	鋫/璽考 59 頁
鋫/璽考 59 頁	鋫/陶錄 2.28.4	鋫/陶錄 2.32.1	鋫/陶錄 2.7.2	鋫/陶錄 2.24.4	鋫/陶錄 2.32.2	鋫/陶錄 2.29.1
鋫/陶錄 2.28.1	鋫/陶錄 2.28.2	鋫/陶錄 2.28.3	鋫/山東 740 頁	鋫/山東 740 頁	召（䙴）/ 新收 1042	召（䙴）/ 新收 1042
召（䙴）/ 陶錄 2.1.1	召（䙴）/ 集成 17.11088	盄/集成 16.10334	冶/新收 1983	冶/新收 1167	冶/新收 1167	冶/新收 1097
冶/集成 18.11815	冶/集成 17.11183	冶/集錄 1116	冶/陶錄 3.399.5	冶/陶錄 3.399.4	冶/陶錄 3.400.6	冶/陶錄 3.400.4
冶/陶錄 3.402.1	冶/陶錄 3.400.1	冶/陶錄 3.400.3	冶/貨系 3791	冶/貨系 3793	冶/貨系 3794	冶/貨系 3798
冶/貨系 3790	冶/貨系 3786	冶/貨系 3789	冶/貨系 3797	冶/齊幣 331	冶/齊幣 346	冶/錢典 1194

紹/璽考 60 頁	紹/璽考 60 頁	紹/考古 1985.5.476	紹（絧）/ 陶錄 3.502.1	罰/集成 01.279	罰/集成 01.285	罰/集成 01.272
罰/集成 01.273	忉/歷博 54.17	忉/陶錄 3.266.4	忉/陶錄 3.267.3	忉/陶錄 3.265.4	忉/陶錄 3.454.1	忉/陶錄 3.454.2
忉/陶錄 3.267.4	忉/陶錄 3.267.5	忉/陶錄 3.454.3	忉/陶錄 3.265.5	忉/陶錄 3.266.1	忉/陶錄 3.266.2	忉/陶錄 3.266.6
忉/陶錄 3.264.1	忉/陶錄 3.264.2	忉/陶錄 3.264.4	忉/陶錄 3.265.1	惻/集成 17.10958	⿰壴刂/陶彙 3.789	⿰壴刂/陶彙 3.788
⿰壴刂/陶錄 3.17.1	⿰壴刂/陶錄 3.17.2	⿰壴刂/陶錄 3.17.4	⿰壴刂/陶錄 3.17.5	粱/陶錄 3.351.4	粱/璽彙 0306	粱/集成 09.4620
粱/集成 09.4621	粱/集成 15.9733	測/集成 05.2750	利/集成 05.2750	利/集成 17.10812	利/陶錄 2.647.1	利/山東 161 頁
⿰方⿱𠂉刂/璽彙 3538	劇/集成 01.273	劇/集成 01.285	剴/集成 01.285	剴/集成 01.277	荊/陶錄 3.603.3	刅（創）/ 集成 9733
刅（創）/ 陶錄 3.347.1	刅（創）/ 陶錄 3.349.2	刅（創）/ 陶錄 3.350.1	刅（創）/ 陶錄 3.346.4	刅（創）/ 陶錄 3.346.1	刅（創）/ 陶錄 3.346.3	刅（創）/ 陶錄 3.348.3
刅（創）/ 陶錄 3.348.1	刅（創）/ 陶錄 3.346.6	刅（創）/ 陶錄 3.345.1	刅（創）/ 陶錄 3.346.5	剒/集成 09.4624	剒/集成 09.4623	⿰犭刑/考古 1989
⿰犭刑/集成 09.4642	刨/陶錄 3.496.4	刨/陶錄 3.496.5	刨/陶錄 3.260.1	刨/陶錄 3.260.6	刨/陶錄 3.260.2	刨/陶錄 3.260.3

刨/陶錄 3.261.1	刨/陶錄 3.260.5	則/集成 15.9729	則/集成 16.10374	則/集成 15.9730	則/陶錄 3.613.2	賓/璽彙 0581
刷/集成 01.285	㓜/陶錄 3.613.4	㓜/陶錄 3.274.2	㓜/陶錄 3.274.3	㓜/陶錄 3.274.1	初/集成 16.10163	初/集成 09.4620
初/集成 09.4624	初/集成 05.2690	初/集成 05.2692	初/集成 01.142	初/集成 09.4629	初/集成 15.9733	初/集成 09.4630
初/集成 09.4127	初/集成 01.87	初/集成 01.150	初/集成 01.151	初/集成 01.152	初/集成 01.245	初/集成 01.88
初/集成 01.173	初/集成 05.2732	初/集成 16.10007	初/集成 01.271	初/集成 16.10282	初/集成 09.4623	列/陶錄 3.534.2
列/陶錄 3.534.1	割/集成 09.4443	割/集成 09.4444	割/集成 09.4445	割/集成 09.4443	班/集成 01.140	刑/集成 16.10374
刑/集成 01.285	刑/璽彙 3755	刑/古研 29.396	刑/山東 104 頁	刀（刀乇）/ 貨系 4007	刀（刀乇）/ 貨系 2499	刀（刀乇）/ 貨系 2545
刀（刀乇）/ 貨系 2512	刀（刀乇）/ 貨系 2511	刀（刀乇）/ 貨系 2497	刀（刀乇）/ 貨系 2508	刀（刀乇）/ 貨系 2518	刀（刀乇）/ 貨系 2569	刀（刀乇）/ 貨系 2556
刀（刀乇）/ 貨系 2628	刀（刀乇）/ 貨系 2598	刀（刀乇）/ 貨系 4097	刀（刀乇）/ 貨系 4095	刀（刀乇）/ 貨系 4098	刀（刀乇）/ 貨系 4111	刀（刀乇）/ 貨系 4007
刀（刀乇）/ 貨系 4006	刀（刀乇）/ 貨系 4016	刀（刀乇）/ 齊幣 258	刀（刀乇）/ 齊幣 224	刀（刀乇）/ 齊幣 222	刀（刀乇）/ 齊幣 10	刀（刀乇）/ 齊幣 42

刀（𠂢）/齊幣 43	刀（𠂢）/齊幣 54	刀（𠂢）/齊幣 58	刀（𠂢）/齊幣 56	刀（𠂢）/齊幣 44	刀（𠂢）/齊幣 57	刀（𠂢）/齊幣 61
刀（𠂢）/齊幣 63	刀（𠂢）/齊幣 52	刀（𠂢）/齊幣 60	刀（𠂢）/齊幣 62	刀（𠂢）/齊幣 403	刀（𠂢）/齊幣 403	刀（𠂢）/齊幣 398
刀（𠂢）/齊幣 230	刀（𠂢）/齊幣 120	刀（𠂢）/齊幣 69	刀（𠂢）/齊幣 34	刀（𠂢）/齊幣 213	刀（𠂢）/齊幣 49	刀（𠂢）/齊幣 93
刀（𠂢）/齊幣 149	刀（𠂢）/齊幣 147	刀（𠂢）/齊幣 187	刀（𠂢）/齊幣 207	刀（𠂢）/齊幣 159	刀（𠂢）/齊幣 215	刀（𠂢）/齊幣 121
刀（𠂢）/齊幣 129	刀（𠂢）/齊幣 239	刀（𠂢）/齊幣 237	刀（𠂢）/齊幣 259	刀（𠂢）/齊幣 189	刀（𠂢）/齊幣 398	刀（𠂢）/齊幣 150
刀（𠂢）/齊幣 286	刀（𠂢）/齊幣 275	刀（𠂢）/齊幣 271	刀（𠂢）/齊幣 195	刀（𠂢）/齊幣 204	刀（𠂢）/齊幣 216	
合文						
夻𠂢/錢典 1013	一刀/考古 1973.1	八刀/考古 1973.1				

350. 刅

《說文解字・卷四・刅部》:「，傷也。从刃从一。，或从刀倉聲。」金文作（𩛥簋）、（刅作寶彝壺）。季旭昇師謂「西周早期金文从刀，兩×形象荊刺，全字象以刀砍荊刺，開創榛莽之意，斫棘過程中易受創傷，因而也有創傷之意。兩×形或省為兩短斜筆。」〔註 447〕

齊系文字偏旁「刅」字承襲金文字形，用兩短橫畫表示荊刺。

〔註 447〕季旭昇師：《說文新證》，頁 361。

偏 旁						
郲/陶錄 3.41.3	紉/陶錄 3.198.3	紉/陶錄 3.198.4	紉/陶錄 3.199.1	紉/陶錄 3.200.2	紉/陶錄 3.200.3	紉/陶錄 3.200.6
紉/陶錄 3.201.1	紉/陶錄 3.199.3	紉/陶錄 3.199.6	紉/陶錄 3.200.1	紉/陶錄 3.200.4	紉/陶錄 3.200.5	紉/陶錄 3.201.4
紉/陶錄 3.198.1						

351. 士

《說文解字・卷一・士部》:「士，事也。數始於一，終於十。从一从十。孔子曰:『推十合一爲士。』凡士之屬皆从士。」金文作（士上卣）、（秦公簋）;楚系簡帛文字作（包 2.152）、（上 1.孔.6）。季旭昇師謂「士字之形近於斧斤，或即鎡錤之初文。……鎡錤為勞動之工具，故以示士人。」〔註 448〕

齊系「士」字與楚系字形相同，作（集成 15.9733）、（陶錄 3.519.6）。

單 字						
士/集成 01.151	士/集成 01.245	士/集成 09.4519	士/集成 15.9733	士/集成 09.4517	士/集成 09.4517	士/集成 09.4518
士/集成 09.4110	士/集成 09.4111	士/集成 16.10187	士/集成 08.4152	士/集成 09.4520	士/集成 01.149	士/集成 15.9709
士/集成 01.150	士/集成 01.152	士/貨系 2609	士/貨系 2610	士/齊幣 177	士/齊幣 175	士/齊幣 176
士/齊幣 170	士/齊幣 171	士/齊幣 172	士/齊幣 174	士/陶錄 3.519.6	士/陶錄 3.519.4	士/陶錄 3.519.5

〔註 448〕季旭昇師:《說文新證》，頁 60。

士/璽考 60頁	士/璽考 60頁	士/筥文.圖 30	士/筥文.圖 30	士/璽彙 1931	士/璽彙 1285	士/璽彙 3235
士/先秦編 402	士/先秦編 402	士/先秦編 402	士/國史1金 1.7	士/遺珍 43頁		
偏　旁						
吉/璽彙 1457	吉/璽彙 3235	吉/璽彙 5683	吉/齊幣114	吉/齊幣49	吉/齊幣113	吉/齊幣118
吉/集成 09.4630	吉/集成 09.4630	吉/集成 01.87	吉/集成 09.4648	吉/集成 01.50	吉/集成 01.87	吉/集成 01.88
吉/集成 01.150	吉/集成 01.151	吉/集成 01.150	吉/集成 01.151	吉/集成 01.245	吉/集成 01.140	吉/集成 01.89
吉/集成 01.173	吉/集成 01.271	吉/集成 01.245	吉/集成 05.2732	吉/集成 09.4644	吉/集成 01.142	吉/集成 01.86
吉/集成 01.142	吉/集成 01.276	吉/集成 01.285	吉/集成 15.9733	吉/集成 15.9733	吉/集成 08.4190	吉/集成 09.4649
吉/集成 16.10163	吉/集成 01.152	吉/集成 09.4649	吉/集成 09.4621	吉/集成 09.4623	吉/集成 01.245	吉/集成 09.4623
吉/集成 09.4624	吉/集成 08.4127	吉/集成 16.10282	吉/集成 05.2690	吉/集成 05.2691	吉/集成 05.2692	吉/集成 09.4620
吉/珍秦 34	吉/新收 1781	吉/先秦編 401	吉/先秦編 396	吉/先秦編 401	吉/先秦編 396	吉/古研 29.396

吉/貨系 2530	吉/貨系 2640	吉/貨系 2529	吉/陶錄 3.601.5	吉/陶錄 2.2.2	吉/陶錄 2.56.1	吉/陶錄 3.483.1
吉/山東 161 頁	吉/山東 104 頁	賣/陶錄 3.450.3	賣/陶錄 3.450.4	賣/陶錄 3.450.6	賣/陶錄 3.451.1	賣/陶錄 3.451.3
賣/陶錄 3.451.4	賣/陶錄 3.451.5	賣/陶錄 3.450.1	賣/陶錄 3.450.2	頡/璽彙 1948	姞/新收 1074	姞/雪齋 2.72 頁
結/陶錄 3.249.1	結/陶錄 3.249.2	結/陶錄 3.249.3	結/陶錄 3.249.4	結/陶錄 3.249	結/陶錄 3.249.6	

352. 方

《說文解字・卷八・方部》:「，併船也。象兩舟省、總頭形。凡方之屬皆从方。，方或从水。」甲骨文作（合 27979）、（合 21099）；金文作（大盂鼎）、（番生簋蓋）；楚系簡帛文字作（上 2.容.31）。裘錫圭認為，「方」為「亡（鋒芒之芒）」之分化字，表示「方圓」之「方」。〔註 449〕

齊系「方」字作（集成 15.9733），單字與偏旁字形相同。

單字						
方/陶錄 2.169.4	方/陶錄 2.169.2	方/陶錄 2.169.1	方/集成 15.9733	方/貨系 2624	方/貨系 2625	方/貨系 2626
方/齊幣 190						
偏旁						
邡/陶錄 3.394.6	邡/陶錄 3.384.3	邡/陶錄 3.384.6	邡/陶錄 3.394.3	昉/璽彙 1951	昉/璽彙 0248	昉/山璽 005

〔註 449〕裘錫圭：〈釋「無終」〉，《裘錫圭學術文集》卷 3，頁 63。

 枋/璽彙 0325	 坊/陶錄 3.639.1	 肪/集成 08.4190				

353. 勿

《說文解字・卷九・勿部》:「，州里所建旗。象其柄，有三游。雜帛，幅半異。所以趣民，故遽，稱勿勿。凡勿之屬皆从勿。，勿或从㫃。」甲骨文作（合 27412）、（合 14523）；金文作（大克鼎）、（𨚕鎛）；楚系簡帛文字作（郭.語 3.18）、（上 1.性.1）。裘錫圭認為，「勿」為「刎」之初文，从刀，刀刃旁邊的小點表示刀所切割的東西。〔註 450〕

齊系「勿」字與金文、形相同。

單　字						
 勿/集成 01.271	 勿/新收 1043	 勿/古研 29.310	 勿/歷文 2009.2.50	 勿/歷文 2009.2.51		

354. 平

《說文解字・卷五・亏部》:「，語平舒也。从亏从八。八，分也。爰禮說。，古文平如此。」金文作（䣄羌鐘）；楚系簡帛文字作（曾 160）、（包 2.240）。林義光謂「二象平形，釆聲。」〔註 451〕楊樹達謂「从兮，一象氣之平舒。」〔註 452〕駱珍伊認為，「疑『平』字的來源，即在形上稍變兩旁的筆劃為『八』形，分化出『平』字作。」〔註 453〕

齊系「平」字偏旁字形與金文形相同，單字則在此字形基礎上，增加點形或「八」形或橫畫飾筆，作（集成 17.10925）、（山璽 004）、（集成 18.11471）、（集成 01.180）、（陶錄 2.5.2）等形。

〔註 450〕裘錫圭：〈釋「勿」「發」〉，《裘錫圭學術文集》卷 1，頁 143。

〔註 451〕林義光：《文源》，頁 126。

〔註 452〕楊樹達：〈釋平〉，《積微居小學金石論叢》（北京：科學出版社，1995 年），頁 90。

〔註 453〕駱珍伊：《〈上海博物館藏戰國楚竹書（七）～（九）〉與〈清華大學藏戰國竹簡（壹）～（叁）〉字根研究》，頁 584。

單　字						
平/集成 17.10926	平/集成 17.11056	平/集成 17.11017	平/集成 17.11609	平/集成 17.11041	平/集成 18.11609	平/集成 01.180
平/集成 18.11489	平/集成 18.11490	平/集成 17.11156	平/集成 17.11001	平/集成 18.11471	平/集成 17.11158	平/集成 17.10925
平/集成 17.11056	平/集成 18.11488	平/集成 09.4644	平/集成 01.174	平/集成 01.172	平/集成 09.4648	平/山璽 004
平/新收 1496	平/新收 1542	平/貨系 3797	平/集錄 1135	平/璽彙 0062	平/璽彙 0313	平/古貨幣 227
平/山大 13	平/尋繹 63	平/尋繹 63	平/璽考 64 頁	平/璽考 46 頁	平/璽考 35 頁	平/璽考 49 頁
平/璽考 61 頁	平/周金 6.31	平/陶彙 3.703	平/陶錄 3.23.3	平/陶錄 2.409.2	平/陶錄 2.409.4	平/陶錄 2.409.3
平/陶錄 2.409.1	平/陶錄 2.5.1	平/陶錄 2.5.2	平/陶錄 2.6.3	平/陶錄 2.13.1	平/陶錄 2.13.2	平/陶錄 2.14.3
平/陶錄 2.14.2	平/陶錄 2.34.1	平/陶錄 2.280.3	平/陶錄 2.280.4	平/新泰 23	平/新泰 22	平/山東 871 頁
平/山東 634 頁	平/山東 803 頁	平/文物 2002.5.95				

偏　旁						
苹/璽考 50 頁	坪/集成 17.11020	坪/山東 768 頁				

355. 亡

《說文解字・卷十二・亾部》:「[illegible]，逃也。从入从乚。凡亡之屬皆从亡。」甲骨文作[illegible]（乙 737）、[illegible]（合 10628）、[illegible]（甲 2695）；金文作[illegible]（亡終觚）、[illegible]（辛簋）、[illegible]（杞伯每亡簋）；楚系簡帛文字作[illegible]（郭.語 3.48）、[illegible]（上 2.民.13）。裘錫圭認為，[illegible]即「亡」的字形原形，从刀，以小圓圈指示刀芒之所在，假借為「有亡」之亡時，簡化成[illegible]。〔註 454〕

齊系「亡」字作[illegible]（集成 17.10975）、[illegible]（集成 04.2495）、[illegible]（集成 18.12092），單字與偏旁字形相同。

單　字						
亡/集成 17.10975	亡/集成 18.12092	亡/集成 04.2494	亡/集成 04.2495	亡/集成 07.3897	亡/集成 07.3898	亡/集成 07.3899
亡/集成 07.3901	亡/集成 15.9687	亡/璽彙 3508	亡/璽彙 0360	亡/璽彙 3666	亡/璽彙 3662	亡/新收 1538
亡/古研 29.310						
偏　旁						
�璽/璽彙 2196	郐/璽彙 2200	郐/集成 18.11487	郐/璽彙 2195	貿/集成 08.4096	邙/璽彙 2200	邙/璽彙 2197
邙/璽彙 2198	邙/璽彙 2199	忘/集成 09.4646	忘/集成 09.4647	忘/集成 09.4648	忘/集成 08.4145	豐/考古 2011.2.16

〔註 454〕裘錫圭：〈釋「無終」〉，《裘錫圭學術文集》卷 3，頁 62。

豐/考古 2010.8.33	豐/考古 2010.8.33	璗/璽彙 0635				
合　文						
亡朱/璽彙 2097	亡戚/璽彙 0615	亡戚/陶錄 2.35.1	亡戚/陶錄 3.411.6	亡巳/璽彙 2209		

356. 乍

《說文解字·卷十二·亾部》:「，止也，一曰亡也。从亡从一。」甲骨文作（合 02298）；金文作（大盂鼎）、（天亡簋）；楚系簡帛文字作（上1.孔.1）。裘錫圭認為，「乍」為「柞」之初文，義為除木。〔註455〕

齊系「乍」字作（集成 04.2268），單字與偏旁字形相同。

單　字						
乍/集成 08.4096	乍/集成 08.4041	乍/集成 09.4630	乍/集成 09.4646	乍/集成 09.4647	乍/集成 09.4648	乍/集成 09.4649
乍/集成 01.50	乍/集成 03.648	乍/集成 01.87	乍/集成 01.149	乍/集成 01.102	乍/集成 01.245	乍/集成 03.670
乍/集成 05.2732	乍/集成 15.9408	乍/集成 09.4556	乍/集成 07.3939	乍/集成 09.4690	乍/集成 09.4644	乍/集成 09.4567
乍/集成 16.10261	乍/集成 04.2268	乍/集成 07.3974	乍/集成 07.3897	乍/集成 07.3899	乍/集成 15.9688	乍/集成 16.10282
乍/集成 04.2154	乍/集成 10.5245	乍/集成 09.4415	乍/集成 07.3828	乍/集成 07.3740	乍/集成 07.3987	乍/集成 07.3772

〔註455〕裘錫圭：〈甲骨文中所見的商代農業〉，《裘錫圭學術文集》卷1，頁250。

乍/集成 12.6511	乍/集成 07.4110	乍/集成 09.4441	乍/集成 07.3816	乍/集成 03.718	乍/集成 07.3818	乍/集成 07.4037
乍/集成 09.4443	乍/集成 09.4567	乍/集成 03.696	乍/集成 03.669	乍/集成 05.2589	乍/集成 07.4019	乍/集成 03.685
乍/集成 16.10233	乍/集成 05.2602	乍/集成 07.4127	乍/集成 09.4560	乍/集成 16.10246	乍/集成 03.608	乍/集成 05.2690
乍/集成 09.4644	乍/集成 01.271	乍/集成 04.2591	乍/集成 09.4519	乍/集成 01.245	乍/集成 01.180	乍/集成 05.2732
乍/集成 16.10318	乍/集成 01.285	乍/集成 15.9709	乍/集成 07.3939	乍/集成 09.4595	乍/集成 09.4596	乍/集成 08.4190
乍/集成 17.11020	乍/集成 18.11651	乍/陶錄 2.643.2	乍/陶錄 2.643.3	乍/陶錄 3.172.4	乍/陶錄 3.173.1	乍/陶錄 3.636.2
乍/陶錄 3.16.1	乍/遺珍 44 頁	乍/遺珍 48 頁	乍/山東 611 頁	乍/山東 171 頁	乍/山東 672 頁	乍/新收 1781
乍/新收 1781	乍/新收 1091	乍/文明 6.200	乍/古研 29.310	乍/古研 29.311	乍/古研 29.396	乍/古研 29.396
乍/考古 2010.8.33	乍/考古 2010.8.33	乍/考古 2011.2.16	乍/中新網 2012.8.11	乍/琅琊網 2012.4.18		
偏　旁						
⿰乍支/歷文 2009.2.51	⿰乍支/集成 16.10280	⿰乍支/集成 01.275	⿰乍支/集成 01.285	⿰乍支/集成 01.277	⿰乍支/集成 01.285	⿰乍支/陶錄 3.581.2

迮/集成 05.2732						

357. 斤

《說文解字·卷十四·斤部》:「，斫木也。象形。凡斤之屬皆从斤。」甲骨文作（前 8.7.1）;金文作（征人鼎）;楚系簡帛文字作（上 8.顏.14）。季旭昇師謂「象斫木斧形。」〔註 456〕

齊系「斤」字偏旁字形與金文形相同，或簡省字形作（旂/集成 01.285），或增加「二」形飾筆作（兵/集成 01.285）。

偏旁						
䜣/璽彙 0175	㡿/陶錄 2.386.1	㡿/陶錄 2.386.2	㡿/陶錄 2.683.1	蚚/陶錄 2.56.3	蚚/陶錄 2.50.1	誓/陶錄 2.132.4
誓/陶錄 3.441.2	誓/陶錄 3.441.1	誓/陶錄 2.53.1	誓/陶錄 2.132.1	誓/陶錄 3.438.3	誓/陶錄 3.438.4	誓/陶錄 3.440.4
誓/陶錄 3.438.2	誓/陶錄 3.439.1	誓/陶錄 2.132.2	兵/集成 15.9733	兵/集成 01.275	兵/集成 15.9733	兵/集成 01.285
兵/中新網 2012.8.11	斧/集成 15.9709	逝/陶彙 3.265	忻/璽彙 1563	悊/璽彙 0654	悊/歷博 41.4	悊/陶錄 3.642.5
悊/璽彙 2197	悊/陶錄 3.433.1	悊/陶錄 3.434.1	悊/陶錄 3.434.3	悊/陶錄 3.434.4	悊/陶錄 3.433.3	悊/陶錄 3.433.4
悊/陶錄 3.433.2	悊/陶錄 3.436.1	悊/陶錄 3.436.5	悊/陶錄 3.437.1	悊/陶錄 3.437.3	悊/陶錄 3.437.4	悊/陶錄 3.437.5

〔註 456〕季旭昇師:《甲骨文字根研究》，頁 646。

漸/陶錄 2.164.3	漸/陶錄 2.164.4	漸/陶錄 2.164.1	漸/陶錄 2.164.2	漸/陶錄 2.165.2	漸/歷博 42.12	斨/集成 08.4152
折/集成 15.9729	折/集成 15.9730	斯/集成 01.280	斯/集成 01.278	斯/集成 01.278	斯/集成 01.285	斯/集成 01.280
斯/集成 01.285	旂/古研 29.396	旂/山東 104頁	旂/集成 01.285	旂/集成 15.9709	旂/集成 01.277	旂/集成 01.87
旂/集成 01.102	旂/集成 15.9729	旂/集成 15.9730	旂/璽彙 3660	旂/璽彙 3753	旂/新收 1043	旂（[illegible]）/山東 212頁
祈（[illegible]）/集成 16.10007	祈（[illegible]）/集成 01.271	祈（[illegible]）/集成 01.271	祈（[illegible]）/集成 16.10151	祈（[illegible]）/集成 09.4458	祈（[illegible]）/集成 09.4458	祈（[illegible]）/集成 16.10283
祈（[illegible]）/集成 16.10144	祈（[illegible]）/集成 09.4593	匠/璽彙 0234	所/新收 1983	所/新收 1167	所/新收 1097	所/集成 01.276
所/集成 01.285	所/集成 01.285	所/集成 01.285	所/集成 15.9733	所/集成 15.9733	所/集成 15.9733	所/集成 01.275
所/集成 01.276	所/陶錄 2.39.1	所/陶錄 2.150.4				

358. 丂

《說文解字・卷五・可部》:「，肎也。从口丂，丂亦聲。凡可之屬皆从可。」「可」字甲骨文作（合 18892）；金文作（杕氏壺）；楚系簡帛文字作（郭.語 4.6）。屈萬里謂「，卜辭斤从之。按：其初誼當象斧柯之形，借用

為可否之可。」〔註457〕

齊系「丂」偏旁字形作（齊幣194），或增加橫畫作（集成15.9733），與甲骨、金文、楚系字形相同。

偏旁						
可/集成 01.271	可/集成 15.9733	可/璽彙 0572	可/璽考 300頁	可/陶錄 2.135.3	可/陶錄 2.135.4	可/陶錄 2.136.2
可/陶錄 3.149.4	可/陶錄 3.149.6	可/陶錄 2.142.4	可/陶錄 2.431.3	可/陶錄 2.548.2	可/陶錄 2.548.1	可/陶錄 2.149.5
可/貨系 2642	可/貨系 2643	可/新收 1074	可/齊幣 194	可/齊幣 195	倚/璽彙 0651	倚/璽彙 0641
何/陶錄 2.362.1	何/陶錄 2.362.2	何/陶錄 2.268.1	何/陶錄 2.262.3	何/陶錄 3.506.5	何/陶錄 2.268.2	何/陶錄 2.564.3
何/集成 16.10361	何/璽彙 2198	騎/璽彙 0307	哥/陶錄 3.64.4	哥/陶錄 3.523.1	哥/陶錄 3.65.4	哥/陶錄 3.66.4
哥/陶錄 3.65.2	哥/陶錄 3.64.2	豇/陶錄 3.149.3	豇/陶錄 3.149.1	豇/陶錄 3.149.2	河/陶錄 3.99.2	河/陶錄 3.99.4
河/陶錄 3.99.3	河/陶錄 3.96.1	河/陶錄 3.96.2	河/陶錄 3.97.4	河/陶錄 3.97.6	河/陶錄 3.98.4	河/陶錄 3.96.3
河/陶錄 3.96.4	河/陶錄 3.97.5	河/陶錄 3.99.1	河/陶錄 3.98.1	河/陶錄 3.98.2	河/陶錄 3.98.3	河/陶錄 3.96.5

〔註457〕屈萬里：《殷虛文字甲編考釋》（臺北：聯經出版事業公司，1984年），頁398。

 河/陶錄 3.97.2	 河/陶錄 3.97.1	 河/集成 15.9733	 阿/集成 17.11158	 阿（堲）/ 周金 6.31	 阿（堲）/ 璽彙 0313	 阿（堲）/ 新收 1542
 阿（堲）/集成 17.11001	 阿（堲）/集成 17.11041	 阿（堲）/集成 17.11001	 阿（堲）/山東 871 頁	 阿（堲）/山東 803 頁	 阿（堲）/山璽 004	 阿/集成 17.10923
 阿/小校 10.16.1						

359. 㞷

《說文解字》未見此字，偏旁見於「徵」字之中。《說文解字．卷八．壬部》：「，召也。从微省，壬爲徵。行於微而文達者，即徵之。，古文徵。」甲骨文作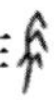（存 667）；楚系簡帛文字作（清 2.繫.76）。用作偏旁時，金文作（徵/大克鼎）。裘錫圭認為，字象背部有腓子之刀形。〔註 458〕

齊系偏旁「㞷」字承襲甲骨金文字形。

偏　旁						
 𤺺/璽彙 2056						

八、矢　部

360. 矢

《說文解字．卷五．矢部》：「，弓弩矢也。从入，象鏑栝羽之形。古者夷牟初作矢。凡矢之屬皆从矢。」甲骨文作（合 04787）、（合 23053）；金文作（小盂鼎）、（白晨鼎）；楚系簡帛文字作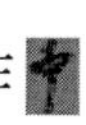（上 1.孔.22）、（上 2.容.18）。羅振玉謂「象鏑栝羽之形。」〔註 459〕

〔註 458〕裘锡圭：〈古文字釋讀三則〉，《裘錫圭學術文集》卷 3，頁 431。

〔註 459〕羅振玉：《增訂殷虛書契考釋》，頁 44。

齊系「矢」字承襲甲骨 、 形和金文 、 形。偶有偏旁字形，箭尾之形筆畫繁化，例：（唶/陶錄 2.261.3）；箭頭形筆畫簡省而與「大」字形近易訛，例：（⿱矢⿰矢矢/集成 15.9733）；箭頭形筆畫簡省為一豎畫，例：（敵/璽彙 0631）。

單　字						
矢/陶錄 2.648.1	矢/陶錄 2.649.1					
偏　旁						
侯/璽彙 5687	⿱侯心/璽彙 3560	疾/齊魯 2	疾/陶錄 2.465.1	疾/陶錄 2.222.4	疾/陶錄 2.674.4	疾/陶錄 2.463.3
疾/璽彙 1481	疾/璽彙 1433	疾/桓台 40	疾/陶錄 2.463.4	疾/陶錄 2.464.3	疾/陶錄 2.439.1	疾/陶錄 2.100.2
疾/陶錄 2.438.1	疾/陶錄 2.438.3	疾/陶錄 2.100.3	疾/陶錄 2.101.1	疾/陶錄 2.439.1	疾/陶錄 2.240.1	疾（瘩）/陶錄 2.406.4
疾（瘯）/璽彙 3726	矣/陶錄 2.557.2	⿰忄侯/陶錄 2.120.4	⿰忄侯/陶錄 2.131.2	⿰忄侯/陶錄 2.131.3	⿰忄侯/陶錄 2.169.2	⿰忄侯/陶錄 2.169.1
⿰忄侯/陶錄 2.169.4	⿺辶侯/陶錄 2.547.4	⿰酉侯/陶錄 2.76.4	⿰酉侯/陶錄 2.99.2	⿰酉侯/陶錄 2.76.2	⿰酉侯/陶錄 2.76.3	⿱矢⿰矢矢/集成 15.9733
⿱矢⿰矢矢/集成 15.9733	鉃/集成 01.277	鉃/集成 01.285	鄐/陶彙 3.1325	⿱罒矢/璽彙 0098	懌/陶錄 3.169.4	懌/陶錄 3.169.6
懌/陶錄 3.14.3	懌/陶錄 3.168.3	懌/陶錄 3.168.6	懌/陶錄 3.168.4	懌/陶錄 3.170.3	懌/陶錄 3.169.2	智/集成 01.175

 智/集成 01.177	 智/集成 01.180	 嘒/陶錄 2.181.1	 嘒/陶錄 2.181.2	 嘒/陶錄 2.261.3	 嘒/陶錄 2.261.4	 織/陶錄 3.410.2
 織/陶錄 3.410.4	 織/陶錄 3.410.3	 敵/璽彙 0631	 敵/璽彙 0630	 敵/陶錄 2.154.1	 敵/陶錄 2.154.2	 族/集成 15.9700
 晉/陶錄 3.41.3	 晉/集成 17.10979	 晉/新收 1029	 晉/山東 770 頁	 鴙/璽彙 3921	 粲/璽彙 3081	 粲/陶錄 2.702.3
 族/集成 17.11085	 函/陶錄 2.104.4	 矦/璽彙 3483	 矦/璽彙 0153			
合　文						
 去疾/璽考 294 頁	 彤矢/中新網 2012.8.11					

361. 至

《說文解字・卷十二・至部》:「，鳥飛从高下至地也。从一，一猶地也。象形。不，上去；而至，下來也。凡至之屬皆从至。，古文至。」甲骨文作（合 20582）；金文作（大盂鼎）；楚系簡帛文字作（包 2.16）、（郭.語 3.26）。于省吾謂「乃於矢端著一橫劃，本象矢有所抵。」〔註 460〕

齊系「至」字單字字形增加點形或圓圈形或橫畫飾筆，作（集成 01.285）、（陶錄 2.650.4）、（集成 01.278）。偏旁字形則與金文形相同，不加飾筆。

單　字						
 至/集成 01.149	 至/集成 01.151	 至/集成 01.152	 至/集成 01.278	 至/集成 01.271	 至/集成 01.285	 至/陶錄 2.650.3

〔註 460〕于省吾：《甲骨文字釋林》，頁 277。

至/陶錄 2.650.4	至/古研 29.310					
偏旁						
窒/璽彙 3707	窒/璽彙 3937	窒/璽彙 3938	窒/璽彙 4090			

362. 寅

《說文解字・卷十四・寅部》:「[glyph],髕也。正月,陽气動,去黃泉,欲上出,陰尚彊,象宀不達,髕寅於下也。凡寅之屬皆从寅。[glyph],古文寅。」甲骨文作[glyph](後 1.31.10)、[glyph](甲 709)、[glyph](林 1.15.3);金文作[glyph](戊寅鼎)、[glyph](獻簋);楚系簡帛文字作[glyph](包 2.82)。朱芳圃謂「寅,甲文早期作[glyph],晚期作[glyph]。口為附加之形符,所以別兵器之矢於干支之寅也。」[註461]

齊系「寅」字單字和偏旁字形作[glyph](集成 01.285),單字或省略字形下部,作[glyph](集成 09.4629);偏旁字形或省略字形上部,作[glyph](陶錄 2.541.2)。

單字						
寅/集成 09.4629	寅/集成 09.4630	寅/集成 16.10374	寅/集成 01.285	寅/集成 01.272	寅/集成 15.9733	寅/集成 16.10371
寅/新收 1781						
偏旁						
夤/陶錄 2.540.3	夤/陶錄 2.541.1	夤/陶錄 2.541.2	夤/陶錄 2.542.2	夤/後李三 3	寁/集成 09.4649	寁/集成 08.4190

363. 甹

《說文解字・卷五・丂部》:「[glyph],相付與之。約在閣上也。从丂由聲。」甲骨文作[glyph](合 19270);金文作[glyph](班簋)、[glyph](鬲比盨);楚系簡帛文字

[註461] 朱芳圃:《殷周文字釋叢》,頁 45。

作（清 1.祭.5）。唐蘭謂「像一支箭，但是比一般的箭頭大，是弩上用的。……畀就是痹矢之痹的原始象形字。」〔註 462〕裘錫圭認為，字象一種扁平而長闊的矢鏃，即古書中的「匕」，或作「錍」、「釒匕」、「鈚」、「鎞」等字的異體字。〔註 463〕

齊系「畀」單字作（陶錄 3.41.2），字形中的箭尾形訛變為「丌」形。偏旁與金文形相同，偶有字形在箭尾左右兩側增加點形飾筆，作（膞/璽彙 3689）。

單　字						
畀/陶錄 3.41.2						
偏　旁						
痹/陶錄 3.496.1	痹/陶錄 3.361.6	痹/陶錄 3.361.2	痹/陶錄 3.367.6	痹/陶錄 3.360.4	痹/陶錄 3.367.4	痹/陶錄 3.359.3
痹/陶錄 3.360.1	痹/陶錄 3.360.2	痹/陶錄 3.361.5	痹/陶錄 3.362.1	痹/陶錄 3.362.1	痹/陶錄 3.359.4	嚊/陶錄 3.325.5
嚊/陶錄 3.656.4	膞/璽彙 3689	淠/集成 17.11065				

364. 矦

《說文解字・卷五・矢部》：「，春饗所䠶矦也。从人；从厂，象張布；矢在其下。天子䠶熊虎豹，服猛也；諸侯䠶熊豕虎；大夫射麋，麋，惑也；士射鹿豕，爲田除害也。其祝曰：『毋若不寧矦，不朝于王所，故伉而䠶汝也。』，古文矦。」甲骨文作（甲 183）；金文作（匽侯銅泡）；楚系簡帛文字作（包 2.214）。季旭昇師謂「从矢，厂象張布射靶側面之形。」〔註 464〕

〔註 462〕唐蘭：〈永盂銘文解釋〉，《文物》1972 年第 1 期，頁 60。
〔註 463〕裘錫圭：〈畀字補釋〉，《裘錫圭學術文集》卷 1，頁 30。
〔註 464〕季旭昇師：《說文新證》，頁 447。

齊系「矦」字承襲甲骨，作（集成 07.3772）、（集成 16.10242）、（古研 29.310）。還有一種特殊字形作（集成 17.11081），張振謙認為其从「厂」旁變為「匚」形，這種書寫現象即何琳儀提出的「彎曲筆畫」，可能是受到了「歲」（集成 16.10371）字這類字的類化作用。〔註 465〕

單　字						
矦/集成 17.11123	矦/集成 17.11077	矦/集成 17.11078	矦/集成 09.4630	矦/集成 09.4646	矦/集成 09.4647	矦/集成 08.4041
矦/集成 14.9096	矦/集成 14.9408	矦/集成 04.2154	矦/集成 07.3670	矦/集成 07.3772	矦/集成 01.14	矦/集成 15.9657
矦/集成 15.9657	矦/集成 09.4428	矦/集成 16.10242	矦/集成 01.47	矦/集成 15.9632	矦/集成 15.9730	矦/集成 15.9730
矦/集成 01.271	矦/集成 01.271	矦/集成 09.4639	矦/集成 09.4639	矦/集成 16.10318	矦/集成 08.4152	矦/集成 01.276
矦/集成 01.278	矦/集成 01.280	矦/集成 01.285	矦/集成 01.285	矦/集成 09.4629	矦/集成 09.4648	矦/集成 09.4646
矦/集成 09.4647	矦/集成 09.4649	矦/集成 16.10133	矦/集成 09.4649	矦/集成 16.10263	矦/集成 01.217	矦/集成 09.464
矦/集成 15.9729	矦/集成 16.10361	矦/集成 16.10361	矦/集成 08.4152	矦/集成 09.4649	矦/集成 01.047	矦/集成 17.11079
矦/集成 17.11081	矦/集成 17.11260	矦/古研 29.310	矦/古研 29.311	矦/古研 29.310	矦/新收 1861	矦/新收 1781

〔註 465〕張振謙：《齊系文字研究》，頁 30。

矦/新收 1131	矦/山東 920 頁	矦/歷文 2007.5.15	矦/考古 1991.4			
合　文						
矦因/集成 17.10964						

365. 夷

《說文解字・卷十・大部》：「，平也。从大从弓。東方之人也。」甲骨文作（合 17027）；金文作（南宮柳鼎）；楚系簡帛文字作（包 2.124）。吳其昌謂「乃一矢形，象有繳韋之屬，縛束之也。」〔註 466〕

齊系「夷」字偏旁字形與金文形相同。

偏　旁						
鄟/陶錄 2.553.3	鄟/陶錄 2.553.4	恞/璽彙 3538	恞/陶錄 2.314.4	恞/陶錄 2.314.3	纆/陶彙 3.1101	

366. 弔

《說文解字・卷八・人部》：「，問終也。古之葬者，厚衣之以薪。从人持弓，會毆禽。」甲骨文作（合 27738）、（合 40106）；金文作（鄂叔簋）、（弔乍寶彝器）；楚系簡帛文字作（清 1.金.7）。李孝定謂「象人身繞繳矢。」〔註 467〕

齊系「弔」字承襲甲骨，與金文字形相同。偶有偏旁字形增加兩撇畫作（恳/陶錄 2.61.3）。

單　字						
弔/集成 17.11040	弔/集成 01.87	弔/集成 01.174	弔/集成 01.180	弔/集成 08.4190	弔/集成 01.271	弔/集成 03.614

〔註 466〕吳其昌：〈金文名象疏證〉，《武大文哲季刊》第 6 卷第 1 期，頁 240。

〔註 467〕李孝定：《甲骨文字集釋》，頁 2670。

弔/集成 01.271	弔/集成 09.4560	弔/集成 09.4570	弔/集成 09.4571	弔/集成 15.9733	弔/集成 07.4111	弔/集成 15.9579
弔/集成 16.10133	弔/集成 16.10142	弔/集成 16.10124	弔/集成 03.608	弔/集成 07.3944	弔/集成 08.4127	弔/集成 16.10163
弔/集成 05.2691	弔/集成 09.4621	弔/集成 15.9704	弔/集成 01.276	弔/集成 01.285	弔/集成 16.10280	弔/集成 09.4596
弔/山東 161 頁	弔/山東 104 頁	弔/新泰 11	弔/遺珍 43 頁	弔/文明 6.200		
偏　旁						
惄（⿱弔心）/ 集成 01.245	惄（⿱弔心）/ 陶錄 2.18.2	惄（⿱弔心）/ 陶錄 2.61.1	惄（⿱弔心）/ 陶錄 2.61.2	惄（⿱弔心）/ 陶錄 2.61.3	惄（⿱弔心）/ 陶錄 2.405.2	惄（⿱弔心）/ 陶錄 2.663.4
惄（⿱弔心）/ 陶錄 2.62.1	惄（⿱弔心）/ 山大 3	惄（⿱弔心）/ 新泰 10	⿰糸弔/陶錄 3.82.4	⿰糸弔/陶錄 3.84.3	⿰糸弔/陶錄 3.425.5	⿰糸弔/陶錄 3.425.4
⿰糸弔/陶錄 3.83.1	⿰糸弔/陶錄 3.83.2	⿰糸弔/陶錄 3.82.1				

367. 葡

《說文解字・卷三・用部》：「，具也。从用苟省。」甲骨文作（鐵2.4）、（前 5.10.1）；金文作（番生簋蓋）；楚系簡帛文字作（望 1.54）。孫詒讓認為，當讀為矢服之服，象矢在服中形。〔註 468〕

齊系「葡」字偏旁字形與金文形相同。

〔註 468〕孫詒讓：《契文舉例》（臺北：大通書局，1986 年）上，頁 38。

偏　旁						
 備/集成 17.11021	 備/集成 15.9729	 備/集成 15.9729	 備/集成 15.9730	 備/集成 15.9730	 備/集錄 1140	

368. 氒

《說文解字・卷十二・氏部》：「，木本。从氏。大於末。讀若厥。」甲骨文作（合 19946）；金文作（辛鼎）；楚系簡帛文字作（郭.緇.37）。郭沫若謂「氒乃矢栝字之初文也。……栝从昏聲，昏又从氒省聲，故栝氒同音。矢栝檃弦處之栝，此氒字也。」〔註 469〕

齊系「氒」字承襲甲骨作（集成 01.273），或栝形筆畫拉長作（集成 01.245）。

單　字						
氒/集成 09.4630	 氒/集成 09.4630	 氒/集成 09.4649	 氒/集成 16.10374	 氒/集成 01.87	 氒/集成 01.102	 氒/集成 07.3829
 氒/集成 01.150	 氒/集成 01.151	 氒/集成 01.245	 氒/集成 01.245	 氒/集成 01.245	 氒/集成 09.4428	 氒/集成 01.276
 氒/集成 01.285	 氒/集成 01.285	 氒/集成 01.273	 氒/集成 01.273	 氒/集成 01.272	 氒/山東 218 頁	 氒/古研 29.310
 氒/考古 2011.2.16	 氒/考古 2010.8.33	 氒/雪齋 2.72	 氒/新收 1074	 氒/新收 1781	 氒/新收 1781	

369. 弓

《說文解字・卷十二・弓部》：「，以近窮遠。象形。古者揮作弓。《周禮》六弓：王弓、弧弓以射甲革甚質；夾弓、庾弓以射干侯鳥獸；唐弓、大弓以授學射者。凡弓之屬皆从弓。」甲骨文作（合 03074）、（合 00685）；

〔註 469〕郭沫若：《金文叢考》，頁 238。

金文作（弓父癸觶）、（同卣）；楚系簡帛文字作（曾.95）。李孝定謂「象弓弦之弛，與小篆合。則象弦之張。」〔註 470〕

齊系「弓」字偏旁字形與金文形相同，與楚系字形相同。

偏　旁						
弜/古研 29.311	弜/古研 29.310	弓阝/璽彙 2193	弓阝/璽彙 2194	弜阝/璽彙 2185	弜阝/璽彙 2187	弜阝/璽彙 2184
弜阝/璽彙 2199	弓同/陶錄 3.638.2	弓旦/璽彙 0336	弓旦/陶錄 2.85.3	弓旦/陶錄 2.85.4	弓旦/璽考 282 頁	弓攵/璽彙 3923
弓攵/集成 01.172	弓攵/集成 01.174	弓攵/集成 01.178	弓攵/集成 01.176	弓攵/集成 01.179	發/文物 2001.10.48	彊心/璽彙 3598
彊心/璽彙 0657	彊心/璽彙 3667	彌/集成 01.271	彌/集成 01.271	橿/璽彙 3755	疆/集成 01.087	疆/璽彙 2204
疆/璽彙 4031	疆/璽彙 3479	彈/璽彙 1479	彈/璽文 447	彊/遺珍 33 頁	彊/遺珍 33 頁	彊/遺珍 67 頁
彊/集成 01.245	彊/集成 03.670	彊/集成 16.10007	彊/集成 09.4690	彊/集成 09.4690	彊/集成 16.10277	彊/集成 16.10135
彊/集成 09.4443	彊/集成 15.9657	彊/集成 09.4689	彊/集成 16.10142	彊/集成 16.10272	彊/集成 09.4620	彊/集成 09.4690
彊/集成 09.4622	彊/集成 16.10266	彊/集成 16.10144	彊/集成 16.10159	彊/集成 09.4645	彊/集成 09.4444	彊/新收 1042

〔註 470〕李孝定：《甲骨文字集釋》，頁 3843。

彊/瑯琊網 2012.4.18	彊/瑯琊網 2012.4.18	彊/陶錄 3.493.3	弜/陶錄 3.244.3	弜/陶錄 3.245.1	弜/陶錄 3.245.4	弜/陶錄 3.245.5
弜/陶錄 3.241.6	弜/陶錄 3.242.1	弜/陶錄 3.243.2	弜/陶錄 3.243.3	弜/陶錄 3.243.4	弜/陶錄 3.243.5	弜/陶錄 3.243.6
弜/陶錄 3.244.1	弜/陶錄 3.245.3	弜/陶錄 3.246.1	弜/陶錄 3.246.1	弜/陶錄 3.246.1	弜/陶錄 3.246.1	弜/陶錄 3.246.2
弜/陶錄 3.642.2	弜/陶錄 3.241.1	弜/陶錄 3.241.2	弜/陶錄 3.243.1	弳/陶錄 3.625.3	弳/陶錄 3.625.4	弳/陶錄 3.625.5
弳/陶錄 3.625.6	巽/璽彙 3483	巽/璽彙 0153				
合　文						
無疆/集成 05.2602	彤弓/中新網 2012.8.11	彤弓/中新網 2012.8.11				

370. 引

《說文解字．卷十二．引部》：「，開弓也。从弓丨。」甲骨文作（合16349）；金文作（小臣守簋）；楚系簡帛文字作（清 3.祝.3）。季旭昇師謂「从弓、以一小撇表示開弓。」〔註471〕

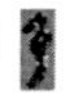

齊系「引」字作（古研 29.310）、（集成 01.272）；有些單字字形或在表示開弓的小撇形上增加一短橫畫。偏旁字形則只用小撇形表示開弓。

單　字						
引/集成 01.285	引/集成 01.272	引/集成 01.281	引/中新網 2012.8.11	引/中新網 2012.8.11	引/中新網 2012.8.11	引/中新網 2012.8.11

〔註471〕季旭昇師：《說文新證》，頁 879。

引/銘文選 848	引/古研 29.310					
偏　旁						
帘/陶錄 3.599.1						

九、辛　部

371. 辛

《說文解字·卷十四·辛部》：「，秋時萬物成而孰；金剛，味辛，辛痛即泣出。从一从辛。辛，辠也。辛承庚，象人股。凡辛之屬皆从辛。」甲骨文作（合 32150）、（合 21912）；金文作（利簋）、（父辛𡍌觚）；楚系簡帛文字作（包 2.57）。郭沫若認為，字象刻鏤曲刀（鑿）正視之形。〔註 472〕詹鄞鑫據考古出土器物，認為字象青銅鑿之形。〔註 473〕

齊系「辛」字承襲甲骨作（集成 17.11155）、（陶錄 2.645.1）、（陶彙 3.612），字形上下部或增加點形、短橫畫飾筆，或不增加飾筆，單字與偏旁皆作此形。偏旁或省略下部字形，例：（賫/陶錄 2.5.1）。

單　字						
辛/集成 17.11154	辛/集成 17.11155	辛/集成 05.2732	辛/集成 17.11210	辛/集成 17.10985	辛/陶錄 2.240.4	辛/陶錄 2.292.1
辛/陶錄 2.292.2	辛/陶錄 2.292.3	辛/陶錄 2.309.1	辛/陶錄 2.309.2	辛/陶錄 2.311.1	辛/陶錄 2.312.3	辛/陶錄 2.315.1
辛/陶錄 2.667.1	辛/陶錄 2.313.1	辛/陶錄 2.312.4	辛/陶錄 2.405.1	辛/陶錄 2.405.2	辛/陶錄 2.405.3	辛/陶錄 2.665.4

〔註 472〕郭沫若：〈釋干支〉，《甲骨文字研究》，頁 11～17。

〔註 473〕詹鄞鑫：〈釋辛及與辛有關的幾個字〉，《中國語文》1983 年第 5 期，頁 369～370。

辛/陶錄 2.672.2	辛/陶錄 2.408.1	辛/陶錄 2.645.1	辛/陶錄 2.407.1	辛/陶錄 2.644.1	辛/陶錄 3.23.1	辛/陶彙 3.616
辛/陶彙 3.612	辛/璽彙 1269	辛/璽彙 2709	辛/璽彙 1268	辛/璽考 295 頁	辛/璽考 295 頁	辛/璽考 295 頁
辛/璽考 294 頁	辛/璽考 59 頁	辛/璽考 59 頁	辛/後李三 8	辛/後李六 2	辛/後李七 5	辛/山東 799 頁
偏　旁						
童/璽彙 1278	童/陶錄 2.562.1	鐘/集成 01.18	鐘/集成 01.47	鐘/集成 01.89	鐘/集成 01.92	鐘/集成 01.14
鐘/古研 29.396	鐘/古文字 1.141	朣/璽彙 0623	鐘/國史 1 金 1.13	辝/集成 01.285	辝/集成 01.151	辝/集成 01.285
辝/集成 01.149	辝/集成 01.285	辝/集成 01.271	辝/集成 01.271	辝/集成 01.151	辝/集成 09.4592	辝/集成 01.273
辝/集成 01.273	辟/集成 16.10374	辟/集成 01.285	辟/集成 18.12107	辟/集成 01.271	辟/集成 01.273	辟/集成 01.276
辟/集成 01.285	辟/集成 01.285	辟/集成 01.277	辟/山東 675 頁	璧/集成 15.9729	璧/集成 15.9729	璧/集成 15.9729
璧/集成 15.9730	璧/集成 15.9730	璧/集成 15.9730	親/璽彙 3.73.6	親/璽彙 3.442.2	親/璽彙 3.442.1	親/璽彙 3.73.5

親/璽彙 3.73.4	⿰月辠/陶錄 2.588.4	商/璽彙 3746	商/璽彙 3213	商/璽彙 3723	商/集成 07.4111	商/集成 16.10187
商/集成 15.9733	商/集成 15.9733	商/集成 07.4110	商/集成 07.4110	亲/集成 17.11210	賫/古研 29.310	賫/古研 29.310
賫/璽彙 0573	賫/璽彙 1943	賫/璽彙 3590	賫/璽彙 3678	賫/璽彙 3690	賫/璽彙 1928	賫/璽彙 3609
賫/璽彙 3918	賫/璽彙 3723	賫/陶錄 2.55.2	賫/陶錄 2.3.2	賫/陶錄 2.4.2	賫/陶錄 2.5.1	賫/陶錄 2.55.2
賫/陶錄 2.653.1	賫/陶錄 2.4.1	賫/陶錄 2.5.2	賫/陶錄 2.55.1	賫/珍秦 19	脺/璽考 61 頁	脺/陶錄 2.292.4
⿰革自/陶錄 2.97.4	⿰革自/集成 09.4595	⿰革自/集成 09.4596				

372. 辛

《說文解字・卷三・辛部》:「，辠也。从干二。二，古文上字。凡辛之屬皆从辛。讀若愆。張林說。」甲骨文作（合 33378）。用作偏旁時，金文作（辟/冏尊）、（辟/大克鼎）；楚系簡帛文字作（辟/清 1.誥.2）。裘錫圭謂「本象一種刀類工具。根據它的音義推測『辛』應是『乂』的初文。」〔註 474〕

齊系「辛」字偏旁與金文偏旁字形相同，例：（⿰月考/考古學報 1991.4）、（辟/古研 29.311）。

〔註 474〕裘錫圭：〈釋「⿰虫考」「⿰禾考」〉，《裘錫圭學術文集》卷 1，頁 72。

偏　旁						
辟/古研 29.311	辟/古研 29.310	薛（脖）/集成 16.10263	薛（脖）/集成 09.4556	薛（脖）/集成 09.4546	薛（脖）/集成 09.4547	薛（脖）/集成 16.10133
薛（脖）/陶錄 2.279.1	薛（脖）/考古學報 1991.4	薛（薛）/集成 16.10817				

373. 㚔

《說文解字・卷十・㚔部》：「，所以驚人也。从大从羊。一曰大聲也。凡㚔之屬皆从㚔。一曰讀若瓠。一曰俗語以盜不止爲㚔，㚔讀若籋。」甲骨文作（合 00501）；金文作（㚔父庚鼎）。用作偏旁時，金文作（執/多友鼎）；楚系簡帛文字作（執/清 2.繫.35）。葉玉森謂「象梏形。」〔註 475〕

齊系「㚔」字偏旁與金文、楚系文字偏旁字形相同，作（䩜/集成 15.9733）。

偏　旁						
執/集成 15.9733	執/集成 15.9733	執/集成 01.272	執/集成 01.281	執/集成 01.285	贄/璽彙 3931	郣/集成 17.10829
睪/集成 09.4630	睪/集成 01.087	睪/集成 01.151	睪/集成 01.150	睪/集成 01.150	睪/集成 01.245	睪/陶錄 3.164.3
睪/集成 05.2750	睪/集成 08.4190	睪/陶錄 3.165.2	睪/集成 15.9733	𦎫/陶錄 3.633.6	𦎫/陶錄 3.164.6	𦎫/陶錄 3.165.2
𦎫/陶錄 3.164.3	𦎫/陶錄 3.163.3	𦎫/陶錄 3.163.4	𦎫/陶錄 3.165.3	𦎫/陶錄 3.165.6	斁/璽彙 0306	鐸/璽彙 3666

〔註 475〕葉玉森：〈揅契枝譚〉，《學衡》1924 年第 7 期，頁 2。

 繁/璽彙 3679	 虢/集成 15.9733	 臚/璽彙 0344				

374. 丵

《說文解字・卷三・丵部》:「丵,叢生艸也。象丵嶽相竝出也。凡丵之屬皆从丵。讀若浞。」用作偏旁時,甲骨文作(對/合 30600);金文作(對/靜簋);楚系簡帛文字作(業/上 7.吳.7)。詹鄞鑫認為,「辛」與「丵」皆為鑿具,丵為鑿柄經錘擊後,柄頭木質順理撕裂為細絲。〔註 476〕陳昭容從之並認為,「辛」多用為名詞,「丵」則多與手形結合成「菐」,作為鑿擊義之動詞。〔註 477〕季旭昇師以為「丵」字有兩種,一種尖端向下,所以鑿木石、亦可施刑;一種平面向前,所以鑿玉石,其讀音亦有丵、鑿劖二音。〔註 478〕

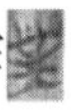

齊系「丵」字偏旁字形作(對/集成 01.285)、(對/集成 01.273),或增加點形或短橫畫飾筆。偶有偏旁字形筆畫簡省,例:(僕/山大 5)。

偏旁						
 僕/集成 01.285	 僕/集成 01.275	 僕/古貨幣 227	 僕/山大 5	 僕/新泰 8	 僕/山東 696 頁	 對/集成 01.285
 對/集成 01.92	 對/集成 01.273	 對/中新網 2012.8.11	 對/中新網 2012.8.11	 對/古研 29.310	 對/古研 29.311	 檏/集成 09.4624
 檏/集成 09.4623						

〔註 476〕詹鄞鑫:〈釋辛及與辛有關的幾個字〉,《中國語文》1983 年第 5 期,頁 370～371。

〔註 477〕陳昭容:〈釋古文字中的丵及从丵諸字〉,《中國文字》新 22 期,頁 121～148。

〔註 478〕季旭昇師:〈試論《說文》「丵」字的來源〉,《漢字漢語研究》2019 年第 2 期,頁 7～18。

十、卜　部

375. 卜

《說文解字・卷三・卜部》：「卜，灼剥龜也，象灸龜之形。一曰象龜兆之從橫也。凡卜之屬皆从卜。[古文字形]，古文卜。」甲骨文作[甲骨文字形]（合 33982）、[甲骨文字形]（合 00419）；金文作[金文字形]（卜孟簋）；楚系簡帛文字作[楚簡字形]（望 1.132）。羅振玉謂「象卜之兆。」〔註 479〕

齊系「卜」字承襲甲骨金文，用作偏旁時，通常與單字字形無異。惟有出現在「畏」字中，「卜」字的末筆向上彎曲，與「七」形接近。例如：[字形]（愄/集成 01.285）。「卜」與「人」字形近易訛，例：[字形]（卜/貨系 2517）、[字形]（人/齊幣 108）。

單　字						
卜/璽彙 1265	卜/貨系 2508	卜/貨系 2562	卜/貨系 2563	卜/貨系 2516	卜/貨系 2517	卜/貨系 2591
卜/先秦編 404	卜/齊幣 252	卜/先秦編 406	卜/齊幣 34			
偏　旁						
[illegible]/集成 01.14	畏/璽彙 4030	畏/陶錄 3.480.5	畏/陶錄 2.562.3	愄/集成 01.285	愄/集成 01.272	渨/陶錄 3.547.6
腲/陶錄 3.498.1	腲/陶錄 3.498.2	腲/陶錄 3.498.4	腲/陶錄 3.498.5	[illegible]/陶錄 3.600.4	[illegible]/陶錄 3.22.5	占/陶錄 2.81.4
占/陶錄 2.81.3	外/集成 16.10374	外/集成 01.274	外/集成 01.277	外/集成 01.284	外/集成 01.285	外/集成 01.285

〔註 479〕羅振玉：《增訂殷虛書契考釋》中，頁 17。

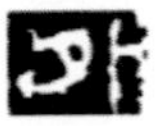 外/陶錄 2.13.1	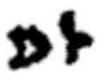 外/山大 6	 楨/陶錄 2.252.2	 楨/陶錄 2.252.1	 楨/陶錄 2.487.2	 楨/陶錄 2.529.3	 楨/陶錄 2.716.1
 楨/陶錄 2.716.4	 楨/陶錄 2.716.2	 楨/陶錄 2.716.3	 楨/陶錄 2.486.1	 楨/陶錄 2.487.3	 貞/山東 170 頁	 貞/瑯琊網 2012.4.18
 貞/集成 03.670	 貞/集成 05.2732	 貞/集成 05.2592	 貞/集成 05.2639	 貞/集成 04.2494	 貞/集成 05.2602	 貞/集成 04.2495
 貞/集成 05.2568	 貞/集成 05.2525	 貞/集成 05.2589	 貞/集成 05.2587	 貞/集成 05.2642	 貞/集成 05.2586	 貞/陶錄 2.167.4
 貞/陶錄 2.130.2	 貞/陶錄 2.127.2	 貞/陶錄 2.127.1	 貞/陶錄 2.167.3	 貞/陶錄 2.127.4	 貞/陶錄 2.130.1	 貞/新收 1091
 貞/新收 1067	 貞/新收 1917					

376. 爻

《說文解字・卷四・爻部》:「，交也。象《易》六爻頭交也。凡爻之屬皆从爻。」甲骨文作（合 03512）；金文作（爻盉）。季旭昇師謂「甲骨文从重㐅，㐅應該是五的初文，表示交午之義。爻从重㐅，義與㐅同。」〔註 480〕董妍希認為，卜辭「爻」多以重㐅為形，未見㐅形，偏旁中也以重㐅為常見形體，故仍列爻為字根。〔註 481〕

齊系「爻」字偏旁作重㐅交錯之形。

〔註 480〕季旭昇師：《說文新證》，頁 257。

〔註 481〕董妍希：《金文字根研究》，頁 470。

偏　旁						
劌/集成 01.273	劌/集成 01.285	㕦/陶錄 3.392.3	㕦/陶錄 3.392.1	㕦/陶錄 3.392.2		

377. 示

《說文解字．卷一．示部》:「，天垂象，見吉凶，所以示人也。从二。三垂，日月星也。觀乎天文，以察時變。示，神事也。凡示之屬皆从示。，古文示。」甲骨文作（乙 8670）、（合 14887）、（合 36514）；金文作（示卣）；楚系簡帛文字作（清 1.皇.5）。陳夢家謂「即後世『主』字所從來。……卜辭的示字應是石主的象形。」〔註 482〕

齊系「示」字偏旁承襲甲骨形。有些字形省略上部的一短橫畫，例：（祖/集成 02.277）。

偏　旁						
祀（礼）/集成 01.271	祑/山東 104 頁	祑/山東 104 頁	鬼（䰟）/集成 08.4190	祝/山東 137 頁	祝/集成 07.4041	祝/集成 07.4041
神/集成 08.4190	祭/集成 09.4646	祭/集成 08.4152	祭/集成 09.4649	祭/集成 01.245	祭/集成 09.4647	祭/陶錄 3.67.2
祭/陶錄 3.72.1	祭/陶錄 3.8.2	祭/陶錄 3.8.3	祭/陶錄 3.9.1	祭/陶錄 3.11.1	祭/陶錄 3.11.4	祭/陶錄 3.71.3
祭/陶錄 3.9.2	祭/陶錄 3.10.2	祭/陶錄 3.69.1	祭/陶錄 3.69.5	祭/陶錄 3.70.3	祭/陶錄 3.71.5	祭/陶錄 3.72.4
祭/陶錄 3.69. 6	祭/陶錄 3.70.4	祭/陶錄 3.12.4	祭/陶錄 3.71.6	祭/陶錄 3.73.2	祭/陶錄 3.73.3	祭/陶錄 3.73.1

〔註 482〕陳夢家：《殷虛卜辭綜述》，頁 440。

祭/陶錄 3.70.1	祭/瀓秋 30	䨟/集成 15.9733	祥/集成 09.4630	祥/新收 1781	祀/山東 104 頁	祀/古研 29.396
祀/集成 05.2602	祀/集成 01.245	祀/集成 01.245	祀/集成 01.102	祀/集成 09.4644	祀/集成 09.4644	福/璽彙 3753
福/集成 15.9657	福/集成 15.9704	福/集成 16.10142	福/山東 611 頁	福/新收 1042	福/新收 1042	福/集成 16.10361
福/集成 02.285	福/集成 02.285	福/集成 02.277	福/集成 02.277	福/集成 01.86	福/集成 09.4458	福/集成 09.4458
福（富）/集成 01.86	祖/集成 02.284	祖/集成 02.275	祖/集成 02.277	祖/集成 02.277	祖（県）/古研 29.396	祖（県）/集成 01.140
祖（県）/集成 01.271	祖（禝）/集成 08.4096	祖（禖）/山東 104 頁				
合文						
祭豆/陶錄 3.12.2	祭豆/陶錄 3.72.2	祭豆/陶錄 3.72.5				

378. 巫

《說文解字・卷五・巫部》：「，祝也。女能事無形，以舞降神者也。象人兩褎舞形。與工同意。古者巫咸初作巫。凡巫之屬皆从巫。，古文巫。」甲骨文作（合 05874）；金文作（齊巫姜簋）；楚系簡帛文字作（包 2.244）。李孝定謂「疑象當時巫所用道具之形」〔註 483〕

齊系「巫」字承襲甲骨形，與楚系文字字形不同，未繁化及不加飾筆。

〔註 483〕李孝定：《甲骨文集釋》，頁 1598。

單　字						
 巫/陶彙 3.423	 巫/集成 07.3893					
偏　旁						
 筮/陶錄 3.541.3						

379. 主

《說文解字・卷五・丶部》:「，鐙中火主也。从𡈼，象形。从丶，丶亦聲。」甲骨文作（後 1.1.2）、（後 1.1.5）；金文作（幾父壺）。用作偏旁時，楚系簡帛文字作（宔/清 1.祭.8）。陳夢家謂「即後世『主』字所從來。……卜辭的示字應是石主的象形。」〔註 484〕

齊系「主」字偏旁字形承襲甲骨、形，但橫畫傾斜，豎畫彎曲，例：（冢/集成 15.9940）；有些字形增加點形飾筆，例：（冢/陶錄 3.293.4）。

偏　旁						
 塚/璽彙 3508	 塚/璽彙 5678	 冢/新收 1079	 冢/新收 1080	 冢/陶錄 3.293.4	 冢/璽彙 3925	 冢/璽彙 0273
 冢/集成 17.10964	 冢/集成 15.9940					

十一、車　部

380. 行（彳）

《說文解字・卷二・行部》:「，人之步趨也。从彳从亍。凡行之屬皆从行。」甲骨文作（合 21901）、（合 26210）；金文作（行父辛觶）、（史免簠）；楚系簡帛文字作（郭.語 3.62）。羅振玉謂「象四達之衢，人所

〔註 484〕陳夢家：《殷虛卜辭綜述》，頁 440。

行也。……古从行之字，或省其右作彳，或省其左作亍。」〔註 485〕

齊系「行」字承襲甲骨作（集成 09.4445）、（集成 01.285），且與楚系文字相同。用作偏旁時，則省略右邊一半的字形，只作兩達之衢形。

單　字						
行/集成 09.4445	行/集成 16.10233	行/集成 01.285	行/集成 01.285	行/集成 09.4444	行/集成 15.9657	行/集成 01.273
行/陶錄 2.705.2	行/陶錄 2.704.2	行/陶錄 2.704.1	行/陶錄 3.510.2	行/陶錄 2.706.2	行/陶錄 2.705.5	行/陶錄 2.705.6
行/陶錄 2.706.3	行/陶錄 2.706.4	行/陶錄 2.707.5	行/陶錄 2.704.6	行/陶錄 2.706.5	行/陶錄 2.706.2	行/陶錄 2.707.6
行/陶錄 3.510.3	行/陶錄 3.510.1	行/陶錄 3.510.4	行/陶錄 3.510.5	行/陶錄 3.510.6	行/陶錄 3.511.2	行/陶錄 3.511.5
行/陶錄 3.529.1	行/陶錄 3.511.3	行/陶錄 3.511.6	行/齊幣 45	行/齊幣 44	行/齊幣 140	行/齊幣 141
行/貨系 2531	行/貨系 2622	行/貨系 2623	行/貨系 2600	行/考古 1973.1	行/考古 1973.1	行/考古 1973.1
行/考古 1973.1	行/後李四 9	行/新收 1131	行/山東 611 頁	行/璽彙 0173		
偏　旁						
從/集成 15.9733	從/集成 01.271	從/集成 15.9730	從/集成 15.9729	從/集成 15.9729	從/陶錄 3.476.1	從/陶錄 3.476.2

〔註 485〕羅振玉：《增訂殷虛書契考釋》中，頁 7。

迡/陶錄 3.522.1	𨑹/歷文 2009.2.51	𨑹/集錄 1009	往/陶錄 3.458.6	往/陶錄 3.459.2	往/陶錄 3.458.1	往/陶錄 3.458.2
往/陶錄 3.458.3	往/陶錄 3.458.5	𨑗/集成 16.10374	𨑗/集成 01.271	𨑗/集成 16.10374	𨑗/璽彙 0155	𨑗/璽彙 3920
𨑗/璽彙 0282	𨑗/璽彙 0232	𨑗/璽彙 3233	逡/周金 6.132	𨗨/集成 01.285	𨗨/銘文選 848	徒（遷）/璽彙 0200
徒（遷）/璽彙 0202	徒（遷）/璽彙 0198	徒（遷）/璽彙 0322	徒（遷）/璽考 55 頁	迲/桓台 40	迲/璽彙 1433	迲/璽彙 1481
走/集成 09.4556	走/集成 16.10275	走/集成 09.4441	走/集成 09.4440	走/集成 09.4441	逆/新收 1781	逆/集成 07.4096
逆/集成 07.4630	逆/集成 07.4629	逆/陶錄 3.540.4	遡/陶錄 3.227.4	御/陶錄 3.485.4	遡/陶錄 3.227.2	遡/陶錄 3.227.3
遡/陶錄 3.227.1	御/中新網 2012.8.11	御/中新網 2012.8.11	御/新收 1109	御/新收 1733	御/集成 17.11083	御/集成 04.2525
御/集成 15.9729	御/集成 05.2732	御/集成 15.9729	御/集成 15.9729	御/集成 15.9730	御/集成 15.9729	御/集成 09.4635
御/集成 16.10374	御/集成 15.9729	御/集成 15.9730	御/集成 15.9730	御/集成 15.9730	御/集成 16.10124	御/璽彙 3127
迖/璽彙 0177	[illegible]/陶錄 2.66.1	[illegible]/璽彙 65	德/山東 104 頁	德/集成 01.272	德/集成 01.279	德/集成 09.4595

德/集成 01.285	德/集成 09.4596	德/集成 12.6511	德/集成 12.6511	⿺辶取/璽彙 3222	⿺辶取/陶錄 2.443.2	⿺辶取/陶錄 2.444.1
⿺辶取/陶錄 2.378.4	⿺辶取/陶錄 2.667.3	⿺辶取/陶錄 2.550.1	⿺辶取/陶錄 2.550.2	⿺辶取/陶錄 2.654.3	⿺辶取/陶錄 3.457.2	⿺辶取/陶錄 3.457.4
⿺辶取/陶錄 3.457.5	⿺辶取/陶錄 2.133.1	⿺辶取/陶錄 3.457.1	⿺辶取/陶錄 2.440.4	⿺辶取/陶錄 2.409.3	⿺辶取/陶錄 2.133.2	⿺辶取/陶錄 2.133.3
⿺辶取/陶錄 2.133.4	⿺辶取/陶錄 2.134.1	⿺辶取/陶錄 2.440.2	⿺辶取/陶錄 2.440.3	⿺辶取/陶錄 2.441.1	⿺辶取/陶錄 2.442.1	⿺辶取/陶錄 2.442.2
⿺辶取/陶錄 2.442.3	⿺辶取/陶錄 2.442.4	⿺辶耳/陶錄 2.87.3	⿺辶耳/陶錄 2.361.2	⿺辶耳/陶錄 2.660.1	⿺辶耳/陶錄 2.196.4	⿺辶耳/陶錄 2.659.1
⿺辶耳/陶錄 2.361.3	⿺辶耳/陶錄 2.87.1	⿺辶耳/陶錄 2.87.2	⿰彳各/璽彙 0328	造/歷文 2007.5.15	造/文物 2002.5.95	造/古貨幣 227
造/山東 812 頁	造/山東 877 頁	造/集成 17.11160	造/集成 17.11087	造/集成 17.11088	造/集成 17.11128	造/集成 17.11591
造/集成 17.11158	造/集成 17.11260	造/集成 17.11128	造/集成 17.11035	造/集成 18.11815	造/集成 09.4648	造/集成 18.11815
造/集成 17.11129	造/集成 17.11130	造/集成 05.2732	造/集成 17.11101	造/集成 17.11158	造/陶錄 2.239.4	造/陶錄 2.195.4
造/陶錄 2.196.1	造/陶錄 2.195.2	造/陶錄 2.194.2	造/陶錄 2.663.1	造/陶錄 2.195.3	造/新收 1167	造/新收 1028

 造/新收 1086	造/新收 1112	造/新收 1983	造（[illegible]）/ 周金 6.35	艁/集成 04.2422	[illegible]/璽考 67 頁	還/山東 104 頁
 還/山東 104 頁	邉/集成 07.3987	達/璽彙 3087	達/璽彙 3563	達/陶錄 2.206.1	達/陶錄 2.5.3	達/陶錄 2.206.2
 達/集成 01.285	達/集成 01.271	達/集成 01.277	達/陶錄 2.206.4	達/陶錄 2.207.1	達/陶錄 2.237.2	達/陶錄 2.237.3
 達/陶錄 3.352.4	達/陶錄 3.353.4	達/陶錄 3.630.2	達/陶錄 3.353.3	達/陶錄 3.353.1	達/陶錄 3.352.2	達/陶錄 3.352.1
 遹/集成 01.273	遹/集成 01.285	逳/陶錄 3.649.1	逳/陶錄 3.649.2	逳/陶錄 3.336.1	逳/陶錄 3.336.2	逳/陶錄 3.336.3
 逳/陶錄 3.337.3	逳/陶錄 3.337.4	逳/陶錄 3.336.4	逳/陶錄 3.336.6	逳/陶錄 3.336.5	逳/陶錄 3.337.1	逳/陶錄 3.337.2
 适/璽彙 5677	适/陶錄 3.337.1	适/陶錄 2.97.3	适/陶錄 3.337.2	适/陶錄 3.337.3	适/陶錄 3.336.1	待/陶錄 3.238.1
 待/陶錄 3.238.5	待/陶錄 3.238.2	待/陶錄 3.238.6	[illegible]/陶錄 2.406.4	得/陶錄 3.56.6	得/考古 2011.10.28	得/集錄 1011
 返/貨系 2586	返/貨系 2575	返/齊幣 273	返/齊幣 275	返/齊幣 277	返/齊幣 280	返/齊幣 281
 返/齊幣 284	返/齊幣 286	返/齊幣 276	返/齊幣 271	返/齊幣 272	遨/陶錄 3.504.1	遣/集成 07.4029

遣/集成 04.2422	遣/古研 29.310	退/集成 16.10374	遝/陶錄 2.229.4	遝/陶錄 2.230.1	遝/陶錄 2.230.2	違/陶錄 3.602.3
逑/山東 188 頁	逑/璽彙 2184	逑/璽彙 1945	逖（逿）/ 璽彙 4012	逖（逿）/ 陶錄 3.460.3	速/陶錄 2.2.1	適/集成 01.271
適/集成 15.9730	適/集成 01.276	適/集成 01.271	逐/陶錄 2.405.2	逐/陶錄 2.408.1	迺/集成 16.9559	迺/集成 16.9560
迺/陶錄 3.814	迺/璽考 45 頁	遄/周金 6.35	遄/集成 15.9729	遄/集成 15.9730	徒/璽考 40 頁	徒/新收 1499
徒/陶錄 3.5.2	徒/陶錄 3.5.3	徒/璽彙 0019	徒/集成 17.10971	徒/集成 09.4689	徒/集成 16.10316	徒/集成 09.4690
徒/集成 17.11049	徒/集成 17.11050	徒/集成 17.11024	徒/集成 17.11158	徒/集成 01.285	徒/集成 17.11084	徒/集成 17.11086
徒/集成 04.2593	徒/集成 17.11205	徒/集成 09.4415	徒/集成 09.4415	徒/集成 09.4691	徒/集成 09.4691	徒/集成 16.10316
徒/集成 16.10277	徒/集成 01.273	徒/集成 01.273	徒/集成 01.2285	徒/考古 2011.10.28	徒/山東 87 頁	追/中新網 2012.8.11
追/中新網 2012.8.11	追/集成 09.4458	歸/集成 09.4640	追/山東 668 頁	歸/集成 16.10151	进/陶錄 3.540.4	逐/集成 09.4596
逐/集成 09.4595	迖/集成 09.4595	迖/集成 09.4596	迱/陶錄 3.507.1	迱/陶錄 3.507.4	迱/陶錄 3.507.6	迱/陶錄 3.507.2

迱/陶錄 3.507.3	迱/陶錄 3.507.5	迱/陶錄 3.508.1	萬（邁）/遺珍 65 頁	遊/陶彙 3.265	⿺辶己/陶錄 3.485.5	逹（⿰彳幸）/集成 15.9733
逹（⿰彳幸）/集成 02.718	⿺辶戔/璽彙 3080	迮/集成 05.2732	連/璽彙 0250	連/璽彙 1952	連/陶錄 3.521.4	連/璽考 250 頁
延/山東 611 頁	延/集成 09.4443	延/集成 05.2732	延/集成 09.4444	延/集成 09.4442	延/集成 15.9657	延/集成 09. 4442
延/集成 09.4444	延/集成 09.4445	延/集成 09.4443	延/新收 1088	後/山東 871 頁	後/陶錄 3.338.2	後/陶錄 3.338.3
後/陶錄 3.522.1	後/陶錄 3.337.6	後/陶錄 3.338.6	後/陶錄 3.338.5	後/陶錄 3.338.1	後/陶錄 3.338.4	後/璽彙 0296
⿱彳心/陶錄 2.558.1	⿱彳心/陶錄 2.391.4	⿱彳心/陶錄 2.558.2	⿱彳心/陶錄 2.391.3	⿱彳心/陶錄 2.158.4	⿱彳心/陶錄 2.369.1	⿱彳心/山大 7
⿰木亍/璽彙 0298	⿰木亍/璽彙 0300	⿰木亍/璽彙 0299	⿰木亍/山璽 013	⿰木亍/山璽 014	⿰木亍/山璽 015	⿰木亍/山璽 003
⿰木亍/璽考 49 頁	⿰木亍/璽考 49 頁	⿰木亍/璽考 47 頁	⿰木亍/陶錄 2.703.1	⿰彳土/集成 09.4441	⿰彳土/集成 16.10116	⿰彳土/集成 16.10275
⿰彳土/集成 09.4440	⿰彳土/集成 09.4441	⿰馬亍/陶錄 3.580.1	⿰彳鳥/璽彙 1219			
重　文						
⿰彳睘/山東 104 頁						

381. 廴

《說文解字·卷二·延部》:「[illegible]，長行也。从延丿聲。」甲骨文作[illegible]（合13737）；金文作[illegible]（康侯簋）、[illegible]（王孫遺者鐘）。郭沫若謂「辵與延是一非二也。延讀丑連，辵讀丑略，亦聲之轉。」〔註 486〕季旭昇師認為「廴」並非一個獨立的字，而是從「延」字分離出來的偏旁，並指出其分化的方式「一是在偏旁『止』的上方加一斜筆作為分化符號；一是把偏旁『彳』的下部延長。」〔註 487〕

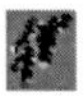

齊系偏旁「廴」字字形的分化方式是將「彳」的下部延長。

偏旁						
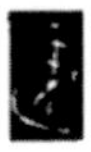 建/集成 17.11025	 建/集成 17.10918	 建/山東 844 頁	 建/璽彙 338	 延/集成 18.11651	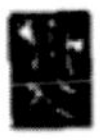 延/璽彙 0634	

382. 舟

《說文解字·卷八·舟部》:「[illegible]，船也。古者，共鼓、貨狄，刳木爲舟，剡木爲楫，以濟不通。象形。凡舟之屬皆从舟。」甲骨文作[illegible]（合 11460）、[illegible]（合 08032）；金文作[illegible]（舟父戊爵）、[illegible]（鄂君啟舟節）；楚系簡帛文字作[illegible]（包 2.168）。象舟之形。

齊系「舟」字承襲甲骨[illegible]形，舟形中部往往寫作三個短斜畫，與楚系字形相同。單字作[illegible]（集成 15.9733），偏旁字形除作[illegible]形外，還作舟形中有兩短斜畫之形，例：[illegible]（前/陶錄 2.259.2）。

單字						
 舟/集成 15.9733	 舟/集成 15.9733					
偏旁						
 媵/新收 1462	 媵/新收 1074	 媵/歷文 2009.2.51	艁/山東 848 頁	 艁/山東 809 頁	 艁/山東 860 頁	 艁/山東 853 頁

〔註 486〕郭沫若：《殷契粹編》考釋，頁 103。

〔註 487〕季旭昇師：《說文新證》，頁 135。

艁/集成 17.11090	艁/集成 17.11210	艁/集成 17.11125	艁/集成 17.11206	艁/集成 17.11124	艁/集成 17.11079	艁/集成 17.11006
艁/集成 17.11089	艁/集成 17.11080	艁/集成 17.11124	艁/集成 17.11125	艁/集成 17.10968	艁/集成 17.11077	艁/集成 18.11609
艁/三代 20.11.2	艁/山師 1991.5.47	艁/新收 1069	艁/新收 1110	⿰舟造/集成 04.2422	受/新收 1042	受/新收 1042
受/集成 01.175	受/集成 01.177	受/集成 16.10361	受/集成 15.9730	受/集成 07.4036	受/集成 07.4037	受/集成 16.10142
受/集成 15.9730	受/集成 15.9729	受/集成 15.9733	受/集成 15.9729	受/集成 01.275	受/集成 01.285	受/集成 01.282
受/集成 01.285	受/集成 01.173	受/古研 29.396	受/璽彙 3937	槃（盤）/ 璽彙 0640	般/新收 1043	般/山東 672 頁
般/集成 16.10086	般/集成 15.9709	般/集成 16.10087	般/集成 16.10116	般/集成 16.10154	般/集成 16.10081	般/集成 16.10124
般/集成 16.10163	般/集成 16.10133	般/集成 05.2750	般/集成 16.10282	般/集成 09.4596	般/集成 16.10117	般/集成 16.10144
般/集成 16.10123	般/集成 16.10159	般/集成 09.4595	般/文明 6.200	盤/集成 16.10114	盤/集成 16.10115	盤/集成 16.10113
盤/集成 16.10151	朕/山東 104 頁	朕/山東 104 頁	朕/山東 379 頁	朕/三代 10.17.3	朕/文明 6.200	朕/歷文 2009.2.51

朕/集成 03.717	朕/集成 16.10263	朕/集成 09.4593	朕/集成 09.4644	朕/集成 03.690	朕/集成 16.10081	朕/集成 16.10114
朕/集成 16.10154	朕/集成 05.2690	朕/集成 05.2692	朕/集成 09.4620	朕/集成 09.4621	朕/集成 09.4621	朕/集成 16.10244
朕/集成 16.10115	朕/集成 09.4574	朕/集成 01.47	朕/集成 09.4534	朕/集成 16.10133	朕/集成 16.10318	朕/集成 08.4111
朕/集成 01.272	朕/集成 01.272	朕/集成 01.272	朕/集成 01.273	朕/集成 01.273	朕/集成 01.275	朕/集成 01.285
朕/集成 01.285	朕/集成 03.694	朕/集成 03.691	朕/集成 01.47	朕/集成 16.10280	朕/集成 09.4645	朕/集成 16.10236
朕/古研 29.396	朕/古研 29.396	朕/古研 29.311	朕/古研 29.311	朕/古研 29.310	朕/古研 29.310	朕/古研 29.310
朕/古研 29.396	朕/古研 29.396	縢/集成 15.9733	滕（媵）/ 集成 09.4428	滕（媵）/ 集成 09.4428	滕（賸）/ 集成 03.669	滕（賸）/ 集成 16.10144
滕（賸）/ 集成 17.11079	滕（賸）/ 集成 17.11123	滕（賸）/ 集成 17.11077	滕（賸）/ 集成 17.11078	滕（賸）/ 集成 18.11608	滕（賸）/ 集成 03.565	滕（賸）/ 集成 06.3670
滕（賸）/ 集成 04.2154	滕（賸）/ 集成 04.2525	滕（賸）/ 集成 09.4635	滕（賸）/ 新收 1733	滕（賸）/ 古研 23.98	滕/璽彙 3827	滕/集成 15.9733

滕（[illegible]）/新收 1550	前/陶錄 2.180.1	前/陶錄 2.180.2	前/陶錄 2.259.1	前/陶錄 2.259.2	前/陶錄 3.457.6	愈/集成 16.10244
愈/集成 03.690	愈/集成 03.692	愈/集成 03.694	愈/集成 16.10115	[illegible] /陶錄 3.85.5	[illegible] /陶錄 3.88.5	[illegible] /陶錄 3.86.2
[illegible] /陶錄 3.86.4	[illegible] /陶錄 3.90.3	[illegible] /陶錄 3.640.5	俞/遺珍 43 頁	俞/山東 672 頁	俞/集成 16.10086	俞/集成 07.3989
俞/集成 09.4568	俞/集成 09.4566	俞/集成 09.4567				

383. 車

《說文解字・卷十四・車部》:「，輿輪之總名。夏后時奚仲所造。象形。凡車之屬皆从車。，籀文車。」甲骨文作（花 416）；金文作（吳方彝蓋）、（鑄公簠蓋）；楚系簡帛文字作（望 2.5）。李孝定謂「簡之象兩輪；繁之象輿、輪、轅、軛、衡、軑。」〔註 488〕

齊系「舟」字單字和偏旁字形只作一輪之形，車（集成 15.9733）。

單　字						
車/集成 17.11031	車/集成 17.11037	車/集成 18.11815	車/集成 16.10374	車/集成 15.9733	車/集成 15.9733	車/集成 01.275
車/集成 09.4574	車/集成 01.285	車/集成 17.10956	車/璽彙 0222	車/璽彙 1927	車/山東 379 頁	車/新收 1086
車/新收 1983						

〔註 488〕李孝定：《甲骨文字集釋》，頁 4114。

偏　旁						
轇/璽彙 1254	旅（䡞）/遺珍 65 頁	軍/歷博 1993.2	軍/璽彙 0095	軍/璽考 33 頁	軍/集成 01.273	軍/集成 15.9733
軍/集成 01.285	軍/集成 01.285	軍/集成 01.272	軍/璽彙 1928	鄆/集成 17.10828	鄆/集成 17.10932	范（範）/陶錄 3.99.5
范（範）/陶錄 3.103.1	范（範）/陶錄 3.103.6	范（範）/陶錄 3.101.2	范（範）/陶錄 3.102.1	輔/璽彙 5706	連/璽彙 1952	連/璽彙 0250
連/陶錄 3.521.4	連/璽考 250 頁	輤/璽彙 0196	漸/歷博 42.12	漸/陶錄 2.165.2	漸/陶錄 2.164.1	漸/陶錄 2.164.2
漸/陶錄 2.164.3	漸/陶錄 2.164.4	�/陶錄 3.288.2	軡/陶錄 3.288.3	軡/陶錄 3.289.3	軡/陶錄 3.289.4	軡/陶錄 3.289.5
軡/陶錄 3.288.1	輴/陶錄 3.308.1	輴/陶錄 3.309.1	輴/陶錄 3.309.2	輴/陶錄 3.307.5	軌/璽考 314 頁	庫/璽彙 0047
庫/集成 17.11017	庫/集成 17.11022	庫/集成 18.11609	庫/陶錄 3.23.3			
合　文						
車右/璽彙 5682	公乘/璽彙 3554					

十二、屋　部

384. 宀

《說文解字・卷七・宀部》:「，交覆深屋也。象形。凡宀之屬皆从宀。」甲骨文作（合 13517）、（合 00655）。用作偏旁時，金文作（宅/秦公簋）；楚系簡帛文字作（宮/清 1.楚.10）。李孝定謂「象房屋正視之形。」〔註489〕

齊系偏旁「宀」字承襲甲骨金文字形，與楚系字形相同。有些字形省略左邊或者右邊的豎筆，和上部的點畫，例：（安/陶錄 3.254.4）、（宅/古貨幣 222）。省略左邊豎筆的「宀」字字形，與「广」形接近，詳見「广」字根。有些偏旁字形或都作直筆，左右豎畫等長之形，例：（內/璽考 56 頁）。

偏　旁						
疲/陶彙 9.40	㝉/集成 16.10236	㝉/集成 01.91	㝉/集成 01.102	㝉/集成 01.88	寇/集成 17.11083	寇/集成 16.10154
寇/新收 1917	賓/集成 03.1422	賓/集成 15.9700	賓/集成 05.2732	寬/集成 16.10261	容/貨系 3793	賓/陶錄 3.497.6
賓/陶錄 3.497.4	寡/山東 104 頁	寬/集成 09.4645	[illegible]/陶錄 3.269.3	[illegible]/陶錄 3.268.6	[illegible]/陶錄 3.269.1	寠/集成 15.9730
寠/集成 15.9729	[illegible]/璽彙 2219	[illegible]/集成 09.4442	[illegible]/集成 09.4444	[illegible]/集成 09.4443	[illegible]/集成 09.4445	[illegible]/集成 16.10081
[illegible]/集成 16.10211	安/集成 16.10371	安/集成 09.4546	安/集成 09.4547	安/集成 16.10361	安/集成 16.10371	安/集成 18.11488

〔註489〕李孝定：《甲骨文字集釋》，頁 2427。

安/集成 18.11489	安/集成 18.11490	安/遺珍 46 頁	安/遺珍 44 頁	安/璽彙 2200	安/璽彙 1944	安/璽彙 3922
安/璽彙 0289	安/璽彙 0237	安/璽彙 2673	安/璽彙 3691	安/陶錄 2.289.1	安/陶錄 2.361.1	安/陶錄 2.286.2
安/陶錄 2.94.3	安/陶錄 2.257.2	安/陶錄 3.39.1	安/陶錄 2.94.2	安/陶錄 2.401.3	安/陶錄 3.254.2	安/陶錄 2.396.2
安/陶錄 2.401.3	安/陶錄 2.401.1	安/陶錄 2.401.2	安/陶錄 2.401.4	安/陶錄 2.462.3	安/陶錄 2.503.3	安/陶錄 2.503.1
安/陶錄 2.505.3	安/陶錄 2.505.2	安/陶錄 2.505.4	安/陶錄 2.525.4	安/陶錄 2.559.2	安/陶錄 2.559.3	安/陶錄 3.39.3
安/陶錄 3.39.5	安/陶錄 3.39.2	安/陶錄 3.254.1	安/陶錄 3.254.2	安/陶錄 3.254.4	安/陶錄 3.254.3	安/陶錄 3.254.5
安/陶錄 3.254.6	安/陶錄 3.255.2	安/陶錄 3.255.3	安/陶錄 3.255.6	安/陶錄 3.256.1	安/陶錄 3.256.2	安/陶錄 3.257.4
安/陶錄 3.201.3	安/陶錄 3.253.6	安/陶錄 3.253.5	安/陶錄 2.263.4	安/齊幣 108	安/齊幣 108	安/齊幣 2547
安/齊幣 84	安/齊幣 96	安/齊幣 41	安/齊幣 92	安/齊幣 40	安/齊幣 39	安/齊幣 93
安/齊幣 106	安/齊幣 146	安/齊幣 111	安/齊幣 104	安/貨系 2548	安/貨系 2644	安/貨系 2549

安/貨系 2513	安/貨系 2507	安/後李二 8	安/後李四 6	安/陶彙 3.703	安/山東 393 頁	案/陶錄 2.337.4
案/璽彙 3587	案/陶錄 2.337.3	宴/陶錄 2.388.3	宴/陶錄 2.180.3	宴/山大 12	宴/山大 4	宴/璽彙 3757
宴/集成 01.151	宴/集成 01.152	宴/集成 01.245	宴/集成 15.9703	宴/集成 16.9975	字/集成 01.280	字/集成 01.278
字/集成 01.285	宧/集成 01.285	宧/集成 01.272	向/陶錄 2.1.1	向/陶錄 2.165.4	向/陶彙 3.248	穿/陶錄 3.479.5
泂/陶錄 3.506.6	泂/陶錄 3.334.1	泂/陶錄 3.334.3	泂/陶錄 3.334.6	泂/陶錄 3.334.4	泂/陶錄 3.335.4	泂/陶錄 3.335.6
泂/陶錄 3.334.2	守/陶錄 2.400.1	守/陶錄 2.400.2	守/陶錄 2.400.3	窸/陶錄 3.529.5	窸/陶錄 3.529.4	窸/陶錄 3.529.6
窸/陶錄 3.529.4	窸/陶錄 3.529.5	窸/陶錄 3.529.6	盜/集成 16.10361	造（寚）/ 周金 6.35	定/陶錄 3.477.5	寡/古研 29.310
寮/集成 01.285	寮/集成 01.285	寮/集成 01.273	寮/集成 01.274	害/陶彙 3.804	營/璽彙 3687	官（宣）/ 文物 2008.1.95
密/集成 17.10972	密/集成 17.11023	宙/陶錄 3.494.1	宮/集成 15.9730	宮/集成 09.4644	宮/集成 15.9729	宮/陶錄 3.537.2

序/璽考 51 頁	序/璽考 59 頁	序/璽考 51 頁	序/璽考 52 頁	序/山東 741 頁	序/山東 741 頁	序/集成 17.10985
序/集成 17.10982	序/集成 17.10983	序/集成 17.10984	序/集成 17.10985	序/璽彙 0255	序/璽彙 0256	序/璽彙 0257
序/陶錄 2.23.3	序/陶錄 2.652.2	家/古研 29.395	家/古研 29.396	家/新收 1043	家/新收 1781	家/陶錄 3.596.3
家/集成 09.4630	家/集成 08.4036	家/集成 08.4037	家/集成 01.285	家/集成 01.140	家/集成 01.275	家/集成 01.274
家/集成 01.285	家/集成 01.285	家/集成 01.285	家/集成 09.4629	家/山東 675 頁	賓/集成 09.4630	賓/集成 09.4629
賓/新收 1781	寘/陶錄 3.497.1	寘/陶錄 3.497.2	寘/陶錄 3.497.3	福（富）/集成 01.86	福（富）/新收 1042	福（富）/新收 1042
靻/陶錄 2.97.4	靻/集成 09.4595	靻/集成 09.4596	宙/集成 05.2732	宓/璽考 51 頁	穹/陶錄 3.599.1	宅/璽彙 0211
宅/陶彙 3.827	宅/古貨幣 222					
合　文						
司寇/璽彙 0220						

385. 广

《說文解字・卷九・广部》:「广，因广爲屋，象對剌高屋之形。凡广之屬皆从广。讀若儼然之儼。」古文字未見獨體之广字。用作偏旁時，甲骨文作（龐/乙 1405）；金文作（廟/虢季子白盤）。桂馥謂「广即庵字。隸嫌其空，故加奄。《廣雅》:『庵，舍也。』」〔註 490〕季旭昇師謂「周代宮室『堂』之三面無墻，『广』或即象此類建築。」〔註 491〕

齊系偏旁「广」字承襲甲骨偏旁字形。有些字形簡省「广」字上部的點畫，而與「厂」字字形相近，例：（庫/集成 18.11609）。

偏　旁						
 府/古貨幣 222	 廣/陶錄 3.734	 庀/集成 17.10969	 庀/集成 17.10997	 庀/集成 17.11070	 庀/集成 17.11085	 庀/歷文 2007.5.16
 庫/集成 17.11017	 庫/集成 17.11022	 庫/集成 18.11609	 庫/陶錄 3.23.3	 庫/璽彙 0047		

386. 穴

《說文解字・卷七・穴部》:「，土室也。从宀八聲。凡穴之屬皆从穴。」楚系簡帛文字作（上 2.容.10）、（郭.窮.10）。用作偏旁時，甲骨文作（突/拾 5.7）；金文作（寛/伯寛父盨）。季旭昇師謂「疑象土室之形，从宀下二點，不从八，二點或象通氣孔穴。」〔註 492〕

齊系「穴」字偏旁承襲甲骨，與楚系字形相同。有些字形無上部的點畫。

偏　旁						
 究/集成 16.10124	 窒/集成 18.12023	 窒/集成 18.12024	 窒/集成 18.11591	 窒/璽彙 0289	 窒/陶錄 2.646.1	 窒/集成 17.11036

〔註 490〕清・桂馥：《說文解字義證》，《中華漢語工具書書庫》第 25 冊，（合肥：安徽教育出版社，2002），頁 394。

〔註 491〕季旭昇師：《說文新證》，頁 723。

〔註 492〕季旭昇師：《說文新證》，頁 605。

窐/陶錄 2.241.1	窐/山東 833 頁	窐/山東 832 頁	窸/陶錄 2.310.1	窸/陶錄 2.188.4	窸/陶錄 2.187.1	窸/陶錄 2.188.1
宴/璽彙 0235	⿱穴造/璽考 67 頁	窹/集成 15.9709	窹/集成 17.11082	窹/山東 76 頁	窹/山東 103 頁	窹/山東 103 頁
窹/山東 103 頁	⿱穴造/璽考 67 頁	窯/璽考 300 頁	竈/陶彙 3.781	寳/璽彙 0581	⿱穴呈/璽彙 4090	⿱穴呈/璽彙 3707
⿱穴呈/璽彙 3937	⿱穴呈/璽彙 3938					

387. 厂

《說文解字・卷九・厂部》:「厂,山石之厓巖,人可居。象形。凡厂之屬皆从厂。,籀文从干。」金文作(散氏盤)。用作偏旁,甲骨文作(反/前 2.4.1);楚系簡帛文字作(反/望 2.2)。季旭昇師謂「甲骨文之疑為山石,而非河石,故與之同用之『厂』當亦有山石義,《說文》謂『山石之厓巖』,其故在此。」〔註 493〕

齊系偏旁「厂」字承襲甲骨金文字形,與楚系文字相同。

齊系「石」字改為从厂从口,字形與金文相同,或加「一」形飾筆。例:(石/陶錄 2.50.4)。駱珍伊認為金文「石」字為「厂為山石之厓,故金文改从厂,从口為指示符號,表示『厂』以石為主的特性。」〔註 494〕

偏旁						
⿸厂兒/陶錄 3.293.34	⿸厂氏/陶錄 2.476.	顏/璽彙 3718	顏/璽考 312 頁	勵/集成 08.4190	碩/山東 189 頁	石/集成 07.3977

〔註 493〕季旭昇師:《說文新證》,頁 725。

〔註 494〕駱珍伊:《〈上海博物館藏戰國楚竹書(七)~(九)〉與〈清華大學藏戰國竹簡(壹)~(叁)〉字根研究》,頁 353。

石/璽彙 0266	石/璽彙 3681	石/璽考 301 頁	石/陶錄 2.50.4	石/陶錄 2.431.1	石/陶錄 2.431.2	石/陶錄 2.18.3
石/陶錄 2.759.1	石/陶錄 2.759.2	石/陶錄 3.534.4	礪（礪）/集成 16.10277	砅/陶錄 3.613.1	庶/集成 16.10277	庶/集成 01.277
庶/集成 01.279	庶/集成 01.285	庶/集成 01.245	岩/璽彙 3518	返/齊幣 281	返/齊幣 284	返/齊幣 286
返/貨系 2575	返/貨系 2586	返/齊幣 271	返/齊幣 272	返/齊幣 273	返/齊幣 275	返/齊幣 276
返/齊幣 277	返/齊幣 280	飯/集成 15.9709	盤（盤）/璽彙 0640	瓪/璽彙 3598	瓪/璽彙 0242	釐/集成 01.285
釐/集成 01.281	釐/集成 15.9733	釐/集成 01.92	釐/集成 02.663	釐/集成 01.273	釐/集成 01.273	釐/集成 01.275
釐/集成 01.285	釐/山 161 頁	釐/山東 161 頁	厄/陶錄 3.624.3	𠂢/陶錄 2.519.2	𠂢/陶錄 2.519.3	𠂢/陶錄 2.520.1
𠂢/陶錄 2.520.2	𠂢/陶錄 2.519.1	原/古研 29.310	𠩺/集成 04.2354	𠩺/山東 235 頁	劇/集成 01.285	劇/集成 01.273
雁/集成 01.285	雁/集成 01.285	雁/集成 01.273	雁/集成 01.274	雁/集成 01.275	雁/集成 01.282	雁/集成 01.285
雁/集成 01.285	雁/璽彙 0580	縴/璽彙 0584	厚/山東 627 頁	厚/集成 09.4690	厚/集成 09.4691	厚/集成 01.274

厚/集成 09.4689	厚/集成 09.4690	厚/集成 09.4691	厚/集成 01.285	厚/集成 16.10086		
合文						
石人/璽彙 3.818	石子/璽彙 202	厚子/新收 1075	厚子/新收 1075	四匹/中新網 2012.8.11	四匹/中新網 2012.8.11	石丘/璽彙 3532

388. 余

《說文解字・卷二・八部》:「，語之舒也。从八，舍省聲。𩫖二余也。讀與余同。」甲骨文作（合 36535）；金文作（師寰簋）、（郳公𨌲鐘）；楚系簡帛文字作（郭.太.14）、（上 2.容.29）。徐中舒謂「象以木柱支撐房頂之房舍。」〔註 495〕

齊系「余」字承襲甲骨，與楚系字形稍有不同，楚系「余」字將表示房頂之形下的v形變成短橫畫，例：（郭.太.14）。齊系「余」字用作偏旁時，與單字區別不大。僅用於「俞」字中時，「余」形有所不同，無左右的撇畫，且表示木柱形的豎畫向左彎曲，並在右邊多加一曲筆，例：（俞/山東 672 頁）。後來又在此基礎上，「余」字的房頂之形與其下部的v形連接在一起，形成類似「它」形的形態，例：（俞/集成 09.4566）。

單字						
余/集成 17.11035	余/集成 09.4630	余/集成 01.245	余/集成 08.4190	余/集成 09.4630	余/集成 01.149	余/集成 15.9730
余/集成 09.4623	余/集成 09.4624	余/集成 16.10261	余/集成 16.10261	余/集成 01.275	余/集成 01.271	余/集成 01.275
余/集成 01.271	余/集成 01.271	余/集成 01.271	余/集成 01.272	余/集成 01.272	余/集成 01.273	余/集成 01.275

〔註 495〕徐中舒：《甲骨文字典》，頁 72。

余/集成 01.273	余/集成 01.274	余/集成 01.274	余/集成 01.274	余/集成 01.274	余/集成 01.274	余/集成 01.274
余/集成 01.281	余/集成 01.282	余/集成 01.285	余/集成 01.285	余/集成 01.285	余/集成 01.285	余/集成 01.281
余/集成 01.285	余/集成 01.285	余/集成 01.285	余/集成 01.285	余/集成 01.285	余/集成 01.285	余/集成 01.281
余/集成 01.285	余/集成 01.285	余/集成 01.285	余/集成 01.285	余/集成 01.150	余/集成 01.151	余/集成 01.217
余/集成 01.245	余/集成 09.4629	余/集成 15.9733	余/集成 09.4629	余/集成 01.152	余/集成 15.9729	余/陶錄 3.406.4
余/陶錄 3.406.5	余/陶錄 3.406.6	余/新收 1781	余/新收 1781	余/中新網 2012.8.11	余/中新網 2012.8.11	余/中新網 2012.8.11
余/璽彙 21930	余/古研 29.310	余/古研 29.310	余/古研 29.310	余/古研 29.310		
偏　旁						
郐/山東 923 頁	郐/璽彙 1942	郐/璽彙 1943	郐/璽彙 1944	郐/璽彙 1945	郐/璽彙 1946	郐/璽彙 1947
郐/璽彙 1948	郐/璽彙 1949	郐/璽彙 1950	郐/璽彙 1951	郐/璽彙 1952	郐/璽彙 1953	郐/璽彙 1954
郐/璽彙 1955	郐/璽彙 1956	郐/璽彙 1957	郐/璽彙 1958	郐/陶錄 2.56.1	郐/陶錄 2.56.2	郐/陶錄 2.284.1

𨛬/陶錄 3.26.4	𨛬/陶錄 3.27.1	𨛬/陶錄 3.28.2	𨛬/瀓秋 29	𨛬/陶彙 9.40	𨛬/瀓秋 29	𨛬/陶彙 9.40
舍/璽考 69 頁	舍/古研 29.396	悆/集成 09.4458	悆/集成 09.4458	悆/集成 09.4458	悆/集成 09.4593	悆/集成 16.10144
悆/陶錄 3.119.1	悆/陶錄 3.119.3	悆/陶錄 3.119.4	悆/陶錄 3.123.5	悆/陶錄 3.123.4	悆/歷博 53.7	愈/集成 03.690
愈/集成 03.692	愈/集成 03.694	愈/集成 16.10244	愈/集成 16.10115	涂/陶錄 3.479.6	俞/遺珍 43 頁	俞/山東 672 頁
俞/集成 01.271	俞/集成 09.4566	俞/集成 09.4567	俞/集成 09.4568	俞/集成 07.3989	俞/集成 16.10086	

389. 乚

《說文解字・卷十二・乚部》:「乚,匿也,象迟曲隱蔽形。凡乚之屬皆从乚。讀若隱。」《說文解字・卷十二・匸部》:「匸,衺徯,有所俠藏也。从乚,上有一覆之。凡匸之屬皆从匸。讀與傒同。」古文字未見獨立字形。用作偏旁時,金文作(廷/小盂鼎);楚系簡帛文字作(廷/包 2.7)、(區/清 1.皇.7)。季旭昇師謂「以抽象的筆畫『乚』表示一個較為隱蔽的區域。」〔註 496〕

齊系偏旁「乚」字與楚系偏旁字形相同,作(區/陶錄 2.8.2),但「乚」形的左右方向有變化。

偏旁						
傴/陶錄 2.268.1	傴/陶錄 2.268.2	鄙/璽彙 0577	鄙/璽彙 3239	鄙/璽彙 1466	鄙/璽考 57 頁	區/後李五

〔註 496〕季旭昇師:《說文新證》,頁 870。

區/集成 16.10374	區/陶錄 2.3.3	區/陶錄 2.8.1	區/陶錄 2.8.2	區/陶錄 2.8.3	區/陶錄 2.167.2	區/陶錄 2.5.4
區/陶錄 2.44.1	區/陶錄 2.19.4	區/陶錄 2.28.1	區/陶錄 2.28.2	區/陶錄 2.28.3	區/陶錄 2.28.4	區/陶錄 2.30.2
區/陶錄 2.30.4	區/陶錄 2.44.4	區/陶錄 2.45.1	區/陶錄 2.45.3	區/陶錄 2.46.1	區/陶錄 3.364.1	毆/璽彙 1466
闔/陶錄 2.432.2	闔/陶錄 2.432.3	闔/陶錄 2.433.4				
合　文						
公區/陶錄 2.37.1	公區/陶錄 2.37.2	公區/陶錄 2.38.1	公區/陶錄 2.38.2	公區/陶錄 2.38.4	公區/陶錄 2.39.1	公區/陶錄 2.39.3
公區/陶錄 2.36.1						

390. 凵

《說文解字・卷二・凵部》：「，張口也。象形。凡凵之屬皆从凵。」甲骨文作（京都 2052）；楚系簡帛文字作（包 2.271）。朱駿聲謂「一說坎也，塹也。象地穿。」〔註 497〕駱珍伊認為，甲骨文「凵」形有三種意義，分別為坎陷、穴口、容器之義。〔註 498〕

齊系偏旁「凵」字承襲甲骨。有些字形發生訛變，在「出」字字形中的「凵」與「止」字形筆畫相連，且「凵」字只保留一半的字形，例：（绌/集成 01.280）。

〔註 497〕清・朱駿聲：《說文通訓定聲》（武漢：武漢古籍書店，1983 年），頁 141。

〔註 498〕駱珍伊：《〈上海博物館藏戰國楚竹書（七）～（九）〉與〈清華大學藏戰國竹簡（壹）～（叁）〉字根研究》，頁 643。

偏旁						
㚰/集成 01.280	㚰/集成 01.276	㚰/集成 01.285	出/陶錄 3.21.4	出/集成 09.4644	出/集錄 1009	朏/陶錄 2.218.2

391. 井

《說文解字・卷五・井部》：「，八家一井，象構韓形。・，罋之象也。古者伯益初作井。凡井之屬皆从井。」甲骨文作（合 32764）；金文作（班簋）、（曶鼎）。用作偏旁時，楚系簡帛文字作（青/清 3.說下.9）。葉玉森謂「象構韓四木交加形，中一小方乃象井口。」〔註 499〕

齊系「井」字承襲甲骨，且字形中間無點形，單字與偏旁字形相同。

單字						
井/陶錄 3.626.4	井/古研 29.311	井/山東 161	井/新收 1462	井/集成 01.274		
偏旁						
靜/集成 16.10361	⿰⿱青心刂/陶彙 3.788	⿰⿱青心刂/陶彙 3.789	⿰⿱青心刂/陶錄 3.17.1	⿰⿱青心刂/陶錄 3.17.2	⿰⿱青心刂/陶錄 3.17.4	⿰⿱青心刂/陶錄 3.17.5
清/璽彙 0156	輤/璽彙 0196	⿱宀⿱井口/陶彙 3.804	⿱刱米/集成 15.9733	⿱刱米/璽彙 0306	⿱刱米/陶錄 3.351.4	⿱刱日/集成 09.4623
⿱刱日/集成 09.4624	⿰犭⿰井刂/集成 09.4642	⿰犭⿰井刂/考古 1989	⿸㫃井/陶錄 2.429.2	⿰井刂/山東 104 頁	⿰井刂/古研 29.396	⿰井刂/璽彙 3755
⿰井刂/集成 01.285	⿰井刂/集成 16.10374					

〔註 499〕于省吾主編：《甲骨文字詁林》，頁 2857。

392. 丹

《說文解字・卷五・丹部》：「，巴越之赤石也。象采丹井，象丹形。凡丹之屬皆从丹。，古文丹。，亦古文丹。」甲骨文作（合 00716）；金文作（庚嬴卣）；楚系簡帛文字作（望 2.47）。季旭昇師謂「赤石。甲骨文从井，象丹形，井形或作。」〔註 500〕

齊系「丹」字承襲甲骨，偶有字形中間的點形變成短橫畫，與楚系字形相同，單字與偏旁字形相同。

單字						
丹/陶錄 2.233.1	丹/陶錄 2.233.2	丹/陶錄 2.726.6	丹/陶錄 3.546.5	丹/陶錄 2.233.4	丹/陶錄 2.727.5	丹/陶錄 2.726.1
丹/陶錄 2.727.2						
偏旁						
腁/陶錄 2.409.1	腁/陶錄 2.387.2					
合文						
彤矢/中新網 2012.8.11	彤弓/中新網 2012.8.11	彤弓/中新網 2012.8.11				

393. 亯

《說文解字・卷五・亯部》：「，獻也。从高省，曰象進孰物形。《孝經》曰：『祭則鬼亯之。』凡亯之屬皆从亯。，篆文亯。」甲骨文作（合 04632）、（合 00961）；金文作（段簋）、（仲辛父簋）；楚系簡帛文字作（包 2.180）。吳大徵認為，字象宗廟之形。〔註 501〕

〔註 500〕季旭昇師：《說文新證》，頁 426。

〔註 501〕吳大澂：《說文古籀補》，頁 29。

齊系「亯」字單字和偏旁字形與金文、相同，或作（集成 01.278）。在合文中，「亯」形的表示宗廟房頂的筆畫與「入」字共筆，例：（內郭/陶錄 2.3.1）。

單　字						
亯/集成 09.4630	亯/集成 01.87	亯/集成 01.245	亯/集成 09.4546	亯/集成 09.4556	亯/集成 05.2639	亯/集成 02.648
亯/集成 01.271	亯/集成 07.3989	亯/集成 09.4648	亯/集成 09.4440	亯/集成 16.10275	亯/集成 15.9687	亯/集成 15.9408
亯/集成 05.2602	亯/集成 01.18	亯/集成 08.4110	亯/集成 09.4441	亯/集成 07.3817	亯/集成 07.3818	亯/集成 01.88
亯/集成 09.4458	亯/集成 07.3897	亯/集成 07.3898	亯/集成 07.3899	亯/集成 07.3901	亯/集成 08.4019	亯/集成 08.4040
亯/集成 01.271	亯/集成 01.271	亯/集成 01.277	亯/集成 01.278	亯/集成 01.285	亯/集成 01.285	亯/集成 01.142
亯/集成 08.4152	亯/集成 01.245	亯/集成 09.4629	亯/遺珍 115	亯/新收 1781	亯/山東 104 頁	亯/山東 668 頁
亯/山東 189 頁	亯/瑯琊網 2012.4.18	亯/瑯琊網 2012.4.18				
偏　旁						
郭/新收 1129	錞/新收 1074	錞/集成 09.4646	亯/集成 09.4644	錞/集成 09.4649	敦/璽彙 4033	敦/陶錄 2.165.4

敦/集成 16.10371	淳/山璽 16 頁	淳/璽彙 0259	𦎧/新收 1109	𦎧/新收 1069	𦎧/新收 1110	𦎧/新收 1091
𦎧/集成 17.11124	𦎧/集成 17.11125	𦎧/集成 10.7678	𦎧/集成 09.4640	𦎧/集成 09.4648	𦎧/集成 09.4645	𦎧/集成 09.4635
𦎧/集成 09.4638	𦎧/集成 09.4639	𦎧/集成 09.4639	𦎧/集成 09.4640	𦎧（[illegible]）/ 集成 09.4642		
合　文						
內郭/璽彙 0241	內郭/璽彙 0247	內郭/陶錄 2.3.4	內郭/陶錄 2.3.1	內郭/陶錄 2.3.2	內郭/陶錄 2.3.3	敦于/山東 848 頁
敦于/珍秦 34	敦于/璽彙 4025	敦于/璽彙 4026	敦于/璽彙 4027	敦于/璽彙 4032	敦于/璽彙 4028	敦于/璽彙 4029
敦于/璽彙 4030	敦于/璽彙 4031					

394. 京

《說文解字．卷五．京部》：「　，人所爲絕高丘也。从高省，丨象高形。凡京之屬皆从京。」甲骨文作　（合 37660）、　（合 09787）；金文作　（班簋）；楚系簡帛文字作　（清 1.楚.2）。李孝定謂「象臺觀高之形。」[註502]

齊系「京」字承襲甲骨字形。齊系「亳」字與「京」字字形接近，例：　（亳/陶錄 2.8.3）。其區別在於「亳」字下部的「乇」字筆畫向左彎曲，「京」字下部中間則為豎畫。

[註502] 李孝定：《甲骨文字集釋》，頁 1839。

單字						
 京/集成 17.10808						

395. 高

《說文解字・卷五・高部》:「  ，崇也。象臺觀高之形。从冂口。與倉、舍同意。凡高之屬皆从高。」甲骨文作 （合 37639）、 （合 02349）；金文作 （秦公簋）、 （駒父盨蓋）；楚系簡帛文字作 （曾.147）、 （上 2.容.49）。季旭昇師謂「京是當時所能見到的高大的建築物，最能表達『高』的概念，因此殷人在『京』字的基礎上，加分化符號『口』，分化出『高』字。」〔註 503〕「高」字與「京」字的區別除了有無分化符號「口」，還有字形下部中間有無一豎筆，有豎筆的是「京」字，無豎筆的是「高」字。因此筆者將「高」字作為單獨字根。

齊系「高」字承襲甲骨字形，與楚系字形有所不同。楚系字形上部發生訛變，齊系則沒有。齊系「高」字單字與偏旁區別不大，僅在「亳」字中出現時，不加口形，例： （亳/陶錄 2.11.3）。

單字						
高/集成 18.11581	 高/集成 17.10972	 高/集成 17.10961	 高/集成 17.11156	高/集成 09.4649	 高/集成 09.4649	 高/集成 01.275
 高/集成 01.285	 高/集成 17.11020	 高/集成 17.11023	 高/陶錄 2.432.1	 高/陶錄 2.432.2	 高/陶錄 2.432.3	 高/陶錄 2.433.1
 高/陶錄 2.433.2	 高/陶錄 2.433.3	 高/陶錄 2.437.1	 高/陶錄 2.437.2	 高/陶錄 2.411.1	 高/璽彙 1147	 高/璽彙 1143
 高/璽彙 1146	 高/璽彙 1479	 高/璽彙 3999	 高/璽彙 1128	高/璽彙 1142	 高/璽彙 1145	 高/璽彙 1479

〔註 503〕季旭昇師：《說文新證》，頁 448。

高/璽彙 1148	高/陶錄 2.432.1	高/陶錄 2.433.3	高/璽考 51 頁			
偏　旁						
鎬/集成 01.277	塙/陶錄 2.411.1	塙/陶錄 2.423.3	塙/陶錄 2.423.4	塙/陶錄 2.672.1	塙/陶錄 2.414.1	塙/陶錄 2.414.2
塙/陶錄 2.414.3	塙/陶錄 2.413.2	塙/陶錄 2.418.1	塙/陶錄 2.421.2	塙/陶錄 2.422.1	塙/陶錄 2.422.3	塙/陶錄 2.417.2
塙/陶錄 2.669.4	塙/陶錄 2.668.2	塙/陶錄 2.668.3	塙/陶錄 2.427.1	塙/陶錄 2.428.2	塙/陶錄 2.429.4	塙/陶錄 2.430.1
塙/陶錄 2.431.1	塙/陶錄 2.431.2	塙/陶錄 2.429.2	塙/陶錄 2.431.3	塙/陶錄 2.434.3	塙/陶錄 2.435.1	塙/陶錄 2.435.2
塙/陶錄 2.435.3	塙/陶錄 2.436.1	塙/陶錄 2.436.2	塙/陶錄 2.436.4	塙/陶錄 2.437.4	塙/陶錄 2.410.1	塙/後李三 12
豪/陶錄 3.22.6	膏/陶錄 2.212.3	膏/陶錄 2.212.4	膏/陶錄 2.212.2	膏/陶錄 2.213.1	膏/陶錄 2.213.3	膏/陶錄 2.215.1
膏/陶錄 2.212.1	臺/集成 17.11125	臺/集成 17.11124	亳/璽考 42 頁	亳/璽考 312 頁	亳/璽考 33 頁	亳/璽考 41 頁
亳/璽考 42 頁	亳/璽彙 0289	亳/璽彙 0225	亳/陶錄 2.11.1	亳/陶錄 2.5.4	亳/陶錄 2.7.2	亳/陶錄 2.2.2
亳/陶錄 2.3.3	亳/陶錄 2.7.2	亳/陶錄 2.5.4	亳/陶錄 2.6.2	亳/陶錄 2.6.4	亳/陶錄 2.7.1	亳/陶錄 2.8.1

亳/陶錄 2.8.2	亳/陶錄 2.8.3	亳/陶錄 2.9.1	亳/陶錄 2.11.1	亳/陶錄 2.11.3	亳/陶錄 2.11.4	亳/陶錄 2.12.4
亳/陶錄 2.15.2	亳/陶錄 2.20.2	亳/陶錄 2.20.4	亳/陶錄 2.646.1	亳/陶錄 2.10.3	亳/陶錄 2.10.1	亳/山大 10
亳/集成 17.11085						

396. 喬

《說文解字・卷十・夭部》:「，高而曲也。从夭，从高省。《詩》曰：『南有喬木。』」金文作（邵鐘）、（邵鐘）、（喬君鉦）；楚系簡帛文字作（郭.唐.16）、（包 2.143）。于省吾謂「係于高字上部附加一個曲劃，作為指事字的標誌，以別于高，而仍因高字以為聲。」〔註 504〕

齊系「喬」字承襲甲骨，在高字上部附加兩個曲劃作為指事符號，作（璽彙 0246），單字與偏旁字形相同。

單字						
喬/璽彙 0246						
偏旁						
趫/集成 03.685	趫/集成 03.686	鐈/銘文選 848	鐈/集成 01.285	敿/璽彙 3626		

397. 𩫏

《說文解字・卷五・𩫏部》:「，度也，民所度居也。从回，象城𩫏之重，兩亭相對也。或但从口。凡𩫏之屬皆从𩫏。」甲骨文作（京都 3241）、（前 7.2.3）；金文作（毛公鼎）；楚系簡帛文字作（上 2.從甲.5）。《說文解字・卷五・亯部》:「，用也。从亯从自。自知臭香所食也。讀若庸。」《說文解

〔註 504〕于省吾：《甲骨文字釋林》，頁 457～458。

字・卷十三・土部》「[glyph]，城垣也。从土𩫖聲。[glyph]，古文墉。」王國維認為，𩫖、亯、墉本是一字。〔註 505〕郭沫若謂甲骨字形為「从四亭於城垣之上兩兩相對，與从二亭相對同意。」〔註 506〕

齊系「𩫖」字承襲甲骨，或作二亭相對形；或二亭之形簡省為一亭，原本二亭共筆的部分訛變為兩個圓形，以此代表二亭之形，例如：[glyph]（𩫖/陶錄 2.370.1）。有時「𩫖」字形下部還會訛變為形近「自」形，例：[glyph]（𩫖/集成 09.4644）。

單　字						
𩫖/集成 16.10361	𩫖/集成 09.4644	𩫖/陶錄 2.363.2	𩫖/陶錄 2.370.1	𩫖/陶錄 2.309.1	𩫖/陶錄 2.311.1	𩫖/陶錄 2.46.2
𩫖/陶錄 2.489.3	𩫖/陶錄 2.666.2	𩫖/陶錄 2.667.1	𩫖/陶錄 2.308.1	𩫖/陶錄 2.310.1	𩫖/陶錄 2.313.1	𩫖/陶錄 2.312.3
𩫖/陶錄 2.312.4	𩫖/陶錄 2.314.3	𩫖/陶錄 2.363.1	𩫖/陶錄 2.363.4	𩫖/陶錄 2.365.1	𩫖/陶錄 2.366.1	𩫖/陶錄 2.368.1
𩫖/陶錄 2.368.2	𩫖/陶錄 2.672.3	𩫖/陶錄 2.377.2	𩫖/陶錄 2.377.3	𩫖/陶錄 2.379.1	𩫖/陶錄 2.379.4	𩫖/陶錄 2.370.1
𩫖/陶錄 2.370.4	𩫖/陶錄 2.382.1	𩫖/陶錄 2.388.1	𩫖/陶錄 2.384.1	𩫖/陶錄 2.384.3	𩫖/陶錄 2.380.1	𩫖/陶錄 2.380.2
𩫖/陶錄 2.378.4	𩫖/陶錄 2.386.1	𩫖/陶錄 2.386.3	𩫖/陶錄 2.683.1	𩫖/陶錄 2.387.3	𩫖/陶錄 2.389.2	𩫖/陶錄 2.317.2

〔註 505〕于省吾主編：《甲骨文字詁林》，頁 1941。

〔註 506〕郭沫若：《卜辭通纂》（北京：科學出版社，1983 年），頁 161。

𩫖/陶錄 2.318.2	𩫖/陶錄 2.393.1	𩫖/陶錄 2.393.2	𩫖/陶錄 2.368.3	𩫖/陶錄 2.3382.3	𩫖/陶錄 2.390.1	𩫖/陶錄 2.393.3
𩫖/陶錄 2.318.4	𩫖/陶錄 2.319.2	𩫖/陶錄 2.320.4	𩫖/陶錄 2.321.1	𩫖/陶錄 2.323.1	𩫖/陶錄 2.323.4	𩫖/陶錄 2.324.1
𩫖/陶錄 2.326.2	𩫖/陶錄 2.327.1	𩫖/陶錄 2.328.1	𩫖/陶錄 2.333.1	𩫖/陶錄 2.333.3	𩫖/陶錄 2.335.3	𩫖/陶錄 2.362.1
𩫖/陶錄 2.392.1	𩫖/陶錄 2.392.4	𩫖/陶錄 2.683.4	𩫖/新泰 1	𩫖/璽考 50頁	𩫖/後李三 7	𩫖/山大 1
偏　旁						
墉（⿰𩫖攴）/ 集成 16.10087	⿰𩫖成/陶錄 2.630.1	⿰𩫖成/陶錄 2.635.2	⿰𩫖成/陶錄 2.631.3	⿰𩫖成/陶錄 2.636.1	⿰𩫖成/陶錄 2.636.4	⿰𩫖成/陶錄 2.638.2
⿰𩫖成/集成 17.11025	⿰𩫖成/集成 17.11024	⿰𩫖成/集成 17.10967	⿰𩫖成/璽彙 3751	⿰𩫖成/陶錄 2.576.3	⿰𩫖成/陶錄 2.640.4	⿰𩫖成/陶錄 2.641.2
⿰𩫖成/陶錄 2.627.4	⿰𩫖成/陶錄 2.637.4	⿰𩫖成/陶錄 2.580.1	⿰𩫖成/陶錄 2.568.3	⿰𩫖成/陶錄 2.609.1	⿰𩫖成/陶錄 2.567.1	⿰𩫖成/陶錄 2.568.3
⿰𩫖成/陶錄 2.570.4	⿰𩫖成/陶錄 2.573.1	⿰𩫖成/陶錄 2.687.3	⿰𩫖成/陶錄 2.573.3	⿰𩫖成/陶錄 2.577.3	⿰𩫖成/陶錄 2.578.1	⿰𩫖成/陶錄 2.584.4
⿰𩫖成/陶錄 2.587.1	⿰𩫖成/陶錄 2.593.3	⿰𩫖成/陶錄 2.590.3	⿰𩫖成/陶錄 2.593.2	⿰𩫖成/陶錄 2.589.1	⿰𩫖成/陶錄 2.589.3	⿰𩫖成/陶錄 2.594.1
⿰𩫖成/陶錄 2.594.2	⿰𩫖成/陶錄 2.595.1	⿰𩫖成/陶錄 2.601.1	⿰𩫖成/陶錄 2.608.4	⿰𩫖成/陶錄 2.618.2	⿰𩫖成/陶錄 2.608.1	⿰𩫖成/陶錄 2.605.4

⿰亯成/陶錄 2.602.4	⿰亯成/陶錄 2.603.1	⿰亯成/陶錄 2.603.4	⿰亯成/陶錄 2.604.1	⿰亯成/陶錄 2.604.2	⿰亯成/陶錄 2.604.3	⿰亯成/陶錄 2.605.1
⿰亯成/陶錄 2.617.2	⿰亯成/陶錄 2.617.3	⿰亯成/陶錄 2.610.2	⿰亯成/陶錄 2.611.3	⿰亯成/陶錄 2.613.1	⿰亯成/陶錄 2.613.2	⿰亯成/陶錄 2.612.1
⿰亯成/陶錄 2.619.1	⿰亯成/陶錄 2.622.2	⿰亯成/陶錄 2.623.1	⿰亯成/陶錄 2.696.1	⿰亯成/陶錄 2.628.3	⿰亯成/陶錄 2.629.2	融（⿰虫𦎫）/ 集成 01.102
融（⿰虫𦎫）/ 古研 29.395	融（⿰虫𦎫）/ 古研 29.395					

398. 㐭

《說文解字・卷五・㐭部》:「，穀所振入。宗廟粢盛，倉黃㐭而取之，故謂之㐭。从入，回象屋形，中有戶牖。凡㐭之屬皆从㐭。，㐭或从广从禾。」甲骨文作（合 33236）、（合 27978）；金文作（大盂鼎）、（農卣）。用作偏旁時，楚系簡帛文字作（廩/清 2.繫.123）。陳夢家謂「象露天的穀堆之形。……㐭是積穀所在之處，即後世倉廩之廩。」〔註 507〕

齊系偏旁「㐭」字承襲甲骨，但字形發生訛變，共有兩種字形，一種字形是將原本甲骨中的兩個谷堆之形相連在一起，並出現筆畫繁化現象，整體字形像是「自」形出現繁化的豎筆之形，例：（廩/陶錄 3.6.3）。另一種字形是與楚系文字相近，「㐭」字上部訛變成近似「尔」形，下部訛變成「田」形，例：（稟/璽考 46 頁）。

偏　旁						
㐭（⿰⿱㐭米攵）/ 璽彙 3573	㐭（⿰⿱㐭米攵）/ 集成 16.10374	㐭（⿰⿱㐭米攵）/ 集成 16.10371	㐭（⿰⿱㐭米攵）/ 陶錄 2.17.1	㐭（⿰⿱㐭米攵）/ 陶錄 2.23.1	㐭（⿰⿱㐭米攵）/ 璽彙 1597	㐭（⿰⿱㐭米攵）/ 璽彙 5526

〔註 507〕陳夢家：《殷虛卜辭綜述》，頁 536。

㐭（斁）/ 璽彙 0300	㐭（斁）/ 璽考 49 頁	㐭（廩）/ 陶錄 3.1.2	㐭（廩）/ 陶錄 3.2.5	㐭（廩）/ 陶錄 3.2.2	㐭（廩）/ 陶錄 3.1.3	㐭（廩）/ 陶錄 3.7.6
㐭（廩）/ 璽彙 0319	㐭（廩）/ 陶錄 3.6.3	㐭（廩）/ 陶錄 3.6.5	㐭（廩）/ 陶錄 3.7.5	㐭（稟）/ 山大 13	㐭（稟）/ 山璽 004	㐭（稟）/ 璽考 45 頁
㐭（稟）/ 璽考 42 頁	㐭（稟）/ 璽考 46 頁	㐭（稟）/ 璽考 45 頁	㐭（稟）/ 璽彙 0313	㐭（稟）/ 璽彙 0327	㐭（稟）/ 璽彙 0319	㐭（稟）/ 璽彙 0227
㐭（稟）/ 璽彙 0290	㐭（稟）/ 陶錄 2.16.1	㐭（稟）/ 陶錄 2.7.1	㐭（稟）/ 陶錄 2.7.2	㐭（稟）/ 陶錄 2.12.4	㐭（稟）/ 陶錄 2.13.1	㐭（稟）/ 陶錄 3.41.1
㐭（稟）/ 集成 17.10930	㐭（稟）/ 陶錄 2.653.2	㐭（稟）/ 陶錄 3.593.3	㐭（稟）/ 山東 188 頁	㐭（稟）/ 山東 188 頁	啚/集成 01.217	

399. 良

《說文解字．卷五．畗部》：「，善也。从畗省，亡聲。，古文良。，亦古文良。，亦古文良。」甲骨文作（合 13936）、（合 04955）；金文作（伽生簋）、（季良父盉）；楚系簡帛文字作（包 2.218）。徐中舒謂「象穴居由兩個洞口出入之形。以後發展為郎、廊，即走廊之廊。」〔註 508〕

齊系「良」字有兩種字形，一種字形承襲甲骨金文，單字與偏旁字形無異，例：（良/陶錄 2.490.1）。另一種字形與說文古文相同，且僅見於齊系文字，例：（良/陶錄 3.526.5）。筆者認為這種字形是突出兩個洞口出入之形的特徵，將原本甲骨字形線條化，只保留表示洞穴管道的外輪廓，以及表示洞口的橫畫之形。

〔註 508〕徐中舒：〈怎麼研究中國古代文字〉，《古文字研究》第 15 輯，頁 4。

單　字						
 良/集成 15.9659	 良/集成 16.10272	 良/陶錄 2.490.1	 良/陶錄 2.490.4	 良/陶錄 2.490.2	 良/陶錄 2.491.2	 良/陶錄 3.526.3
 良/陶錄 3.526.5	 良/陶錄 3.526.1	 良/陶錄 3.526.2	 良/璽彙 5555			
偏　旁						
 哴/集成 01.172	 哴/集成 01.175	 哴/集成 01.177	 哴/集成 01.173	 哴/集成 01.179		

400. 宮

《說文解字·卷七·宮部》:「，室也。从宀，躳省聲。凡宮之屬皆从宮。」甲骨文作（合 07036）、（合 32723）；金文作（召尊）；楚系簡帛文字作（清 1.楚.10）。羅振玉謂「从象有數室之狀；从象此室達於彼室之狀。」〔註 509〕

齊系「宮」字承襲甲骨，只有室形，而無「宀」形。只有室形的「宮」字的字根理應用「呂」字表示更為合理，但因為前文已有表示金餅之形的「呂」字，為方便區分，筆者這裡採用「宮」字來表示數室之形的字根。

偏　旁						
 梠（相）/ 陶錄 3.603.6	 營/璽彙 3687	 宮/集成 15.9730	 宮/集成 09.4644	 宮/陶錄 3.537.2	 宮/集成 15.9729	
合　文						
 閭丁/陶錄 2.432.2	 閭丁/陶錄 2.432.3	 閭丁/陶錄 2.432.4	 閭丁/陶錄 2.433.1	 閭丁/陶錄 2.433.2	 閭丁/陶錄 2.433.3	 閭丁/陶錄 2.433.4

〔註 509〕羅振玉：《增訂殷虛書契考釋》中，頁 12。

401. 亞

《說文解字・卷十四・亞部》:「，醜也。象人局背之形。賈侍中說：以爲次弟也。凡亞之屬皆从亞。」甲骨文作（合 26953）、（合 30297）；金文作（傳作父戊尊）、（作父辛方鼎）；楚系簡帛文字作（上 1.性.21）、（包 2.174）、（郭.語 1.8）、（上 1.紂.1）。李孝定謂「殷虛發掘所見殷王陵墓其穴多作形，亞字初誼未知與此有關否。」〔註 510〕

齊系「亞」字承襲甲骨，偶有字形在「亞」形中間加入「十」形飾筆，與楚系此類字形相近。

單　字						
 亞/集成 04.2146	 亞/陶錄 3.496.3	    亞/陶錄 3.24.5	 亞/陶錄 2.742.3	  亞/後李七 9		

402. 戶

《說文解字・卷十二・戶部》:「，護也。半門曰戶。象形。凡戶之屬皆从戶。，古文戶从木。」甲骨文作（合 33098）；金文作（𣪘作父乙簋）；楚系簡帛文字作（新乙 1.28）、（郭.語 4.44）。《玉篇》云：「一扉曰戶，兩扉曰門。」

齊系「戶」字承襲甲骨字形，與楚系字形有差別。齊系偏旁「户」字，用於「門」字字形中時，戶形中間的短橫畫會減少或者增加，兩戶形也有上下排列之例，例：（聞）/集成 01.174）、（閱/陶錄 2.422.3）。偏旁「戶」字在「創」字中字形省略戶形的外廓形筆畫，作（陶錄 3.346.1）。

單　字						
 戶/璽考 301 頁						
偏　旁						
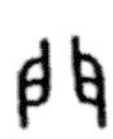 門/集成 15.9733	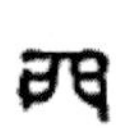 門/陶錄 2.5.1	 門/陶錄 2.10.2	 門/陶錄 2.7.2	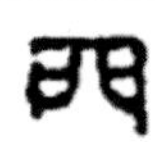 門/陶錄 2.5.2	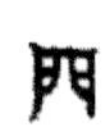 門/陶錄 2.10.3	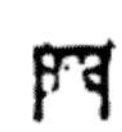 門/陶錄 2.10.4

〔註 510〕李孝定：《甲骨文字集釋》，頁 4172。

門/陶錄 2.13.1	門/陶錄 2.646.2	門/璽考 41 頁	門/璽彙 0325	門/珍秦 14	門/山大 6	閭/璽彙 5330

[illegible]/集成 09.4517	[illegible]/集成 09.4517	[illegible]/集成 09.4518	[illegible]/集成 09.4519	[illegible]/集成 09.4520	聞/璽彙 0285	聞/璽彙 0193

聞/璽彙 0028	聞/璽彙 0030	聞/璽彙 0033	聞/璽彙 0312	聞/璽彙 0029	聞/璽彙 0031	聞/璽彙 0032

聞/璽彙 0334	聞/璽考 39 頁	聞/璽考 37 頁	聞/璽考 38 頁	聞/璽考 38 頁	聞（聒）/集成 09.4649	聞（聒）/集成 01.180

聞（聒）/集成 01.177	聞（聒）/集成 01.172	聞（聒）/集成 01.174	聞（聒）/集成 01.175	聞（聒）/集成 01.178	閣/陶錄 3.522.3	閣/陶錄 3.513.1

閣/陶錄 3.513.2	啓/陶錄 3.94.4	啓/陶錄 3.94.5	啓/陶錄 3.91.1	啓/陶錄 3.91.5	啓/陶錄 3.92.5	啓/陶錄 3.94.6

啓/陶錄 3.91.2	啓/陶錄 3.95.2	啓/陶錄 3.95.3	[illegible]/陶錄 2.433.4	[illegible]/陶錄 2.432.2	[illegible]/陶錄 2.432.3	誾/陶錄 2.13.1

闢/陶錄 3.134.2	闢/陶錄 3.137.4	闢/陶錄 3.134.3	闢/陶錄 3.135.4	闢/陶錄 3.137.1	闢/貨系 2546	闢/貨系 4019

闢/貨系 4019	闢/貨系 2541	闢/貨系 2545	闢/貨系 2544	闢/貨系 2544	闢/錢典 982	闢/錢典 981

闢/錢典 983	闢/先秦編 397	闢/先秦編 397	闢/齊幣 37	闢/齊幣 36	闢/齊幣 38	肇/考古 2010.8.33

肇/考古 2011.2.16	肇/考古 2010.8.33	闢（䦧）/集成 15.9733	肁/集成 07.3828	肁/集成 07.3830	肁/山東 104 頁	肇/集成 01.273
肇/集成 01.285	肇/集成 07.3939	肇/集成 05.2639	肇/集成 16.10116	肇/集成 09.4423	肇/集成 09.4440	肇/集成 09.4415
肇/集成 09.4570	肇/集成 09.4441	肇/集成 09.4441	肇/集成 09.4595	肇/集成 09.4596	肇/集成 16.10275	肇/集成 08.4110
肇/集成 09.4458	肇/集成 16.10275	肇/集成 05.2587	肇/集成 07.3944	肇/集成 09.4571	肇/山東 104 頁	肇/山東 170 頁
肇/新收 1917	閚/後李三 12	閚/璽彙 3239	閚/璽彙 4014	閚/璽彙 4013	閚/璽彙 4012	閚/陶錄 2.431.2
閚/陶錄 2.436.2	閚/陶錄 2.437.1	閚/陶錄 2.432.1	閚/陶錄 2.431.3	閚/陶錄 2.431.1	閚/陶錄 2.435.1	閚/陶錄 2.417.2
閚/陶錄 2.417.3	閚/陶錄 2.417.4	閚/陶錄 2.422.3	閚/陶錄 2.423.3	閚/陶錄 2.425.3	閚/陶錄 2.427.1	閚/陶錄 2.427.2
閚/陶錄 2.430.1	閚/陶錄 2.430.4	閚/陶錄 2.434.3	閚（闢）/陶錄 2.432.1	戶（戾）/集成 17.11127	戶（戾）/周金 6.132	戶（戾）/後李六 1
刅（創）/陶錄 3.346.1	刅（創）/陶錄 3.346.3	刅（創）/陶錄 3.348.3	刅（創）/陶錄 3.348.1	刅（創）/陶錄 3.346.6	刅（創）/陶錄 3.345.1	刅（創）/陶錄 3.346.5

刅（創）/ 陶錄 3.346.4	刅（創）/ 陶錄 3.347.1	刅（創）/ 陶錄 3.349.2	刅（創）/ 陶錄 3.350.1	刅（創）/ 集成 9733	閈/陶錄 2.409.1	閈/陶錄 2.387.2
閈/璽彙 0650	閈/璽彙 3545	閭（闢）/ 集成 17.11259	閭（闢） /陶錄 2.414.3	閭（闢）/ 陶錄 2.420.2	閭（闢）/ 陶錄 2.420.1	閭（闢）/ 陶錄 2.421.4
閭（闢）/ 集成 17.11073	閭（闢）/ 陶錄 2.418.1	閭（闢）/ 陶錄 2.410.1	閭（闢）/ 陶錄 2.410.3	閭（闢）/ 陶錄 2.414.1	閭（闢）/ 陶錄 2.429.2	閭（闢）/ 陶錄 2.411.1
閭（闢）/ 陶錄 2.412.4	閭（闢）/ 陶錄 2.414.2	刷/集成 01.285	所/新收 1167	所/新收 1097	所/新收 1983	所/集成 01.276
所/集成 01.285	所/集成 01.285	所/集成 01.285	所/集成 15.9733	所/集成 15.9733	所/集成 15.9733	所/集成 01.275
所/集成 01.276	所/陶錄 2.39.1	所/陶錄 2.150.4	閉/集成 16.10374	關/後李二 4	關/後李二 5	關/集成 16.10374
關/集成 16.10368	關/集成 16.10371	關/集成 16.10371	關/集成 16.10374	關/集成 16.10374	關/集成 16.10374	關/集成 16.10374
關/集成 16.10374	關/璽彙 0176	關/璽彙 0172	關/璽彙 0174	關/璽彙 0177	關/璽彙 0173	關/璽彙 0175
關/璽考 53 頁	關/璽考 31 頁	關/璽考 53 頁	關/陶錄 2.473.6	關/陶錄 2.339.3	關/陶錄 2.316.2	關/陶錄 2.319.2
關/陶錄 2.341.2	關/陶錄 2.344.3	關/陶錄 2.319.4	關/陶錄 2.320.3	關/陶錄 2.321.1	關/陶錄 2.323.1	關/陶錄 2.324.1

關/陶錄 2.325.1	關/陶錄 2.325.4	關/陶錄 2.326.2	關/陶錄 2.326.4	關/陶錄 2.327.2	關/陶錄 2.327.4	關/陶錄 2.328.3
關/陶錄 2.333.1	關/陶錄 2.332.4	關/陶錄 2.334.3	關/陶錄 2.336.1	關/陶錄 2.336.2	關/陶錄 2.336.3	關/陶錄 2.338.1
關/陶錄 2.338.3	關/陶錄 2.361.4	關/陶錄 2.339.4	關/陶錄 2.341.4	關/陶錄 2.344.1	關/陶錄 2.349.1	關/陶錄 2.349.2
關/陶錄 2.349.3	關/陶錄 2.349.4	關/陶錄 2.360.1	關/陶錄 2.360.3	關/陶錄 2.360.4	關/陶錄 2.355.1	關/陶錄 2.355.3
關/陶錄 2.351.1	關/陶錄 2.351.2	關/陶錄 2.351.4	關/陶錄 2.353.1	關/陶錄 2.358.1	關/陶錄 2.358.2	關/陶錄 2.348.1
關/陶錄 2.348.3	關/陶錄 2.348.4	關/陶錄 2.473.3				

403. 囧

《說文解字·卷七·囧部》:「，窻牖麗廔闓明。象形。凡囧之屬皆从囧。讀若獷。賈侍中說：讀與明同。」甲骨文作（合 20041）、（合 32024）；金文作（戈父辛鼎）。用作偏旁時，楚系簡帛文字作（明/清 1.耆.7）。段玉裁注「象窗牖玲瓏形。」〔註 511〕

齊系偏旁中的「囧」字承襲甲骨金文字形，字形中表示窗框的筆畫有所簡省，甚至沒有窗戶內框框形的筆畫，只保留窗牖之形，例：（盟/璽彙 0201）。也有的「囧」字字形發生訛變，其形態與「田」形近似，例如：（盟/璽彙 0198）。

偏　旁						
朙/山東 104 頁	盟/集成 14.9096	盟/集成 01.245	盟/集成 01.102	盟（盟）/集成 01.285	盟（盟）/集成 01.274	盟（盟）/集成 01.285

〔註 511〕清·段玉裁：《說文解字註》，頁 551。

 盟（盟）/集成 01.275	 盟（盟）/璽考 55 頁	 盟（盟）/璽彙 0322	 盟（盟）/璽彙 5275	 盟（盟）/璽彙 0201	 盟（盟）/璽彙 0198	 盟（盟）/璽彙 0200
 盟（盟）/璽彙 0202						

404. 尚

《說文解字・卷二・八部》：「，曾也。庶幾也。从八向聲。」金文作（尚方鼎）、（為甫人盨）；楚系簡帛文字作（望 1.46）。陳劍謂「『冂』象高出地面之形，與象坎陷之形的『冂』字可對比。……上增『八』形為飾筆。所謂『八』形實由兩小橫筆演變而來，這類『冂』加兩飾筆之形的寫法再增从繁飾『口』旁，即成『堂』和『裳』所从的聲符『尚』字。」〔註 512〕季旭昇師認為，『八』形應為分化符號，而非飾筆。〔註 513〕

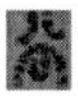

齊系「尚」字作（璽彙 0328）、（陶錄 2.48.2），有些偏旁字形會省略下部的口形，例：（常/陶錄 3.298.1）。

單字						
 尚/集成 09.4649	 尚/璽彙 0328	 尚/璽彙 3328	 尚/陶彙 3.673	 尚/陶錄 2.48. 2	 尚/陶錄 2.48.1	 尚/陶錄 2.48.3
 尚/陶錄 2.48.4	 尚/陶錄 2.49.1					
偏旁						
 嘗/集成 09.4646	 嘗/集成 09.4648	 嘗/集成 09.4649	 鏛/集成 01.172	 掌/璽考 33 頁	 敾/陶錄 3.279.1	 敾/陶錄 3.278.4

〔註 512〕陳劍：〈金文字詞零釋（四則）〉，復旦網：http://www.gwz.fudan.edu.cn/Web/Show/335

〔註 513〕季旭昇師：《說文新證》，頁 82。

[illegible]/陶錄 3.278.5	[illegible]/陶錄 3.278.6	[illegible]/陶錄 3.648.4	[illegible]/陶錄 3.278.1	[illegible]/陶錄 3.278.2	[illegible]/陶錄 3.278.3	党/璽彙 3666
党/璽彙 3560	党/陶錄 2.290.3	党/陶錄 2.290.4	堂/陶錄 2.4.1	堂/璽彙 3999	賞/陶錄 2.548.4	賞/陶錄 2.750.2
賞/陶錄 2.751.1	賞/陶錄 2.367.1	賞/陶錄 2.368.1	賞/陶錄 2.371.6	賞/陶錄 2.368.3	賞/陶錄 2.672.3	賞/陶錄 2.521.1
賞/陶錄 2.521.4	賞/陶錄 2.522.1	賞/陶錄 2.522.3	賞/陶錄 2.548.3	肖/璽彙 3225	常/陶錄 3.296.3	常/陶錄 3.296.2
常/陶錄 2.549.3	常/陶錄 2.548.3	常/陶錄 2.548.4	常/陶錄 3.299.2	常/陶錄 3.297.1	常/陶錄 3.297.2	常/陶錄 3.298.1
常/陶錄 3.296.1	常/陶錄 3.296.1	常/陶錄 3.296.4	常/陶錄 2.549.2	常/陶錄 2.549.4	常/陶錄 2.550.2	常/陶錄 2.550.3
常/陶錄 2.551.2	常/陶錄 2.551.3	常/陶錄 2.548.2	常/陶錄 2.550.4	常/陶錄 2.520.4	常/陶錄 2.579.3	常/陶錄 2.549.1
常/陶錄 3.297.3	常/陶錄 3.298.2	常/陶錄 3.298.4	常/陶錄 3.298.6	常/陶錄 3.296.2	常/陶錄 3.298.5	常/陶錄 3.296.6
尚/陶錄 2.608.3	尚/陶錄 2.607.1	尚/陶錄 2.607.4				

第四節　抽象類

抽象類字根是根據唐蘭的漢字字形自然分類法中的第三類「屬於人類意識或由此產生的工具和文化」〔註514〕，細分出來的「象物類」，即指事字〔註515〕。這類字根還可分為數字部和抽象部。抽象類是指用抽象的線條作為指事符號的指事字。

一、抽象部

405. 上

《說文解字・卷一・丄部》：「丄，高也。此古文上，指事也。凡丄之屬皆从丄。，篆文丄。」甲骨文作（合21327）；金文作（㝬鐘）、（十三年上官鼎）；楚系簡帛文字作（上2.魯.3）、（郭.尊.36）、（包2.236）。徐灝謂「上下無形可象，故於一畫作識，加於上為上，綴於下為下。」〔註516〕

齊系「上」字承襲甲骨形，或作（發現75）、（齊幣358），字形左右方向不一。偏旁作形。

單　字						
上/集成 15.9729	上/集成 15.9730	上/集成 05.2750	上/璽彙 3679	上/發現75	上/貨系 2520	上/貨系 2521
上/齊幣272	上/齊幣169	上/齊幣274	上/齊幣358	上/齊幣022	上/齊幣024	上/齊幣059
上/齊幣060	上/陶錄 2.404.3	上/陶錄 3.19.3	上/陶錄 3.19.6	上/陶錄 2.56.1	上/陶錄 2.56.2	上/陶錄 3.275.6
上/陶錄 3.275.5	上/陶錄 2.404.1	上/陶錄 2.403.1	上/陶錄 3.275.2			

〔註514〕唐蘭：《古文字學導論》，頁76。
〔註515〕參考自唐蘭：《中國文字學》，頁70。
〔註516〕清・徐灝：《說文解字註箋》卷1，頁4。

偏　旁						
忐/陶錄 2.17.1	忐/陶彙 3.787	忐/山大 8				

406. 下

《說文解字・卷一・丄部》:「丅，底也。指事。𠄟，篆文丅。」甲骨文作⌒(合 04268);金文作=(長由盉)、下(哀成叔鼎)、𠄟(鄂君啟車節);楚系簡帛文字作下(上 2.容.5)、下(包 2.237)。徐灝謂「上下無形可象，故於一畫作識，加於上為上，綴於下為下。」〔註 517〕

齊系「下」字與金文下形相同，與楚系字形相同。

單　字						
下/陶錄 3.276.5	下/陶錄 3.276.2	下/陶錄 3.276.6	下/陶錄 3.275.3	下/陶錄 3.276.1	下/陶錄 2.401.1	下/陶錄 2.401.2
下/陶錄 3.276.5	下/考古 1973.1					

407. 小

《說文解字・卷二・小部》:「小，物之微也。从八，丨見而分之。凡小之屬皆从小。」甲骨文作小(合 32640)、小(合 34163);金文作小(大盂鼎)、小(師望鼎)。用作偏旁，楚系簡帛文字作小(肖/清 2.繫.117)。商承祚謂「作三小點，示微小之意。」〔註 518〕馬敘倫以為，「小」、「少」、「尐」皆為「沙」之初文。〔註 519〕

齊系「小」字承襲甲骨，單字與偏旁字形相同。

單　字						
小/古研 29.310	小/集成 04.2354	小/集成 15.9632				

〔註 517〕清・徐灝:《說文解字註箋》卷 1，頁 4。

〔註 518〕于省吾:《甲骨文字詁林》，頁 3390。

〔註 519〕馬敘倫:《讀金器刻詞》(北京:中華書局，1962 年)，頁 61。

偏　旁						
游/集成 01.177	游/集成 01.172	游/集成 01.173	游/集成 01.180	遺/古研 29.310		
合　文						
小子/集成 07.4036	小子/集成 07.4037					

408. 少

《說文解字・卷二・小部》:「 ，不多也。从小丿聲。」甲骨文作 （合19772）；金文作 （魯少𤔲冠盤）；楚系簡帛文字作 （包 2.226）。于省吾謂「少字的造字本義，係於小字下部附加一個小點，作為指事字的標誌，以別於小，而仍因小字以為聲。」〔註 520〕馬敘倫以為，「小」、「少」、「尐」皆為「沙」之初文。〔註 521〕

齊系「少」字承襲甲骨金文，與楚系字形相同。齊系「小」字與「少」字有混用的現象，例如： （小子/集成 01.285），「小」字作「少」形。

單　字						
少/集成 16.10154	少/集成 08.4152	少/集成 09.4630	少/集成 01.274	少/集成 01.276	少/集成 01.276	少/集成 01.285
少/集成 09.4629	少/新收 1781	少/新收 1080				
合　文						
小心/集成 01.285	小心/集成 01.272	小子/集成 01.285	小心/集成 01.285			

〔註 520〕于省吾：《甲骨文字釋林》，頁 456～457。

〔註 521〕馬敘倫：《讀金器刻詞》，頁 61。

409. 丩

《說文解字・卷三・丩部》：「[image]，相糾繚也。一曰瓜瓠結丩起。象形。凡丩之屬皆从丩。」甲骨文作[image]（合 11018）；金文作[image]（湯鼎）；楚系簡帛文字作[image]（包 2.260）。趙誠謂「象兩物相互糾結，有纏繞、糾纏之意。」〔註 522〕

齊系「丩」字承襲甲骨，與楚系字形無異。用作偏旁時，往往一邊表示物體的字形上部較短，與另一表示物體的字形相連接，例：[image]（句/陶錄 2.7.2）。

單字						
丩/陶錄 2.112.1	丩/陶錄 2.112.2	丩/考古 1973.1	丩/考古 1973.1	丩/陶錄 2.112.3	丩/陶錄 2.113.1	
偏旁						
郇/陶錄 2.33.3	佝/陶錄 2.313.2	佝/陶錄 2.313.3	佝/陶錄 2.313.4	佝/後李三 7	句/璽考 42 頁	句/考古 1973.1
句/璽彙 0644	句/陶錄 3.18.1	句/陶錄 3.18.3	句/陶錄 3.480.6	句/陶錄 2.7.2	句/集成 15.9730	句/集成 15.9729
收/陶錄 3.385.1	均/歷博 41.4	均/璽彙 3239	均/陶錄 2.9.4	均/陶錄 2.20.4	均/陶錄 2.7.2	狗/陶錄 2.193.4
眗/陶彙 3.825	眗/璽彙 1276	眗/陶錄 3.480.6	眗/陶錄 2.561.1	眗/陶錄 2.561.2	眗/陶錄 3.636.4	朐/陶錄 2.649.1
朐/陶錄 2.648.1	斪/陶錄 2.56.3	斪/陶錄 2.50.1				

410. 厶

《說文解字・卷九・厶部》：「[image]，姦衺也。韓非曰：『蒼頡作字，自營爲厶。』凡厶之屬皆从厶。」金文作[image]（私庫嗇夫衡飾）；楚系簡帛文字作[image]（包

〔註 522〕趙誠：〈古文字發展過程中的內部調整〉，《古文字研究》第 10 輯，頁 358。

2.141）、（上1.紂.21）。何琳儀謂「或以為口、厶一字分化。」〔註523〕

齊系「厶」字承襲金文，與楚系字形無異，個別字形訛變為近似橢圓形的形態，例：（厶/桓台41）。

單　字						
 厶/陶錄 3.5.3	 厶/陶錄 3.5.4	 厶/陶錄 3.5.2	 厶/陶錄 3.274.5	 厶/陶錄 3.274.4	 厶/陶錄 2.432.1	 厶/陶錄 3.650.2
 厶/陶錄 3.650.3	 厶/璽彙 5550	 厶/新收 1079	 厶/桓台41			
偏　旁						
 竣/周金 6.132						

411. ○

《說文解字》未見獨體之「○」字。《說文解字・卷六・員部》：「，物數也。从貝口聲。凡員之屬皆从員。，籀文从鼎。」甲骨文作（合20592）；金文作（員父尊）；楚系簡帛文字作（上1.紂.21）。林義光謂「从口从鼎，實圓之本字。○，鼎口也，鼎口圓象。」〔註524〕○即為「圓」字。

齊系偏旁「○」字承襲甲骨金文，但在○形中間加入點畫或短橫畫的飾筆，而與「日」形相近，例：（賁/陶錄3.497.2）。

偏　旁						
 賨/陶錄 3.497.4	 賨/陶錄 3.497.6	 員/陶錄 3.489.3	 腽/新收 1093	 腽/新收 1097	 腽/新收 1093	 腽/集成 18.11815
 賁/陶錄 3.497.3	 賁/陶錄 3.497.1	 賁/陶錄 3.497.2				

〔註523〕何琳儀：《戰國古文字典》，頁1278。

〔註524〕林義光：《文源》，頁170。

412. 甲

《說文解字・卷十四・甲部》:「[image]，東方之孟，陽气萌動，从木戴孚甲之象。一曰人頭宜爲甲，甲象人頭。凡甲之屬皆从甲。[image]，古文甲，始於十，見於千，成於木之象。」甲骨文作[image]（甲 870）、[image]（甲 632）；金文作[image]（利簋）、[image]（甲盉）；楚系簡帛文字作[image]（包 2.28）、[image]（望 1.161）。林義光謂「皮開裂也。十象其裂文。」〔註 525〕

齊系「甲」字承襲甲骨，單字與偏旁無異，作十形，無外輪廓之形。另有「十」、「七」、「才」、「土」字根作此形，詳見各字根。

單　字						
甲/考古 2010.8.33	甲/考古 2011.2.16					
偏　旁						
賊/山東 104 頁	戎/集成 01.285	戎/集成 01.285	戎/集成 04.2525	戎/集成 15.9657	戎/集成 01.273	戎/集成 01.275
戎/集成 01.275	戎/集成 01.281	戎/集成 01.285	戎/陶錄 2.159.4	戎/陶錄 2.159.3	戎/山東 611 頁	

413. 乇

《說文解字・卷六・乇部》:「[image]，艸葉也。从垂穗，上貫一，下有根。象形。凡乇之屬皆从乇。」甲骨文作[image]（合 05884）、[image]（合 34653）；金文作[image]（兆域圖銅版）；楚系簡帛文字作[image]（郭.老乙.16）。林義光謂「本義當為草木根成貫地上達。一，地也。《易・解卦》:『百果草木皆甲宅』，鄭注:『皮曰甲，根曰宅。』乇即甲宅之宅本字。」〔註 526〕

齊系偏旁「乇」字承襲甲骨，與楚系文字無異，但字形左右方向不一。

〔註 525〕林義光:《文源》，頁 140。

〔註 526〕林義光:《文源》，頁 262～263。

偏　旁						
鈺/集成 01.102	刀（斥）/ 貨系 2511	刀（斥）/ 貨系 2497	刀（斥）/ 貨系 2508	刀（斥）/ 貨系 2518	刀（斥）/ 貨系 2569	刀（斥）/ 貨系 2556
刀（斥）/ 貨系 2628	刀（斥）/ 貨系 2598	刀（斥）/ 貨系 4097	刀（斥）/ 貨系 4095	刀（斥）/ 貨系 4098	刀（斥）/ 貨系 4111	刀（斥）/ 貨系 4007
刀（斥）/ 貨系 4006	刀（斥）/ 貨系 4016	刀（斥）/ 貨系 4007	刀（斥）/ 貨系 2499	刀（斥）/ 貨系 2545	刀（斥）/ 貨系 2512	刀（斥）/ 齊幣 42
刀（斥）/ 齊幣 43	刀（斥）/ 齊幣 54	刀（斥）/ 齊幣 58	刀（斥）/ 齊幣 56	刀（斥）/ 齊幣 44	刀（斥）/ 齊幣 57	刀（斥）/ 齊幣 61
刀（斥）/ 齊幣 63	刀（斥）/ 齊幣 52	刀（斥）/ 齊幣 60	刀（斥）/ 齊幣 62	刀（斥）/ 齊幣 403	刀（斥）/ 齊幣 403	刀（斥）/ 齊幣 398
刀（斥）/ 齊幣 230	刀（斥）/ 齊幣 120	刀（斥）/ 齊幣 69	刀（斥）/ 齊幣 34	刀（斥）/ 齊幣 213	刀（斥）/ 齊幣 49	刀（斥）/ 齊幣 93
刀（斥）/ 齊幣 149	刀（斥）/ 齊幣 147	刀（斥）/ 齊幣 187	刀（斥）/ 齊幣 207	刀（斥）/ 齊幣 159	刀（斥）/ 齊幣 215	刀（斥）/ 齊幣 121
刀（斥）/ 齊幣 129	刀（斥）/ 齊幣 239	刀（斥）/ 齊幣 237	刀（斥）/ 齊幣 259	刀（斥）/ 齊幣 189	刀（斥）/ 齊幣 398	刀（斥）/ 齊幣 150
刀（斥）/ 齊幣 286	刀（斥）/ 齊幣 275	刀（斥）/ 齊幣 271	刀（斥）/ 齊幣 195	刀（斥）/ 齊幣 204	刀（斥）/ 齊幣 216	刀（斥）/ 齊幣 222
刀（斥）/ 齊幣 258	刀（斥）/ 齊幣 224	刀（斥）/ 齊幣 10	宅/陶彙 3.827	宅/古貨幣 222	宅/璽彙 0211	亳/山大 10

亳/璽彙 0289	亳/璽彙 0225	亳/陶錄 2.10.1	亳/陶錄 2.11.1	亳/陶錄 2.5.4	亳/陶錄 2.7.2	亳/陶錄 2.2.2
亳/陶錄 2.3.3	亳/陶錄 2.7.2	亳/陶錄 2.5.4	亳/陶錄 2.6.2	亳/陶錄 2.6.4	亳/陶錄 2.7.1	亳/陶錄 2.8.1
亳/陶錄 2.8.2	亳/陶錄 2.8.3	亳/陶錄 2.9.1	亳/陶錄 2.11.1	亳/陶錄 2.11.3	亳/陶錄 2.11.4	亳/陶錄 2.12.4
亳/陶錄 2.15.2	亳/陶錄 2.20.2	亳/陶錄 2.20.4	亳/陶錄 2.646.1	亳/陶錄 2.10.3	亳/集成 17.11085	亳/璽考 42 頁
亳/璽考 42 頁	亳/璽考 312 頁	亳/璽考 33 頁	亳/璽考 41 頁			
合　文						
夻邒/錢典 1013						

414. 卯

《說文解字・卷十四・卯部》:「，冒也。二月，萬物冒地而出。象開門之形。故二月爲天門。凡卯之屬皆从卯。，古文卯。」甲骨文作（合06038）、（合 11497）；金文作（段簋）；楚系簡帛文字作（包 2.126）、（包 2.132）、（郭.語 3.45）。季旭昇師謂「字从|以斷物。」〔註 527〕

齊系「卯」字承襲甲骨，單字和偏旁字形一致。

單　字						
卯/集成 17.11034	卯/集成 17.10944	卯/陶彙 3.928	卯/陶錄 3.311.3	卯/陶錄 3.311.4	卯/陶錄 3.311.5	卯/陶錄 3.311.6

〔註 527〕季旭昇師：《說文新證》，頁 978。

偏　旁						
 茆（茆）/集成17.11211	 茆（𡊅）/收藏家2011.11.25	 留/陶錄3.351.1				

415. 入

《說文解字・卷五・入部》：「入，內也。象从上俱下也。凡入之屬皆从入。」甲骨文作（合 05187）、（合 09381）；金文作（大盂鼎）楚系簡帛文字作（內/清 1.程.7）。段玉裁注「自外而中也。上下者、外中之象。」〔註 528〕

齊系「入」字單字增加短橫或點形飾筆，作（集成 15.9733）、（璽彙 3358）。偏旁字形作形和甲骨形；或增加點形飾筆，例：（內/璽彙 0154）。

單　字						
 入/集成15.9733	 入/璽彙3358					
偏　旁						
 內/集成15.9703	 內/集成15.9703	 內/集成16.9975	 內/集成16.10374	 內/集成04.2354	 內/集成01.274	 內/集成01.277
 內/集成01.284	 內/集成01.285	 內/集成01.285	 內/璽考56頁	 內/貨系242背文	 內/陶錄2.5.1	 內/陶錄2.5.2
 內/陶錄2.648.1	 內/陶錄2.649.1	 內/陶錄2.2.2	 內/齊幣151背文	 內/齊幣152背文	 內/齊幣150	 內/璽彙0154
 內/新收1113						

〔註 528〕清・段玉裁：《說文解字注》，頁 396。

合　文						
內郭/璽彙 0241	內郭/璽彙 0247	內郭/陶錄 2.3.1	內郭/陶錄 2.3.2	內郭/陶錄 2.3.3	內郭/陶錄 2.3.4	

416. 乃

《說文解字·卷五·乃部》：「乃，曳詞之難也。象气之出難。凡乃之屬皆从乃。𠄎，古文乃。𠄏，籀文乃。」甲骨文作（合 09560）、（合 03298）；金文作（大盂鼎）、（毛公鼎）；楚系簡帛文字作（上 2.容.15）。林義光認為，字象曳引之形，為「扔」之古文。〔註 529〕郭沫若認為，字象人側立，胸部乳房突出之形，為「奶」之初文。〔註 530〕朱芳圃認為，字象繩索之形，為「繩」之初文。〔註 531〕諸說可參。

齊系「乃」字承襲甲骨形，或作（古研 29.310），與金文、楚系字形相同。

單　字						
乃/集成 01.285	乃/集成 01.172	乃/集成 01.180	乃/集成 05.2750	乃/集成 08.4152	乃/集成 01.272	乃/集成 01.272
乃/集成 01.272	乃/集成 01.274	乃/集成 01.274	乃/集成 01.274	乃/集成 01.275	乃/集成 01.281	乃/集成 01.285
乃/集成 01.285	乃/集成 01.285	乃/集成 01.285	乃/集成 01.285	乃/集成 01.285	乃/集成 01.285	乃/集成 01.285
乃/古研 29.310	乃/古研 29.310	乃/中新網 2012.8.11	乃/中新網 2012.8.11	乃/中新網 2012.8.11		

〔註 529〕林義光：《文源》卷三，頁 1。

〔註 530〕郭沫若：〈壴卣〉，《金文叢考》（北京：人民出版社，1954 年），頁 311～312。

〔註 531〕朱芳圃：《殷周文字釋叢》，頁 80～81。

417. 弗

《說文解字・卷十二・丿部》:「[image]，撟也。从丿从乀，从韋省。」甲骨文作[image]（合 05021）、[image]（合 31188）；金文作[image]（旂鼎）、[image]（哀成叔鼎）；楚系簡帛文字作[image]（包 2.156）、[image]（郭.老甲.12）、[image]（郭.忠.6）、[image]（上 1.紂.16）。高鴻縉謂「弗即拂之初文，其意為矯枉，从||象不平直之兩物，而以繩索S束之，使之平直，故有矯枉拂正之意。」〔註 532〕

齊系「弗」字承襲甲骨，偏旁字形下部左右多加一撇筆，例：[image]（𢍏/陶錄 2.620.2）。

單　字						
 弗/集成 07.4036	 弗/集成 07.4037	 弗/集成 05.2589	 弗/集成 01.272	 弗/集成 01.273	 弗/集成 01.275	 弗/集成 01.285
偏　旁						
 𢍏/陶錄 2.624.4	 𢍏/陶錄 2.621.3	 𢍏/陶錄 2.620.2	 𢍏/陶錄 2.622.2	 𢍏/陶錄 2.622.3		

418. 彡

《說文解字・卷九・彡部》:「[image]，毛飾畫文也。象形。凡彡之屬皆从彡。」甲骨文作[image]（合 29813）、[image]（合 15713）、[image]（合 35484）。用作偏旁，金文作[image]（彭/彭女彝冉簋）；楚系簡帛文字作[image]（彭/清 3.祝.1）。羅振玉謂「象相續不絕。」〔註 533〕

齊系「彡」字偏旁承襲甲骨，字形往往和旁邊的字形或筆畫連接在一起。

偏　旁						
 彫/陶錄 2.395.2	 彫/陶錄 2.395.3	 彫/陶錄 3.593.4	 彫/陶錄 2.395.1	 彭/璽彙 3513	 彰/陶錄 3.213.4	 彰/陶錄 3.213.5

〔註 532〕高鴻縉：《中國字例》，頁 402。

〔註 533〕羅振玉：《增訂殷虛書契考釋》卷中，頁 16。

彰/陶錄 3.213.6	彰/陶錄 3.640.1					
合文						
彤弓/中新網 2012.8.11	彤弓/中新網 2012.8.11	彤矢/中新網 2012.8.11				

二、數字部

419. 一

《說文解字‧卷一‧一部》:「一,惟初太始,道立于一,造分天地,化成萬物。凡一之屬皆从一。弌,古文一。」甲骨文作一(前 4.47.61);金文作一(段簋);楚系簡帛文字作一(包 2.261)、弌(郭.窮.14)。季旭昇師謂「以抽象的一橫畫表示一的概念。」〔註 534〕

齊系「一」字字形承襲甲骨,也有與楚系相同的加「戈」形的字形。

齊系「丁」在用作偏旁時,會訛變作「一」字形,例:正(正/集成 05.2732)。有些「正」字字形還會在此基礎上,多加「丁」字來表示字形本義,但這個多加的「丁」字字形又發生訛變,用一短橫畫表示「一」字形,例:正(正/集成 15.9733)。

單字						
一/集成 15.9730	一/集成 15.9730	一/集成 18.12092	一/璽考 60 頁	一/璽考 60 頁	一/齊幣 353	一/齊幣 368
一/新收 1077	一/新收 1077	一/新收 1078	一/新收 1078	一/新收 1079	一/發現 75	一/中新網 2012.8.11
偏旁						
二/集成 01.149	二/集成 15.9729	二/集成 15.9729	二/集成 15.9730	二/集成 15.9730	二/集成 01.152	二/發現 75

〔註 534〕季旭昇師:《說文新證》,頁 38。

二/考古 1973.1	二/新收 1078	三/集成 02.285	三/集成 07.4029	三/集成 15.9733	三/集成 02.272	三/集成 01.285
三/璽彙 0291	三/新收 1078	三/古研 29.310	三/考古 1973.1	三/陶錄 2.17.2	三/璽彙 0290	四（亖）/齊幣 305
四（亖）/齊幣 304	四（亖）/齊幣 449	四（亖）/齊幣 315	四（亖）/璽考 60 頁	四（亖）/璽考 60 頁	四（亖）/陶錄 3.522.6	四（亖）/集成 16.10361
四（亖）/集成 09.4646	四（亖）/集成 01.271	四（亖）/集成 08.4145	丏/考古 1973.1	丏/考古 1973.1	丏/考古 1973.1	訶/集成 15.9700
⿱宀丏/集成 16.10236	⿱宀丏/集成 01.91	⿱宀丏/集成 01.102	⿱宀丏/集成 01.88	痦/陶錄 3.371.5	痦/陶錄 3.370.2	痦/陶錄 3.371.2
咨/集成 17.11260	咨/集成 16.10964	咨/陶錄 3.397.1	咨/陶錄 3.397.2	咨/陶錄 3.398.1	咨/陶錄 3.398.5	咨/陶錄 3.492.6
咨/陶錄 3.399.3	咨/陶錄 3.397.5	咨/陶錄 3.492.5	⿱次月/歷文 2007.5.15	⿱次月/新收 1861	⿱次月/集成 09.4649	⿱次月/集成 09.4649
⿱次月/集成 17.11129	⿱次月/陶錄 3.594.3	⿱次月/陶錄 2.547.4	⿱次月/陶錄 3.594.2	頙/山大 2	頙/陶錄 3.188.6	頙/陶錄 3.189.2
頙/陶錄 3.188.3	頙/陶錄 3.187.3	頙/陶錄 3.187.4	頙/陶錄 3.187.5	⿰弓丏/陶錄 2.85.3	⿰弓丏/陶錄 2.85.4	⿰弓丏/璽考 282 頁

[illegible]/璽彙 0336	政/璽彙 3479	政/集成 01.285	政/集成 01.285	政/集成 01.281	政/集成 01.283	政/集成 01.285
政/集成 01.285	政/集成 01.271	政/集成 01.285	政/集成 01.271	政/集成 01.272	政/集成 01.272	政/集成 01.276
政/集成 01.278	政/集成 01.279	政/集成 01.280	正/遺珍 43 頁	正/古研 29.396	正/古研 29.396	正/古研 29.396
正/集成 01.149	正/集成 01.151	正/集成 01.140	正/集成 16.10007	正/集成 01.173	正/集成 05.2732	正/集成 09.4630
正/集成 16.10282	正/集成 01.142	正/集成 09.4649	正/集成 16.10124	正/集成 01.245	正/集成 01.102	正/集成 09.4644
正/集成 09.4623	正/集成 09.4624	正/集成 16.10163	正/集成 01.274	正/集成 15.9733	正/集成 01.173	正/集成 08.4152
正/集成 07.3939	正/中新網 2012.8.11	正/璽彙 3939	正/璽彙 0299	正/璽彙 3940	正/璽彙 2195	正/璽彙 0298
正/璽彙 3737	正/陶錄 3.151.3	正/陶錄 3.505.3	正/陶錄 3.544.6	正/陶錄 3.150.1	正/陶錄 3.150.4	正/陶錄 3.150.3
正/陶錄 3.151.2	正/陶錄 3.151.1	正/陶錄 3.151.4	正/陶錄 2.749.4	正/陶錄 3.150.5	正/陶錄 3.150.6	正/陶錄 3.150.2
正/璽考 47 頁	正/璽考 47 頁	正/璽考 47 頁	正/璽考 48 頁	正/璽考 48 頁	正/璽考 49 頁	正/璽考 50 頁

正/璽考 63 頁	正/璽考 46 頁	正/陶彙 9.47	正/山東 104 頁	正/山東 104 頁	正/新收 1074	正/貨系 2647
正/貨系 2648	正/山璽 010	正/山璽 011	正/山璽 012	正/山璽 013	正/山璽 014	正/山璽 015
正/山璽 008	正/山璽 009	延/山東 611 頁	延/新收 1088	延/集成 09.4442	延/集成 09.4443	延/集成 15.9657
延/集成 05.2732	延/集成 09.4444	延/集成 09.4445	延/集成 09.4443	延/集成 09.4444	延/集成 09.4442	定/陶錄 3.477.5
市/新收 1079	市/陶錄 3.520.5	市/陶錄 3.240.4	�/陶錄 2.379.4	�/陶錄 2.379.3	�/陶錄 2.377.1	�/陶錄 2.377.2
�/陶錄 2.377.3	�/陶錄 2.379.1	再/集成 01.275	再/集成 01.285	再/集成 15.9700	再/集成 15.9700	再/集成 16.9975
再/集成 15.9703	再/陶錄 2.10.2	再/陶錄 2.10.3	再/陶錄 2.12.2	再/陶錄 2.15.1	再/陶錄 2.15.2	再/陶錄 2.9.1
再/陶錄 2.11.1	再/陶錄 2.10.1	再/陶錄 2.7.2	再/陶錄 2.8.1	再/新泰 20	再/山大 4	再/山大 12
再/陶錄 2.9.2	再/陶錄 2.4.2	繼/集成 09.4644	繼/古研 29.311	一（弌）/ 集成 15.9733	二（弍）/ 臨淄	二（弍）/ 新收 1080
合　文						
一人/集成 01.285	千丏/考古 1973.1	千丏/考古 1973.1	二丏/考古 1973.1	三丏/考古 1973.1	五丏/考古 1973.1	六六丏/考 古 1973.1

七丙/考古 1973.1	八丙/考古 1973.1	八丙/考古 1973.1	十丙/考古 1973.1	四千/集成 01.273	四千/集成 01.285	二千/考古 1973.1
四匹/中新網 2012.8.11	四匹/中新網 2012.8.11	四十/新收 1077	一百/貨系 2652	一百/貨系 2653	一百/齊幣 156	一百/齊幣 157
三百/集成 01.273	三百/集成 01.285	三百/集成 01.273	三百/集成 01.285	弋日/陶錄 3.658	弋日/陶錄 2.312	弋日/集成 16.10361
二月/集成 08.4127	一刀/考古 1973.1	一八一/考古 1973.1	十一/考古 1973.1	十二/考古 1973.1	二十/考古 1973.1	二十/考古 1973.1
二十/考古 1973.1	三十/集錄 1047	三十/先秦編 401	三十/陶錄 3.240.4	三十/考古 1973.1	三十/考古 1973.1	三十/考古 1973.1
三十/陶錄 3.520.5	三十一/考古 1973.1	二十八/考古 1973.1	二十八/考古 1973.1			

420. 五

《說文解字・卷十四・五部》：「，五行也。从二，陰陽在天地閒交午也。凡五之屬皆从五。，古文五省。」甲骨文作（林 1.18.13）、（前 1.44.7）、（甲 561）；金文作（曶鼎）；楚系簡帛文字作（望 2.60）。林義光謂「本義為交午，假借為數名。二象橫平，X象相交，以二之平見X之交也。」〔註 535〕

齊系「五」字承襲甲骨，單字有加或不加二形兩種字形；偏旁字形則都加二形。

〔註 535〕林義光：《文源》，頁 135。

單　字						
五/集成 08.4190	五/集成 01.271	五/集成 08.4152	五/集成 01.272	五/集成 16.9975	五/集成 01.275	五/集成 01.285
五/集成 16.9703	五/集成 18.12090	五/陶錄 2.269.2	五/陶錄 2.269.4	五/陶錄 2.272.2	五/陶錄 2.300.4	五/陶錄 2.301.3.
五/陶錄 2.302.1	五/陶錄 2.338.3	五/陶錄 2.723.2	五/陶錄 2.304.1	五/陶錄 2.304.3	五/陶錄 2.335.3	五/陶錄 2.335.4
五/陶錄 2.338.4	五/陶錄 2.498.1	五/陶錄 2.498.2	五/陶錄 2.498.3	五/陶錄 2.502.1	五/陶錄 2.723.4	五/陶錄 2.724.1
五/後李九 5	五/齊幣 401	五/銘文選 2.865	五/考古 1973.1	五/考古 1973.1	五/考古 1973.1	五/考古 1973.1
五/桓台 40						
偏　旁						
[illegible]/陶錄 2.612.2	[illegible]/陶錄 2.615.2	[illegible]/陶錄 2.613.4	[illegible]/陶錄 2.686.2	[illegible]/陶錄 2.615.3	[illegible]/陶錄 3.22.4	痦/陶錄 3.22.4
[illegible]/陶錄 3.614.3	吾/璽考 314 頁	吾/璽考 314 頁	吾/陶錄 2.84.3	吾/陶錄 3.530.5	吾/璽彙 4010	[illegible]/陶錄 2.84.4
簠（[illegible]）/ 集成 09.4517	簠（[illegible]）/ 集成 09.4519	簠（[illegible]）/ 集成 09.4520	簠（[illegible]）/ 集成 09.4517	簠（[illegible]）/ 集成 09.4518	簠（害）/ 山東 379 頁	簠（害）/ 山東 393 頁

簠（害）/新收1068	簠（害）/集成09.4574					
合文						
五十/集成01.285	五千/考古1973.1	五丏/考古1973.1				

421. 六

《說文解字・卷十四・六部》:「■，《易》之數，陰變於六，正於八。从入从八。凡六之屬皆从六。」甲骨文作■（菁1.1）、■（鐵135.3）；金文作■（靜簋）；楚系簡帛文字作■（上2.容.30）。丁山謂「古皆借入為六……六入古雙聲也。……因■之下垂而變其形為■以別於出入之■。」〔註536〕

齊系「六」字承襲甲骨■形。貨系文字字形省略下部作■（貨系2589）。

單字						
六/集成09.4649	六/集成01.87	六/集成16.9940	六/貨系4130	六/貨系2554	六/貨系2589	六/齊幣414
六/齊幣413	六/齊幣411	六/齊幣451	六/齊幣314	六/齊幣306	六/後李三8	六/後李九4
六/考古1973.1	六/考古1973.1	六/考古1973.1	六/古研29.311	六/新收1077	六/新收1077	
合文						
六六丏/考古1973.1						

〔註536〕丁山：〈數名古誼〉，《中央研究院歷史語言研究所集刊》第1本1分，頁92～93。

422. 七

《說文解字・卷十四・七部》：「七，陽之正也。从一，微陰从中衺出也。凡七之屬皆从七。」甲骨文作十（後 2.9.1）；金文作十（伊簋）；楚系簡帛文字作（包 2.118）。林義光認為，豎象所切之物，一其切痕，為「切」之古文。〔註 537〕

齊系「七」字字形承襲甲骨，與楚系字形無異。另有「甲」、「十」、「才」、「土」字根作此形，詳見各字根。

單　字						
七/陶錄 2.493.1	七/陶錄 2.492.4	七/陶錄 2.493.4	七/齊幣 420	七/齊幣 420	七/貨系 2556	七/貨系 2555
七/貨系 2590	七/考古 1973.1					
合　文						
七丏/考古 1973.1						

423. 八

《說文解字・卷二・八部》：「八，別也。象分別相背之形。凡八之屬皆从八。」甲骨文作（合 10405）；金文作（旂鼎）；楚系簡帛文字作（望 2.7）。李孝定謂「乃抽象之象形。其分別相背者，可以為人，可以為物，可以為一切分別相背者之象。」〔註 538〕

齊系「八」字字形承襲甲骨，單字與偏旁字形無異。齊系「金」字所从呂（金鉼之形）線條化變作「八」形，作（集成 01.285），「八」形筆畫簡省或作兩點形，（璽彙 3728）。

〔註 537〕林義光：《文源》，頁 43。

〔註 538〕李孝定：《甲骨文字集釋》，頁 250。

單字						
八/集成 05.2690	八/集成 05.2691	八/集成 05.2692	八/集成 08.4152	八/集成 17.11085	八/集成 15.9729	八/集成 15.9730
八/集成 16.10151	八/陶錄 3.456.5	八/陶錄 3.554.5	八/陶錄 3.607.3	八/考古 1973.1	八/新收 1079	八/貨系 2554
偏旁						
愱/陶錄 3.293.5	鄰/璽彙 3545	賸/新收 1462	賸/新收 1074	賸/歷文 2009.2.51	敚/陶錄 3.636.3	敚/陶錄 3.28.5
敚/陶錄 3.378.3	敚/陶錄 3.377.5	敚/陶錄 3.378.3	敚/陶錄 3.374.1	敚/陶錄 3.374.2	敚/陶錄 3.375.3	敚/陶錄 3.26.1
敚/陶錄 3.26.4	敚/陶錄 3.374.4	敚/陶錄 3.375.1	敚/陶錄 3.377.4	鑿/陶錄 2.149.1	鑿/陶錄 2.149.4	鑿/陶錄 2.148.4
鑿/陶錄 2.108.1	鑿/陶錄 2.108.2	鑿/陶錄 2.109.1	鑿/陶錄 2.109.3	鑿/陶錄 2.110.1	鑿/陶錄 2.147.1	兌/陶錄 3.609.4
兌/陶錄 3.609.2	兌/陶錄 3.609.3	兌/陶錄 3.562.6	兌/陶錄 3.609.3	兌/陶錄 3.609.1	兌/陶錄 3.608.1	兌/陶錄 3.608.3
偡/陶錄 2.119.1	偡/陶錄 2.119.2	偡/陶錄 2.140.1	偡/陶錄 2.85.1	遵/集成 18.12089	尊（隣）/ 山東 173 頁	尊（隣）/ 山東 189 頁
尊（隣）/ 山東 235 頁	尊（隣）/ 集成 05.2641	尊（隣）/ 集成 07.3893	尊（隣）/ 集成 16.10007	尊（隣）/ 集成 07.4111	尊（隣）/ 集成 03.614	尊（隣）/ 集成 04.2146

尊（隮）/集成 07.3828	尊（隮）/集成 07.3831	尊（隮）/集成 03.593	尊（隮）/集成 03.608	尊（隮）/集成 07.4019	尊（隮）/集成 05.2640	尊（隮）/集成 06.3670
尊（隮）/古研 29.310	尊（隮）/古研 29.311	尊（隮）/考古 2010.8.33	尊（隮）/新收 1091	眷/璽彙 0194	榺/集成 15.9733	朕/文明 6.200
朕/集成 16.10115	朕/集成 16.10263	朕/集成 09.4593	朕/集成 16.10133	朕/集成 03.690	朕/集成 16.10081	朕/集成 16.10114
朕/集成 01.272	朕/集成 01.272	朕/集成 01.272	朕/集成 01.273	朕/集成 01.273	朕/集成 01.275	朕/集成 01.285
朕/集成 01.285	朕/集成 03.694	朕/集成 16.10318	朕/集成 16.10236	朕/集成 16.10280	朕/集成 09.4645	朕/集成 16.10154
朕/集成 05.2690	朕/集成 05.2692	朕/集成 09.4621	朕/集成 16.10244	朕/古研 29.396	朕/古研 29.396	朕/古研 29.396
朕/古研 29.396	朕/歷文 2009.2.51	籐/集成 17.10898	籐/璽彙 3112	籐/璽彙 5682	滕（膯）/集成 18.11608	滕（膯）/集成 17.11079
滕（膯）/集成 17.11077	滕（膯）/集成 17.11078	滕（膯）/集成 09.4635	滕（[illegible]）/集成 16.10144	滕（膯）/古研 23.98	賸/集成 16.10271	賸/集成 16.10277
賸/集成 16.10159	滕（[illegible]）/新收 1550	縢/璽彙 3827	縢/集成 15.9733	市（坲）/陶錄 2.30.4	市（坲）/陶錄 2.10.1	市（坲）/陶錄 2.30.2

<table>
<tr><td>市（⿰土市）/
陶錄
2.27.1</td><td>市（⿰土市）/
陶錄
2.26.5</td><td>市（⿰土市）/
陶錄
2.26.6</td><td>市（⿰土市）/
陶錄
2.27.2</td><td>市（⿰土市）/
陶錄
2.27.3</td><td>市（⿰土市）/
陶錄
2.27.3</td><td>市（⿰土市）/
陶錄
2.27.4</td></tr>
<tr><td>市（⿰土市）/
陶錄
2.27.5</td><td>市（⿰土市）/
陶錄
2.27.6</td><td>市（⿰土市）/
陶錄
2.28.1</td><td>市（⿰土市）/
陶錄
2.28.2</td><td>市（⿰土市）/
陶錄
2.29.3</td><td>市（⿰土市）/
陶錄
2.28.4</td><td>市（⿰土市）/
陶錄
2.30.3</td></tr>
<tr><td>⿰貝市/璽彙
0235</td><td>⿰貝市/璽彙
3992</td><td>⿰貝市/璽彙
3999</td><td>⿰貝市/陶錄
3.306.5</td><td>⿰貝市/陶錄
3.306.6</td><td>⿰貝市/陶錄
3.306.1</td><td>⿰貝市/陶錄
3.306.4</td></tr>
<tr><td>⿰貝市/陶錄
3.306.3</td><td>⿰貝市/陶錄
3.306.2</td><td>⿰貝市/陶錄
3.305.5</td><td>⿰貝市/陶錄
3.304.1</td><td>⿰貝市/陶錄
3.12.1</td><td>⿰貝市/陶錄
3.303.6</td><td>⿰貝市/陶錄
3.307.4</td></tr>
<tr><td>⿰貝市/陶錄
3.301.2</td><td>⿰貝市/陶錄
3.300.2</td><td>⿰貝市/陶錄
3.300.5</td><td>⿰貝市/陶錄
3.301.3</td><td>⿰貝市/歷博
53.11</td><td>半/璽彙
1276</td><td>㪵（⿰半升）/
集成
16.10374</td></tr>
<tr><td>猶/陶錄
2.654.1</td><td>猶/集成
09.4646</td><td>猶/集成
18.12089</td><td>益/新收
1079</td><td>益/新收
1080</td><td>益/臨淄</td><td>亓/陶錄
3.473.2</td></tr>
<tr><td>亓/陶錄
3.473.5</td><td>分/陶錄
2.180.1</td><td>分/陶錄
3.21.6</td><td>分/陶錄
2.180.2</td><td>分/陶錄
2.264.1</td><td>分/齊幣
359</td><td>分/齊幣
361</td></tr>
<tr><td>分/集成
08.3977</td><td>分/集成
01.149</td><td>分/集成
01.150</td><td>分/集成
01.152</td><td>分/發現
75</td><td>分/陶錄
2.656.4</td><td></td></tr>
<tr><td colspan="7">合　文</td></tr>
<tr><td>二十八/考
古 1973.1</td><td>二十八/考
古 1973.1</td><td>一八一/考
古 1973.1</td><td>八刀/考古
1973.1</td><td>八丏/考古
1973.1</td><td>八丏/考古
1973.1</td><td></td></tr>
</table>

424. 十

《說文解字・卷三・十部》：「十，數之具也。一爲東西，丨爲南北，則四方中央備矣。凡十之屬皆从十。」甲骨文作（合 35260）；金文作（我方鼎）、（克鎛）；楚系簡帛文字作（望 2.7）、（上 2.容.39）、（上 2.容.14）。丁山認為，我國紀十之法實為豎「一」。〔註 539〕

齊系「十」字字形作（集成 01.275），丨中間的圓點變為一短橫畫，與楚系字形相同。用作偏旁時，往往跟表示數字的「一」形連接在一起，例：（卋/陶錄 3.240.4）。另有「甲」、「七」、「才」、「土」字根作此形，詳見各字根。

單　字						
十/集成 09.4620	十/集成 01.275	十/集成 09.4646	十/集成 01.217	十/集成 05.2732	十/集成 09.4647	十/集成 16.9940
十/新收 1078	十/新收 1078	十/新收 1079	十/新收 1080	十/山東 76 頁	十/山東 76 頁	十/山東 76 頁
十/山東 103 頁	十/山東 103 頁	十/山東 103 頁	十/山東 104 頁	十/璽考 60 頁	十/璽考 60 頁	十/璽考 60 頁
十/璽考 60 頁	十/集錄 004	十/貨系 2506	十/齊幣 111	十/齊幣 427	十/齊幣 362	
偏　旁						
萳/陶錄 2.390.1	萳/陶錄 2.390.2	萳/陶錄 2.392.4	萳/陶錄 2.390.3	萳/陶錄 2.391.3	萳/陶錄 2.392.1	卋/新收 1079
卋/陶錄 3.520.5	卋/陶錄 3.240.4					

〔註 539〕丁山：〈數名古誼〉，《中央研究院歷史語言研究所集刊》第 1 本 1 分，頁 90。

合文						
 十丙/考古 1973.1	 四十/新收 1077	 十一/考古 1973.1	 十二/考古 1973.1	 二十/考古 1973.1	二十/考古 1973.1	二十/考古 1973.1
 三十/考古 1973.1	 三十/考古 1973.1	 三十/考古 1973.1	 三十/陶錄 3.520.5	三十/集錄 1047	 三十/先秦編 401	 三十/陶錄 3.240.4
 三十一/考古 1973.1	 二十八/考古 1973.1	 二十八/考古 1973.1	 五十/集成 01.285			

結　論

本文綜合運用對照法、推勘法、偏旁分析法、歷史考證法這四種字形研究方法，對孫剛《齊系文字編》和張振謙《齊魯文字編》這兩批齊系文字材料，進行了字形和字根分析。本文總計分析了 1668 個齊系文字，其中包括 145 個異體字，另有 13 個重文和 72 個合文，研究整理出了 424 個字根。

第一節　齊系典型字根字形

齊系文字具有鮮明的地域特點，與其他各系文字有不同之處。張振謙謂「齊系文字的地域性特點，是指齊系地域內不同於其他系文字形體而獨有的地域性文字特點。」〔註 1〕同樣，齊系字根字形也具有齊系地域性特徵。但字根字形包含了單字字形和偏旁字形，因此在研究齊系字根地域性特徵時，要綜合研究齊系單字字形和偏旁字形。張振謙對具有齊系地域性特徵的典型字和典型部首進行了詳細研究並列舉了典型字形，謂「典型字是指具有典型齊系地域特點的單個文字。在齊系文字中，單字的形體往往變化較為顯著，地域性特點更為明顯。……典型部首是指具有獨特地域性特點的部首。」〔註 2〕筆者將張振謙的研究成果與本文齊系字根字形進行對照分析，選取其中符合

〔註 1〕張振謙：《齊系文字研究》，頁 6。
〔註 2〕張振謙：《齊系文字研究》，頁 17～45。

齊系字根字形地域性特點的部分。因為前文已經對每個字根的特殊字形進行了詳細說明，故筆者只列舉具有齊系地域性特徵的典型字根的字形及簡要描述其字形特點。

此外，有些齊系文字字根的特徵，並不是個別現象，而是齊系文字的典型特徵。針對這個問題，張振謙做過詳細研究，筆者將其研究成果齊系文字典型特徵內容與齊系文字字根進行比較研究，選取符合齊系文字字根典型特徵的內容。齊系文字字根典型特徵：1. 加飾點；2. 加飾撇；3. 加彎筆；4. 加尾形飾筆；5. 豎畫出頭；6. 手持柄形。〔註 3〕這些典型特徵已在前文進行過詳細描述和說明，不再贅述。

筆者將具有齊系地域特徵的典型字根字形列表如下〔註 4〕：

齊系典型字根字形						
編號	字根	字根字形				字形特點
004	身	 [illegible]/璽考 43 頁				「身」形上部作近似「卜」形。
009	老	 壽/集成 15.9687	 者/陶錄 2.407.1			「老」形兩邊毛髮部分訛為類似「告」形；或於右下部增加尾形飾筆。
020	立	 立/陶錄 2.6.3				「立」形兩腿之間加橫筆。
042	女	 安/齊幣 2547				「女」形下的指事符號變成「L」形。
058	目	 目/陶錄 2.465.1	 相/璽彙 3924	[illegible]/陶錄 3.164.3	 親/璽彙 3.73.4	1.「目」字用豎筆和點形；2. 或用三角形和點形表示眼球形；3. 目形中間作「T」形；4. 中間或「×」形。
063	臣	 臣/陶錄 3.286.6	 臣/陶錄 3.522.1			「臣」形中表示眼球的筆畫作開口形。

〔註 3〕參考張振謙：《齊系文字研究》，頁 91～110。

〔註 4〕參考張振謙：《齊系文字研究》，頁 17～90。

069	曰	 曰/陶錄 2.414.1				「曰」形上部筆畫作短撇。
110	卑	 卑/璽彙 5683				「卑」字中的「又」形作手持柄形。
099	事	 事/山東 10 頁	 事/陶錄 2.8.4	 事/陶錄 2.6.3		「事」字的上部筆畫相連共筆，表示所持之物字形中間的豎畫省略或作點形，並且上部或增加短豎畫飾筆。
116	夂	 ⿺辶夂/璽彙 0148				「夂」字的筆畫拉長，而形近「勹」形，並增加尾形飾筆。
122	參	 參/陶錄 2.10.4	 參/陶錄 3.224.6			「參」形下部作三橫筆；下部作近似「勹」形和兩撇畫。
159	齊	 齊/集成 09.4649	 齊/陶錄 3.253.4	 齊/集成 09.4595	 齊/陶錄 2.5.4	1.「齊」字的「三莖」形相連並增加橫畫；2.「三莖」形不相連並增加橫畫；3.豎筆延伸到底部的橫畫；4.「三莖」形交叉近似「木」形。
154	者	 者/陶錄 2.15.2	 者/陶錄 3.482.2			「者」形上部字形作「V」形；或形近「止」形。
194	羊	 譱/璽彙 3088	 ⿱羊羊/陶錄 2.200.4			「羊」形省略中部的豎筆；或中部的豎筆分離作兩豎畫。
195	豕	 豕/璽彙 0175				「豕」形作「F」形加「×」形。
196	犬	 猒/陶錄 3.405.1	 猶/集成 09.4646			「犬」形的豎筆增加短橫畫或點形飾筆。

199	馬	馬/璽彙 0047	馬/陶錄 2.353.2			1.「馬」字的頭部簡省橫畫，四肢作兩組對稱的撇畫；2.頭部簡省豎畫，四肢簡省作一橫畫和一組對稱的撇畫。
204	虍	獻/集成 09.4595	𧇖/陶錄 2.369.4	𧇧/山大 9	虡/璽彙 0208	1.「虍」字上部筆畫作三角形，下部字形筆畫簡省；2.或省略「虍」形上部筆畫，只保留下部的字形；3. 或只保留「虍」形上部的近似三角形的字形；4.「虍」形的左右兩邊豎筆拉長。
		縷/璽彙 3921	臚/璽彙 1465	𧇖/陶錄 2.51.1	𧇖/陶錄 2.389.2	
		臚/璽彙 1954	臚/璽彙 5677	𨆸/陶錄 3.415.3		
215	它	舵/新泰圖 18				「它」形變彎曲筆畫為豎直筆畫，且表示身形的筆畫寫於右側。
229	肉	祭/陶錄 3.72.1	祭/陶錄 3.11.1			「肉」形的兩撇畫的下部都不出頭；或僅上部撇畫的下部不出頭。
241	豆	豆/陶錄 2.440.1	豆/陶錄 2.473.4	豆/陶錄 3.2.2	豆/陶錄 2.291.1	1.「豆」字的容器形中增加點形；2. 字形上下部筆畫相連，底部作一橫畫；3. 上部增加兩橫畫飾筆；4. 容器形中增加豎畫；5.「豆」形的上中下部分離。
		豆/陶錄 2.497.1	豆/陶錄 2.11.4			
242	皀	簋（段）/陶錄 2.297.3	簋（段）/璽彙 0040	節/齊幣 54	簋（段）/璽彙 0034	「皀」形省略下部字形，上部字形中間作豎畫或橫畫；「皀」形上下部分離。
256	且	𧇖/後李圖三 6	臚/璽彙 1465			「且」形中間做交叉形斜筆，形似「西」形；或作「田」形加橫畫。
260	爿	疤/陶錄 2.15.2				「爿」形的左側字形筆畫封口。

274	中	 中/陶錄 2.154.2	 中/陶錄 2.171.4			1.「中」字的豎畫下端向右折筆，上部在右邊增加一橫畫；2. 豎畫上下兩端在右邊增加橢圓形。
275	㫃	 旂/陶錄 3.456.2	 旂/璽彙 3753			「㫃」形作近似「止」形；或於右下部增加尾形飾筆。
285	己	 己/山東 103 頁				「己」形的橫畫延長。
287	幺	 玆/古研 29.311				「幺」形中部增加短豎畫。
324	華	 斁/璽彙 0195				「華」字中的「又」形作手持柄形。
334	王	 王/集成 15.9703	 王/陶錄 2.4.3	 王/璽彙 0546		1.「王」字上部增減短橫畫飾筆；2. 豎畫出頭；3. 或豎畫出頭且增加點形飾筆。
335	戉	 歲/陶錄 2.8.2				「戉」形左側筆畫擴大，包圍右側的字形。
345	平	 平/集成 01.180	 平/集成 18.11471	 平/陶錄 2.5.2		1.「平」字下部增加短橫畫飾筆；2. 或上部增加短橫畫，下部增加「八」形飾筆；3. 或上部和下部都增加「八」形飾筆。
352	寅	 寅/集成 09.4630	 寅/集成 01.285			「寅」形增加兩個「爪」形，其或與寅形相連。
354	矦	 矦/集成 17.11081				「矦」形中的「厂」作「匸」形。

365	卜	卜/貨系 2562				「卜」形的橫畫作橫折筆畫。
378	余	余/集成 01.275	余/陶錄 3.406.4			「余」字上部的橫畫作「V」形；上部作「V」形並且中部增加橫畫。
388	亩	廩/陶錄 3.6.3				「亩」形上端增加短橫畫豎筆，且中部的豎畫和橫畫增多。
389	良	良/陶錄 3.526.5				「良」形上下字形相連，形成橢圓形，中部作數個橫畫。
392	戶	閔/陶錄 2.422.3				「戶」形省略中部的橫畫，且右側的豎筆拉長。

第二節　齊系文字字根的特點

一、義近互用

齊系字根中，有些字根的字形和字義都相近，用於偏旁時，形義相近的字根有互用現象。

1. 人、千

「人」與「千」義近互用較常見，如「信」字从人作（歷博 1993.2）；从千作（集成 18.12107）。

2. 人、卩

「人」與「卩」義近互用現象在古文字中很常見，齊系文字也如此。如「夏」字从人作（集成 01.172）；从卩作（集成 01.285）。

3. 口、甘

「口」與「甘」形義俱近可通用，如「古」字，从口作（山東 104 頁）；从甘作（陶錄 3.585.6）。

4. 口、言

「口」字字義為口，「言」字字義為口中所說的話，字義都與口有關。二字字形的區別在於「言」比「口」字多舌形和指事符號。用於偏旁時，二字根字形字義相近可互用，如「信」字，从口作（璽考 37 頁）；从言作（歷博 1993.2）。

5. 攴、殳

「攴」與「殳」字形義俱近可互用，字形中的手所持之物有時不易區分，形似「卜」形的是「攴」字。如「毁」字，从攴作（陶錄 2.11.3）；从殳作（集成 09.4440）。

6. 小、少

「小」字與「少」字字形的區別僅在於字形下部有無撇畫，字形和字義俱近有互用現象。如合文「小子」，从小作：（集成 07.4037）；从少作（集成 01.285）。

二、同形異字

林清源提出，一个字形記錄兩個詞的情況，稱為「同形異字」或「同形字」。〔註5〕齊系字根字形也有這種現象，二字根的字形和造字本意原本不同，在字根字形經過省略、繁化、訛變、增加飾筆等變化後，導致這兩個字呈現出相同的字形，但字義又不相同。

1. ⊖（日、○、田）

齊系「日」字作⊖（貨系 2633）。「○」字偏旁字形在○形中間加入點畫或短橫畫的飾筆，而與日形相近，例：（賔/陶錄 3.497.2）。「田」字偏旁字形省略中間的豎畫，而形似日形，例：（専/集成 01.285）。

2. （叀、甫）

齊系「叀」字簡省下部字形後作（塼/集成 01.285），與「甫」字字形相同，不易區分，（専/集成 01.282）。

〔註5〕林清源：《楚國文字構形演變研究》，東海大學中國文學系博士論文，1997 年，頁 173。

3. 一（一、丁）

齊系「一」字作一（集成 18.12092）。「丁」字偏旁字形，會訛變作「一」字形，例：（正/集成 05.2732）。有些「正」字字形還會在此基礎上，多加「丁」字來表示字形本義，但這個多加的「丁」字字形又發生訛變，用一短橫畫表示「一」字形，例：（正/集成 15.9733）。

4. 十（十、七、甲、才、土）

齊系「十」字字形作十（集成 01.275）。「七」字字形作（貨系 2556）。「甲」字單字字形作：（考古 2011.2.16）；偏旁字形作（戎/集成 01.285）。「才」字字形作（集成 01.272）。「土」字偏旁字形主要作、形，省略部分筆劃後，會變成十形，例：（成/集成 01.278）。

5. 厂（厂、广）

齊系「厂」字偏旁字形作（原/古研 29.310）。「广」字偏旁字形簡省「广」形上部的點畫，而與「厂」形相同，例：（庫/集成 18.11609）。

6. （田、用）

齊系「甫」字下从「田」字，訛與「用」形幾乎同形，例：（補/陶錄 3.107.4），（用/集成 01.274）。

三、形近易訛

齊系字根中有些字根字形用作偏旁時，或字形省略、訛變；或字形結構位置調整；或書寫於不同載體上，會導致該字根字形發生變化，而與另一個字根字形相近而易訛，需要仔細分辨。

1. 人、卜

「人」與「卜」字形近易訛，例：（人/齊幣 108）、（卜/貨系 2517）。

2. 目、囟、鹵

「目」字偏旁字形訛變後作（相/璽彙 3924），與「囟」字形近，（陶錄 3.22.1）。「鹵」字偏旁字形省略小點形，也與此形相近，例：（鹽/璽彙 0198）。

3. 止、屮

「止」字偏旁字形筆畫簡省後與「屮」字形近易訛，例：（此/陶錄

3.236)、（先秦編 401）。

4. 釆、米

「釆」字偏旁字形省略撇畫後與「米」字字形相近，例：（番/集成 02.545）、（粱/集成 15.9733）。

5. 心、口

「心」字偏旁字形的橫畫變短後與「口」字形相近，例：（忘/集成 09.4647）、（口/陶錄 2.502.1）。「口」形右側豎筆拉長，而「心」形近，例：（信/璽彙 0282）。

6. 火、山

「火」字偏旁字形與「山」字字形近，例：（熨/集成 05.2638）、（山/山大 7）。

7. 又、父

「又」與「父」字形近易訛，「父」字的「又」形上端中部筆畫向左或右傾斜，表示手持杖形，例：（專/集成 01.285）；「又」字字形則不傾斜，例：（專/集成 01.282）。

8. 戌、宀

「戌」字偏旁字形筆畫簡省或殘缺，而近似「宀」形，較難辨別，例：（鹹/陶錄 2.608.1）、（宮/陶錄 3.537.2）。

9. 魚、矢

「魚」字偏旁字形筆畫簡省後部分字形與「矢」字字形相近，例：（再/古研 29.396）、（疾/陶錄 2.465.1）。

10. 勹、宀

「宀」字偏旁字形作（家/集成 01.285）。「勹」字偏旁字形有一形態作拉長左邊筆畫並在上部加點形，而形近「宀」形，例：（匋/陶錄 2.116.1）。

11. 勹、穴

「勹」字訛變成形近「宀」的字形後，又在下部增加兩點畫，而形近「穴」形，例：（匋/陶錄 2.186.3）。

第三節　齊系文字字根與其他文字字根比較研究

筆者將齊系字根與同時期的楚系文字字根，和同書寫載體的金文字根、璽印文字字根進行對比，研究齊系文字字根與其他文字字根的差異。

其他字根研究成果與本文齊系文字中的字根確定方式和情況有一些差別，故加以說明。有的字根是某个字根之異體，如「㐄」字應為「夂」字的反寫，故將其歸入「夂」字根，不再單獨列為字根。有的字根是另一個字根的簡體或者繁體，也不將其列為新字根，如「彳」字是「行」字之簡體，故只列「行」字根，「彳」字歸入其中。有些字根字形本是同字，卻被當做兩個字根，如「囟」字與「由」字，本是同字，在有些字根研究中卻被當做兩個字根。以上情況導致不同文字字根有區別，本文不將此類區別當做是不同字根之間的差異。

此外，本文不列入字根的情況還有：文字因時代、訛變等原因導致字形不同而產生的字根差異。有些字根的字形多樣，不同字形的造字方式不同，因此該字根有的字形可作為字根，有的字形則不能。如「美」字，金文作（美/美寧觚）象人頭上戴羽毛類飾物之形，齊系文字則作（陕/璽考 69 頁），人頭上的飾物之形下端寫作一橫畫，而與「羊」形相同，筆者認為此字形从羊从大，故無法將「美」字作為齊系字根。以及因為字形分析的不同導致字根判斷也不同。如「[illegible]」字，在金文、璽印字根研究中被認定為字根，字形待考。但筆者採用何琳儀的觀點：「从屮，从土，从冂，會艸木生長受阻之意。或說，从丰，从冂（坰），會次於邊境之意。」〔註 6〕因此不將此字認定為字根。符合以上各類情況的字根，筆者皆不將其列入下述字根對比表格中。

一、齊系文字字根與金文字根對比

本文與董妍希《金文字根研究》〔註 7〕進行對比，共發現 87 個字根僅見於金文字根而不見於齊系文字字根；34 個字根僅見於齊系文字字根而不見於金文字根。齊系文字字形材料和金文字形材料的時間跨度基本一致，甚至金文字形材料的時間跨度更大，但仍有些字根是齊系文字所獨有的，主要原因是齊系文字材料包含了陶文、璽印等文字材料。以及有些僅見於齊系字根的字形雖然也

〔註 6〕何琳儀：《戰國古文字典》，頁 1265。

〔註 7〕參董妍希《金文字根研究》。

出現於金文材料中，但因為字根確定標準的細微不同，金文字根研究成果不以為字根。

1. 僅見於金文系統之字根

工	介	光	卂	彭	[illegible]	爽	𦫵	[illegible]	卓	夒	眉	叕	髟	丹	厷	肘	叉	考
亩	孚	恖	亙	回	[illegible]	棗	[illegible]	末	秉	林	東	羊	米	尞	祗	[illegible]	覓	豭
豕	豪	麋	麗	昆	禺	昆	雞	蝠	龜	巤	飛	甗	[illegible]	酉	[illegible]	畀	[illegible]	盤
[illegible]	俎	[illegible]	幻	裘	冕	市	芇	牢	[illegible]	旨	回	輪	青	熏	曲	弓	規	朩
綏	个	[illegible]	曷	甾	亞	川	[illegible]	[illegible]	宰	[illegible]								

2. 僅見於齊系文字系統之字根

丮	欠	旡	殺	女	妟	毌	云	保	苜	眔	耴	谷	吏	乏	旦	是	畾	亘
㐺	華	鼂	肙	丄	卵	毌	會	奠	去	卒	弁	丂	廴					

二、齊系文字字根與璽印文字字根對比

本文與何麗香《戰國璽印字根研究》〔註 8〕進行對比，共發現 22 個字根僅見於璽印文字字根而不見於齊系文字字根；108 個字根僅見於齊系文字字根而不見於璽印文字字根。齊系字根較多，應該是齊系文字材料較多的緣故。

1. 僅見於璽印文字系統之字根

介	卂	卓	恖	亙	回	[illegible]	林	豭	豕	禺	兔	巤	[illegible]	[illegible]	牢	旨	曲	青
[illegible]	[illegible]	凶																

2. 僅見於齊系文字系統之字根

允	匕	殺	丮	若	女	妟	毌	云	孔	保	也	面	苜	眔	耴	牙	舌	音
啻	喦	谷	須	嗌	而	兮	乎	丵	吏	事	尋	乏	采	是	參	月	夕	畾
朋	亘	夊	焚	朱	本	栗	果	巢	華	㐺	桒	希	豸	彝	舄	唯	於	鼂
禹	毌	色	黽	能	贏	死	肩	肙	皮	丄	卵	丰	璧	予	鬲	曾	升	卤
巨	巠	章	甬	耒	帶	或	戚	害	玄	卒	冃	弁	素	尚	乎	侖	办	丂
[illegible]	弔	萑	引	夷	廴	凵	京	喬	尚	彡	七	厶						

〔註 8〕參何麗香：《戰國璽印字根研究》。

三、齊系文字字根與楚系文字字根對比

本文綜合陳嘉凌《楚系簡帛字根研究》〔註 9〕、王瑜楨《上海博物館藏戰國楚竹書（一）~（六）字根研究》〔註 10〕、駱珍伊《〈上海博物館藏戰國楚竹書（七）~（九）〉與〈清華大學藏戰國竹簡（壹）～（叁）〉字根研究》〔註 11〕、范天培《〈清華大學藏戰國竹簡（肆）～（柒）〉字根研究》〔註 12〕這四部與楚系文字相關的字根研究成果，進行對比研究，共發現 70 個字根僅見於楚系文字字根而不見於齊系文字字根；8 個字根僅見於齊系文字字根而不見於楚系文字字根。齊系字根較少應該是齊系文字材料較少，楚系文字材料內容更豐富的緣故。

1. 僅見於楚系文字系統之字根

工	介	及	光	彭	咠	尤	弓	卓	要	太	矣	先	卂	乳	孚	眉	品	瞑
厷	拇	聿	恖	図	曷	亙	㠯	淖	侃	回	棗	末	林	秉	瓜	冂	犮	夒
兔	巤	隼	巂	禺	昆	离	飛	疐	丨	曲	助	氏	幵	兹	青	台	串	冕
市	𢦏	刃	寽	肘	尞	覓	豙	芇	囊	象	規	朩						

2. 僅見於齊系文字系統之字根

萬	苜	谷	兮	華	鼀	丄	丵											

第四節　齊系文字字根與具有齊系文字特點的楚簡文字

近年來，關於楚簡的國別抄本問題討論頗多。馮勝君提出：

> 從理論上講，楚地出土的戰國簡特別是古書類竹簡，當然有可能是由某一國家的書手用當地文字抄寫，流傳到楚地，在被埋入墓葬之前一直保持原貌，未經輾轉傳抄，但這種情況到目前為止尚未發現。以郭店簡和已公佈的上博簡為例，沒有哪一篇簡文是完全不包含楚文字因素的其他國家的抄本，應該都是楚人的轉錄本。〔註 13〕

〔註 9〕參陳嘉凌：《楚系簡帛字根研究》。

〔註 10〕參王瑜楨：《上海博物館藏戰國楚竹書（一）～（六）字根研究》。

〔註 11〕參駱珍伊：《〈上海博物館藏戰國楚竹書（七）～（九）〉與〈清華大學藏戰國竹簡（壹）～（叁）〉字根研究》。

〔註 12〕參范天培：《〈清華大學藏戰國竹簡（肆）～（柒）〉字根研究》。

〔註 13〕馮勝君：《郭店簡與上博簡對比研究》，頁 251。

由此，楚簡在傳抄的過程中很可能受到書手用字習慣和楚地文字特點的影響，使楚簡文字具有某些六國文字的風格和特點。

學術界對楚簡文字的國別問題已進行了研究。馮勝君提到，較早注意到郭店簡國別問題的是李學勤，他在「郭店楚墓竹簡學術研討會」上指出《唐虞之道》和《忠信之道》並非楚文字，而是三晉文字。李家浩認為郭店簡《唐虞之道》、《忠信之道》、《語叢》一～三以及上博簡《緇衣》很可能是魯國的抄本。〔註 14〕其後，周鳳五在《郭店竹簡的形式特徵及其分類意義》中從竹簡的形制、字體、書法體勢等角度對郭店簡的國別問題進行了研究。〔註 15〕馮勝君在《郭店簡與上博簡對比研究》中從文字形體和用字習慣角度對郭店簡《唐虞之道》、《忠信之道》、《語叢》一～三以及上博簡《緇衣》與六國文字和傳抄古文進行了對比研究。〔註 16〕蘇建洲在《〈上博楚竹書〉文字及相關問題研究》中以字形結構和用字習慣為重點，對上博簡底本的國別問題進行了研究。〔註 17〕柯佩君〈論上博簡非楚系色彩之字形〉在前人基礎上對上博簡非楚系特徵的文字進行了補充研究。〔註 18〕

本文從文字字形結構的角度，對楚簡文字中的齊系特徵文字與齊系文字字根進行對比研究，旨在總結出齊系特徵的楚簡文字的齊系文字字根來源。通過這些齊系字根字形以及前一節中的典型齊系字根字形，可以為判斷楚簡或者其他六國文字中的齊系文字風格和特徵提供依據。

關於具有齊系特徵的楚簡文字字形分析，學界已做過相關研究，本文綜合馮勝君、蘇建洲和柯佩君的研究成果〔註 19〕，將具有齊系特徵的楚簡文字字形及其齊系文字字根字形來源，列表如下：

〔註 14〕馮勝君：《郭店簡與上博簡對比研究》，頁 255。

〔註 15〕周鳳五：〈郭店竹簡的形式特徵及其分類意義〉，《朋齋學術文集：戰國竹書卷》（臺北：臺大出版社，2016 年），頁 3～22。

〔註 16〕馮勝君：《郭店簡與上博簡對比研究》。

〔註 17〕蘇建洲：《〈上博楚竹書〉文字及相關問題研究》，頁 212～250。

〔註 18〕柯佩君：〈論上博簡非楚系色彩之字形〉，頁 127～152。

〔註 19〕綜合參考馮勝君：《郭店簡與上博簡對比研究》，頁 259～294；蘇建洲：《〈上博楚竹書〉文字及相關問題研究》，頁 218～250；柯佩君：〈論上博簡非楚系是色彩之字形〉。

齊系文字字根與具有齊系文字特點的楚簡文字字形對比							
字根	齊系文字字形		楚簡文字字形				
申	 申/陶錄 3.476.5		 申/郭.忠.6				
葡	 備/集成 15.9730		 備/郭.語三.54	 備/郭.成.3	 備/上 4.曹.52		
也	 也/山東 103 頁	 疤/陶錄 3.488.1	 也/上.鮑.1	 也/上.鮑.8	 也/郭.忠.1		
目	 目/陶錄 2.463.4	 曉/陶錄 3.268.5	 目/郭.唐.6	 目/郭.語三.30	 目/上 1.紂.1	 目/上 1.紂.1
宀	 內/璽考 56 頁		 內/上 1.紂.20				
攴	 般/集成 15.9709		 敿/上 1.紂.4				
𩫏	 𩫏/集成 09.4644		 厚/上 1.紂.2				
不	 不/陶錄 3.39.3		 不/上 1.紂.2	 不/郭.語三.60			
而	 而/陶錄 3.512.5		 而/郭.語三.12	 而/郭.語三.18			

冬	 冬/後李七 4		 終/上 1.紂.17	 終/郭.語三.49		
大	 大/集成 15.9733		 大/上 1.紂.11			
天	 天/齊幣 441		 天/郭.語一.2			
亦	 亦/山東 104 頁		 亦/上 1.紂.10			
夫	 夫/集成 01.151		 夫/郭.忠.4			
於	 於/陶錄 2.35.3		 於/郭.唐.8			
者	 都/集成 01.285	 者/集成 18.12093	 者/上 1.紂.22	 者/郭.語一.21	 者/郭.唐.2	 惹/上 1.紂.12
皇	 皇/集成 09.4596		 皇/郭.忠.3			
朋	 倗/陶錄 3.56.4		 堋/上 1.緇.23	 朋/郭.語一.87		
匕	 偍/陶錄 2.140.1		 甚/上 1.孔.24			

犬	猶/集成 09.4646		肰/郭.老甲.30			
又	鄟/璽彙 0152		又/郭.語二.5			
巳	祀/集成 01.102		甚/上 1.緇.11			

從上述表格中可看出齊系文字對楚系文字形體的影響。但反之，楚系文字對齊系文字的影響，以筆者目前掌握的齊系文字材料來看，並無明確的字例可以佐證。雖然，有些較特殊的齊系字根字形與楚系的典型字字形相同，孫合肥研究楚系文字時，提出「丮」旁增足趾形，後分離出「女」形；「衣」旁截除上部形體；「言」旁省豎畫；「糸」旁形體解散這四點楚系文字字形特徵，同時齊系和晉系文字也皆有此類字形。〔註 20〕（這四個字的字形在前文字根分析中已經提及，不再贅述。）但是，這四類字形，到底是楚系、齊系和晉系如何相互影響而形成的，還是這三系文字字形演變的結果，目前筆者還難下結論。所以，筆者認為以目前所見出土材料還無法確定楚系文字對齊系文字有明顯影響。其主要原因有兩點，一是楚簡中的文章可能較多是從齊魯兩地流傳而出，多為齊系文字書寫。二是目前所見的齊系文字材料大多為金文、陶文、璽印文等，未見簡帛文字，文字書寫具有一定的規範性，受其他各系文字影響較小。

本文根據目前齊系文字材料的出土情況，和文字考釋、整理成果，對齊系文字字根進行研究；為齊系文字做出了更合理的分類方式；分析齊系文字的字形特色；歸納出典型的齊系文字字根，及楚簡文字齊系特徵的來源。隨著出土材料的不斷發現，和文字考釋的進步，相信齊系文字和齊系文字字根研究還會有更多新成果。

〔註 20〕參考孫合肥：《戰國文字形體研究》，安徽大學博士論文，2014 年，頁 652～672。

參考書目

一、古　籍（依作者生卒年代排列）

1. 漢・許慎撰，宋・徐鉉校：《說文解字》，北京：中華書局，2013 年。
2. 宋・戴侗：《六書故》，臺北：臺灣商務印書館，1976 年。
3. 元・周伯琦：《六書正譌》，臺北：臺灣商務印書館，1983 年。
4. 清・段玉裁：《說文解字註》，南京：鳳凰出版社，2007 年。
5. 清・王筠：《說文釋例》，北京：中華書局，2011 年。
6. 清・徐灝：《說文解字注箋》，北京：作家出版社，2007 年。
7. 清・桂馥：《說文解字義證》，《中華漢語工具書書庫》第 25 冊，合肥：安徽教育出版社，2002 年。
8. 清・朱駿聲：《說文通訓定聲》，武漢：武漢古籍書店，1983 年。

二、專　著（依作者姓名排列）

1. 丁山：《說文闕義箋》，臺北：國立中央研究院歷史語言研究所，1930 年。
2. 丁山：《商周史料考證》，北京：中華書局，1988 年。
3. 于省吾：《雙劍誃古文雜釋》，收錄於《雙劍誃殷契駢枝全編》，臺北：藝文印書館，1971 年。
4. 于省吾：《雙劍誃殷契駢枝全編》，臺北：藝文印書館，1971 年。
5. 于省吾：《甲骨文字釋林》，臺北：藝文印書館，1979 年。
6. 于省吾主編：《甲骨文字詁林》，北京：中華書局，1996 年。
7. 中國社科院考古研究所編輯：《甲骨文編》，北京：中華書局，2010 年。
8. 王襄：《古文流變臆說》，上海：龍門聯合書局，1961 年。

9. 王恩田：《陶文圖錄》，濟南：齊魯出版社，2006 年。
10. 王國維：《史籀篇疏證》，臺北：藝文印書館，1971 年。
11. 王國維：《古史新證》，北京：清華大學出版社，1996 年。
12. 王獻唐：《古文字中所見之火燭》，濟南：齊魯書社，1979 年。
13. 方濬益：《綴遺齋器款識考釋》，上海：商務印書館，1935 年。
14. 朱芳圃：《殷周文字釋叢》，臺北：學生書局，1972 年。
15. 李孝定：《甲骨文字集釋》，臺北：中央研究院歷史語言研究所出版社，1965 年。
16. 李孝定：《金文詁林附錄》，香港：中文大學出版社，1977 年。
17. 李圃：《甲骨文選註》，上海：上海古籍出版社，1989 年。
18. 吳大徵：《說文古籀補》，臺北：臺灣商務印書館，1968 年。
19. 吳其昌：《殷虛書契解詁》，臺北：藝文印書館，1960 年。
20. 何琳儀：《戰國古文字典》，北京：中華書局，1998 年。
21. 何琳儀：《戰國文字通論訂補》，南京：江蘇教育出版社，2003 年。
22. 季旭昇師：《甲骨文字根研究》，臺北：文史哲出版社，2003 年。
23. 季旭昇師：《說文新證》，臺北：藝文印書館，2014 年。
24. 周何等編：《中文字根孳乳表稿》，臺北：中央圖書館出版社，1982 年。
25. 周法高主編：《金文詁林》，香港：中文大學出版社，1974-1975 年。
26. 周法高、李孝定、張日昇編著：《金文詁林附錄》，香港：中文大學出版社，1977 年。
27. 林義光：《文源》，上海：中西書局，2012 年。
28. 屈萬里：《殷虛文字甲編考釋》，臺北：聯經出版事業公司，1984 年。
29. 胡厚宣：《甲骨學商史論叢二集》，成都：齊魯大學國學研究所，1945 年。
30. 徐中舒：《甲骨文字典》，成都：四川辭書出版社，1988 年。
31. 徐在國：《新出齊陶文圖錄》，北京：學苑出版社，2014 年。
32. 高明：《中國古文字學通論》，北京：北京大學出版社，1996 年。
33. 高鴻縉：《中國字例》，臺北：三民書局，1992 年。
34. 郭沫若：《殷契粹編》，臺北：大通書局，1971 年。
35. 郭沫若：《卜辭通纂》，北京：科學出版社，1983 年。
36. 馬敘倫：《讀金器刻詞》，北京：中華書局，1962 年。
37. 孫剛：《齊文字編》，福州：福建人民出版社，2010 年。
38. 孫誠溫輯、孫海波編：《誠齋殷虛文字》，北京：修文堂書局，1940 年。
39. 孫詒讓：《名原》，濟南：齊魯書社，1986 年。
40. 孫詒讓：《契文舉例》，臺北：大通書局，1986 年。
41. 孫海波：《甲骨文錄》，臺北：藝文印書館，1958 年。
42. 唐蘭：《天壤閣甲骨文存考釋》，北京：輔仁大學，1939 年。
43. 唐蘭：《殷虛文字記》，北京：中華書局，1981 年。
44. 唐蘭：《古文字學導論》，臺北：樂天出版社，1981 年。
45. 唐蘭：《唐蘭先生金文論集》，北京：紫禁城出版社，2005 年。

46. 唐蘭：《中國文字學》，上海：上海古籍出版社，2005 年。
47. 陳世輝、湯餘惠：《古文字學概要》，福州：福建人民出版社，2011 年。
48. 陳夢家：《殷虛卜辭綜述》，北京：中華書局，1988 年。
49. 張世超、孫凌安、金國泰、馬如森：《金文形義通解》，京都：中文出版社，1996 年。
50. 張振謙：《齊魯文字編》，北京：學苑出版社，2014 年。
51. 張振謙：《齊系金文集成》，北京：學苑出版社，2017 年。
52. 張振謙：《齊系文字研究》，北京：科學出版社，2019 年。
53. 商承祚：《殷墟文字類編》，北京：北京圖書館出版社，2000 年。
54. 商承祚：《殷契佚存》，北京：北京圖書館出版社，2000 年。
55. 黄天樹：《黄天樹古文字論集》，北京：學苑出版社，2006 年。
56. 葉玉森：《殷虛書契前編集釋》，臺北：藝文印書館，1966 年。
57. 程俊英、蔣見元：《詩經註析》，北京：中華書局，1991 年。
58. 彭浩：《睡虎地秦墓竹簡》，武漢：湖南美術出版社，2002 年。
59. 董蓮池《金文編校補》，長春：東北師範大學出版社，1995 年。
60. 裘錫圭：《裘錫圭學術論文集》，上海：復旦大學出版社，2012 年。
61. 楊樹達：《積微居小學述林》，臺北：大通書局，1971 年。
62. 楊樹達：《積微居小學金石論叢》，北京：科學出版社，1995 年。
63. 劉釗：《古文字構形學》，福州：福建人民出版社，2006 年。
64. 劉翔、劉抗、陳初生、董琨編著，李學勤審訂：《商周古文字讀本》，北京：語文出版社，1989 年。
65. 羅振玉：《增訂殷墟書契考釋》，臺北：藝文印書館，1971 年。

三、學位論文（依作者姓名排列）

1. 王瑜楨：《上海博物館藏戰國楚竹書（一）～（六）字根研究》，淡江大學中國文學系碩士論文，2011 年。
2. 王雁君：《戰國齊系銅器文字構形研究》，陝西師範大學漢語言文字學碩士論文，2009 年。
3. 史國豪：《東周魯國金文整理與研究》，曲阜師範大學歷史文化學院碩士論文，2018 年。
4. 江淑惠：《齊國彝銘彙考》，臺灣大學中文系碩士論文，1984 年。
5. 李佳信：《說文小篆字根研究》，臺灣師範大學國文研究所碩士論文，2000 年。
6. 何麗香：《戰國璽印字根研究》，臺灣師範大學國文研究所碩士論文，2003 年。
7. 范天培：《〈清華大學藏戰國竹簡（肆）～（柒）〉字根研究》，臺灣師範大學國文學系碩士論文，2020 年。
8. 林清源：《楚國文字構形演變研究》，東海大學中國文學系博士論文，1997 年。
9. 施謝捷：《古璽彙考》，安徽大學博士論文，2006 年。
10. 陳嘉凌：《楚系簡帛字根研究》，臺灣師範大學國文研究所碩士論文，2002 年。

11. 張振謙：《齊系文字研究》，安徽大學博士論文，2008 年。
12. 徐在國：《論晚周齊系文字特點》，吉林大學碩士論文，1992 年。
13. 孫合肥：《戰國文字形體研究》，安徽大學博士論文，2014 年。
14. 孫光英：《齊系文字形體演變研究》，北京師範大學碩士論文，2006 年。
15. 董妍希：《金文字根研究》，臺灣師範大學國文研究所碩士論文，2001 年。
16. 黃聖松：《東周齊國文字研究》，臺灣政治大學中文系碩士論文，2002 年。
17. 劉偉：《齊國陶文的研究》，山東大學歷史文獻學碩士論文，2008 年。
18. 劉偉傑：《齊國金文研究》，山東大學碩士論文，2004 年。
19. 駱珍伊：《〈上海博物館藏戰國楚竹書（七）～（九）〉與〈清華大學藏戰國竹簡（壹）～（叁）〉字根研究》，臺灣師範大學國文學系碩士論文，2015 年。

四、單篇論文（依作者姓名排列）

1. 丁山：〈數名古誼〉，《中央研究院歷史語言研究所集刊》第 1 本第 1 分，1928 年。
2. 于省吾：〈釋𡘿〉，《考古》1979 年第 4 期。
3. 于省吾：〈釋黽、黿〉，《古文字研究》第 7 輯，北京：中華書局，1982 年。
4. 于豪亮：〈中山三器銘文考釋〉，《考古學報》。
5. 王恩田：〈釋匕氏示〉，《香港中文大學第二屆國際中國古文字學研討會論文集》，1993 年。
6. 王輝：〈殷墟玉璋朱書文字蠡測〉，《文博》1996 年第 5 期。
7. 王獻唐：〈釋每美〉，《中國文字》第 35 冊。
8. 王國維：〈釋天〉，《觀堂集林》，臺北：世界書局，1961 年。
9. 王國維：〈釋史〉，《觀堂集林》，臺北：世界書局，1961 年。
10. 王國維：〈不嬰敦蓋銘考釋〉，《觀堂古今文考釋》，臺北：臺灣商務印書館，1976 年。
11. 吳其昌：〈金文名象疏證〉，《武大文哲季刊》第 6 卷第 1 期。
12. 吳振武：〈試說齊國陶文中的「鍾」和「溢」〉，《考古與文物》，1991 年第 1 期。
13. 李學勤：〈戰國題名概述〉，《文物》，1959 年 7 月。
14. 李家浩：〈釋老簋銘文中的「滤」字〉，《安徽大學漢語言文字研究叢書．李家浩卷》，合肥：安徽教育出版社，2002 年。
15. 沈寶春：〈釋凡與冎凡出疒〉，《香港中文大學第二屆國際中國古文字學研討會論文集》，1993 年。
16. 季旭昇師：〈從戰國楚簡中的「尤」字談到殷代一個消失的氏族〉，《古文字與古代史》第 2 輯，2010 年。
17. 季旭昇師：〈試論《說文》「丵」字的來源〉，《漢字漢語研究》2019 年第 2 期。
18. 金祥恆：〈釋歓〉，《中國文字》第二十一期，1966 年。
19. 金祥恆：〈甲骨文字考釋三則〉，《中研院第二屆國際漢學會議論文》。
20. 林澐：〈說王〉，《考古》1965 年第 6 期。

21. 周鳳五：〈郭店竹簡的形式特徵及其分類意義〉，《朋齋學術文集：戰國竹書卷》，臺北：臺大出版社，2016 年。
22. 姚萱：〈從古文字資料看量詞「个」的來源〉，《中國文字》新 37 期。
23. 柯佩君：〈論上博簡非楚系色彩之字形〉，《臺灣中興大學人文學報》，第 47 期，2011 年。
24. 唐蘭：〈釋四方之名〉，《考古學社社刊》第 4 期，1936 年。
25. 唐蘭：〈永盂銘文解釋〉，《文物》1972 年第 1 期。
26. 唐蘭：〈殷虛文字二記〉，《古文字研究》第 1 輯，北京；中華書局，1979 年。
27. 唐蘭：〈釋保〉，《殷墟文字記》，北京：中華書局，1981 年。
28. 唐蘭：〈陝西省岐山縣董家村新出西周重要銅器銘辭的釋文和注釋〉，《唐蘭先生金文論集》，北京：紫禁城出版社，2005 年。
29. 郭沫若：〈釋白〉，《金文叢考》，北京：人民出版社，1954 年。
30. 郭沫若：〈壴卣〉，《金文叢考》，北京：人民出版社，1954 年。
31. 郭沫若：〈釋祖妣〉，《甲骨文字研究》，北京：科學出版社，1982 年。
32. 郭沫若：〈釋臣宰〉，《甲骨文字研究》，北京：科學出版社，1982 年。
33. 郭沫若：〈釋南〉，《甲骨文字研究》，北京：科學出版社，1982 年。
34. 郭沫若：〈釋干支〉，《甲骨文字研究》，成都：四川大學出版社，2001 年。
35. 郭沫若：〈釋挈〉，《甲骨文獻集成》，成都：四川大學出版社，2001 年。
36. 郭沫若：〈釋龢言〉，《甲骨文字研究》，成都：四川大學出版社，2001 年。
37. 陸德富：〈齊國古璽陶文雜識二則〉，《考古與文物》2016 年第 1 期。
38. 陳漢平：〈古文字釋叢——三，釋卯䢅凡〉，《國際商史會議論文》，1987 年。
39. 陳劍：〈釋造〉，《甲骨金文考釋論集》，北京：線裝書局，2007 年。
40. 陳劍：〈試說甲骨文的「殺」字〉，《古文字研究》第 29 輯。
41. 陳劍：〈臺灣彰化師範大學上課講義〉，2017 年。
42. 陳昭容：〈釋古文字中的丵及从丵諸字〉,《中國文字》新 22 期。
43. 張亞初：〈古文字源流疏證釋例〉，《古文字研究》第 21 輯。
44. 張玉金：〈論殷商時代的祰祭〉，《中國文字》新 30 期，2005 年。
45. 徐中舒：〈對金文編的幾點意見〉，《考古》，1959 年第 7 期。
46. 徐中舒：〈耒耜考〉，《中央研究院歷史語言研究所集刊》第 2 本第 1 分。
47. 徐中舒：〈怎樣考釋古文字〉，《古文字學論集》初編，香港：香港中文大學出版社，1983 年。
48. 徐中舒：〈怎麼研究中國古代文字〉，《古文字研究》第 15 輯。
49. 張振林：〈試論銅器銘文形式上的時代標記〉，《古文字研究》第 5 輯，北京：中華書局，1981 年。
50. 張振謙：〈齊系陶文考釋〉，《安徽大學學報（社會科學版）》，2009 年 7 月。
51. 葉玉森：〈揅契枝譚〉，《學衡》1924 年第 7 期。
52. 曹錦炎：〈戰國古璽考釋（三篇）〉，《第二屆國際中國古文字學研討會論文集》，1993 年。
53. 黃德寬、何琳儀、徐在國：〈說蔡〉，《新出楚簡文字考》，合肥：安徽大學出版社，

2007 年。
54. 裘錫圭：〈釋求〉，《古文字論集》第 15 輯，北京：中華書局，1986 年。
55. 裘錫圭：〈說卜辭的焚巫尪與作土龍〉，《甲骨文與殷商史》，上海：上海古籍出版社，1991 年。
56. 裘錫圭：〈甲骨文中所見的商代五刑——並釋刓剢二字〉，《古文字論集》，北京：中華書局，1992 年。
57. 裘錫圭：〈釋「𦔻」「秎」〉，《裘錫圭學術文集》卷 1，上海：復旦大學出版社，2012 年。
58. 裘錫圭：〈甲骨文中所見的商代農業〉，《裘錫圭學術論文集》卷 1，上海：復旦大學出版社，2012 年。
59. 裘錫圭：〈畀字補釋〉，《裘錫圭學術文集》卷 1，上海：復旦大學出版社，2012 年。
60. 裘錫圭：〈古文字釋讀三則〉，《裘錫圭學術文集》卷 3，上海：復旦大學出版社，2012 年。
61. 裘錫圭：〈甲骨文中的幾種樂器名稱——釋「庸」、「豐」、「鞀」〉，《裘錫圭學術論文集》卷 4，上海：復旦大學出版社，2012 年。
62. 楊安：〈「助」、「叀」考辨〉，《中國文字》新 37 期，臺北：藝文印書館，2012 年 1 月。
63. 詹鄞鑫：〈釋辛及與辛有關的幾個字〉，《中國語文》1983 年第 5 期。
64. 趙平安：〈「達」字「針」義的文字學解釋〉，《新出簡帛與古文字古文獻研究》，北京：商務印書館，2009 年。
65. 趙誠：〈古文字發展過程中的內部調整〉，《古文字研究》第十輯。
66. 聞一多：〈古典新義〉下，《聞一多全集》，武漢：湖北人民出版社，1993 年。
67. 劉釗：〈齊國文字「主」字補證〉，《出土文獻與古文字研究》第 3 輯，上海：復旦大學出版社，2010 年。
68. 冀小軍：〈說甲骨金文中表祈求義的𠦪字——兼談𠦪字在金文車飾名稱中的用法〉，《湖北大學學報（哲學社會科學版）》，1991 年第 1 期。
69. 龍宇純：〈甲骨金文𠦪字及其相關問題〉，《中央研究院歷史語言研究所集刊》第 34 本。

五、網絡論文（依作者姓名排列）

1. 陳劍：〈金文字詞零釋（四則）〉，
復旦網：http://www.gwz.fudan.edu.cn/Web/Show/335
2. 馮勝君：〈試說東周文字中部分「嬰」及「嬰」之字的聲符——兼釋甲骨文中的「癭」和「頸」〉，
復旦網：http://www.gwz.fudan.edu.cn/Web/Show/860

字根索引

編號	字根	頁碼
壹、人類		
人部		
001	人	013
002	元	025
003	千	026
004	身	028
005	并	029
006	[illegible]	029
007	兒	030
008	長	030
009	老	031
010	殺	034
011	夌	035
012	允	036
013	目	036
014	尸	038
015	勹	039
016	匕	043
大部		
017	大	044
018	天	049
019	央	050
020	立	050
021	夫	052
022	亦	053
023	文	054
024	亢	054
025	衰	055
026	無	055
027	叕	056
028	黑	057
029	黄	058
030	𦰩	059
031	夭	060
032	矢	060
033	屰	061
034	交	062
卩部		
035	卩	062
036	欠	071
037	[illegible]	072
038	丮	072
039	旡	073
040	若	073
女部		
041	女	074
042	[illegible]	078
043	妟	079
044	母	080
045	毌	081
046	每	082
子部		
047	子	083
048	𠫓	088
049	孔	089
050	保	089
051	也	090
首部		
052	首	091
053	囟	093
054	西	094
055	白	094

056	百	096
057	面	097
058	𦣞	097
目部		
059	目	098
060	眔	100
061	苜	101
062	民	101
063	直	102
064	臣	103
耳部		
065	耳	104
066	耴	105
自部		
067	自	106
068	四	107
口部		
069	口	107
070	曰	130
071	甘	131
072	[illegible]	133
073	舌	135
074	言	136
075	啚	138
076	音	138
077	喦	139
078	亼	139
079	今	145
080	谷	146
齒部		
081	𠚕	147
082	牙	147
須部		
083	須	148
084	而	148

085	嗌	149
086	兮	150
087	乎	150
心部		
088	心	151
手部		
089	手	157
090	又	157
091	九	172
092	丑	173
093	尤	173
094	朮	174
095	[illegible]	174
096	尹	175
097	父	176
098	聿	178
099	支	178
100	殳	183
101	史	184
102	吏	184
103	事	185
104	爰	186
105	金	187
106	爪	187
107	尋	191
108	𠂇	192
109	[illegible]	194
110	臾	196
足部		
111	足	197
112	疋	197
113	止	199
114	之	211
115	乏	214

116	世	215
117	夂	215
118	采	217
貳、物類		
日部		
119	日	219
120	旦	224
121	[illegible]	225
星部		
122	晶	225
123	參	226
124	月	226
125	夕	229
云部		
126	云	230
127	勹	231
128	气	231
申部		
129	申	232
130	畺	233
131	雨	233
132	霝	234
水部		
133	水	235
134	乙	238
135	川	239
136	州	239
137	巛	240
138	永	240
139	泉	242
140	[illegible]	242
141	亘	243
142	仌	244
火部		
143	火	244

144	⿱㸚夂	246
145	皇	247
木部		
146	木	248
147	朱	253
148	本	255
149	末	255
150	桑	256
151	果	256
152	巢	256
153	桼	257
154	栗	257
155	華	258
156	者	258
157	丂	260
禾部		
158	禾	263
159	黍	266
160	來	267
161	齊	268
162	穆	270
163	米	271
中部		
164	中	272
165	丰	279
166	生	281
167	屯	282
168	帝	283
169	𠂢	283
170	⿱𡗗丰	284
171	不	285
172	巿	286
173	亥	288
174	耑	288
175	竹	289

176	⿱山八	291
土部		
177	土	292
178	山	309
179	丘	310
180	𠂤	312
181	阜	313
182	谷	317
183	玉	318
184	丯	320
185	朋	321
186	○/璧	322
187	呂	322
188	予	327
189	田	328
190	周	334
191	畺	335
192	或	336
193	丁	337
194	口	338
195	鹵	345
獸部		
196	牛	346
197	羊	348
198	豕	350
199	犬	352
200	㣇	354
201	豸	354
202	馬	355
203	鼬/⿰月系	357
204	㲋	358
205	象	358
206	能	359
207	虍	360
208	鹿	363

209	廌	364
禽部		
210	鳥	364
211	於	365
212	隹	365
213	⿰丨隹	369
214	雈	370
215	彝	370
216	舄	371
虫部		
217	虫	372
218	它	372
219	巳	375
220	禹	376
221	萬	377
222	求	378
223	肙	379
224	黽	379
225	龜	380
魚部		
226	魚	381
227	貝	383
228	毌	389
229	龍	390
230	贏	391
皮部		
231	⿰歹巳	391
232	冎	391
233	肩	392
234	肉	392
235	皮	397
236	革	397
237	角	398
238	羽	399
239	非	399

240	尾	400
241	丄	401
242	卵	401
叁、工類		
食部		
243	鼎	403
244	鬲	405
245	曾	405
246	會	406
247	豆	406
248	皀	410
249	畐	413
250	酉	413
251	壺	416
252	奠	417
253	亭	417
254	缶	418
255	公	423
256	皿	427
257	血	431
258	去	432
259	易	432
260	勺	436
261	斗	436
262	升	436
263	匕	437
264	且	438
器部		
265	盧	441
266	㚔	442
267	午	443
268	臼	444
269	爿	445
270	囪	447
271	几	448

272	凡	448
273	用	449
274	甬	452
275	宁	452
276	彗	453
277	帚	453
278	其/丌	454
279	甾	458
280	匚	458
281	冊	460
282	彔	460
283	中	461
284	㫃	463
285	司	465
286	工	467
287	巨	471
288	壬	472
289	巠	472
290	叀	474
291	氏	474
292	冂	475
293	丙	478
294	己	479
295	𡰥	480
絲部		
296	幺	481
297	玄	482
298	率	483
299	糸	483
300	𢆶	488
301	冬	489
302	衣	489
303	卒	491
304	冃	491
305	弁	492

306	素	492
307	巾	493
308	㡀	494
309	帶	494
310	黹	494
囊部		
311	橐	495
312	東	495
313	柬	500
314	函	500
樂部		
315	壴	501
316	庚	502
317	康	503
318	南	504
319	侖	505
320	于	506
獵部		
321	干	508
322	單	509
323	罕	510
324	華	510
325	章	511
326	网	512
327	力	513
328	耒	514
329	辰	514
330	弋	515
331	才	515
332	歺	516
兵部		
333	戈	517
334	必	521
335	弟	522
336	矛	522

337	害	523
338	束	523
339	爾/尔	524
340	癸	527
341	由	527
342	盾	528
343	王	530
344	戉	539
345	戊	539
346	戌	540
347	我	542
348	戚	542
349	刀	543
350	刅	547
351	士	548
352	方	550
353	勿	551
354	平	551
355	亡	553
356	乍	554
357	斤	556
358	丂	557
359	㞷	559
矢部		
360	矢	559
361	至	561
362	寅	562
363	畀	562
364	侯	563
365	夷	565
366	弔	565
367	莆	566

368	乖	567
369	弓	567
370	引	569
辛部		
371	辛	570
372	辛	572
373	㚔	573
374	丵	574
卜部		
375	卜	575
376	爻	576
377	示	577
378	巫	578
379	主	579
車部		
380	行/彳	579
381	廴	586
382	舟	586
383	車	589
屋部		
384	宀	591
385	广	595
386	穴	595
387	厂	596
388	余	598
389	乚	600
390	凵	601
391	井	602
392	丹	603
393	亯	603
394	京	605
395	高	606

396	喬	608
397	𦎫	608
398	㐭	611
399	良	612
400	宮	613
401	亞	614
402	戶	614
403	囧	618
404	尚	619
肆、抽象類		
抽象部		
405	上	621
406	下	622
407	小	622
408	少	623
409	丩	624
410	厶	624
411	○	625
412	甲	626
413	乇	626
414	卯	628
415	入	629
416	乃	630
417	弗	631
418	彡	631
數字部		
419	一	632
420	五	636
421	六	638
422	七	639
423	八	639
424	十	643

文字字根分析索引

齊系文字以單字、重文、合文的順序排列，按總筆畫數排列檢索。每個齊系文字的字形包含的所有字根皆列於本表之中。單字後面括號（ ）裏的字為該字的異體字。字根後面方括號[ ]裏的字為該字根字形訛變之前的字。

單　字

一畫

一　一
二　一
乙　乙

二畫

丩　丩
入　入
刀　刀
又　又
乃　乃
丂　丂
卜　卜
八　八
十　十
匕　匕
卩　卩
勹　勹
厶　厶
人　人
力　力
七　七
九　九
丁　丁

三畫

山　山
夕　夕
尸　尸
厄　厂乙
大　大
上　上
下　下
士　士
三　一
小　小
工　工
屮　屮
千　千
于　于
干　干
口　口

才　才
之　之
女　女
也　也
亡　亡
凡　凡
土　土
己　己
子　子
巳　巳

四畫

分　八刀
父　父
丹　丹
今　今
止　止
牙　牙
木　木
曰　曰
亓　亓
內　宀入
友　又甘
井　井
少　少
屯　屯
公　公
支　支
爪　爪
尹　尹
市　市
牛　牛
及　人又
气　气
元　元
中　中
天　天
不　不
王　王
乏　乏
一（弋）一戈
日　日
月　月
弔　弔
化　人匕
从　人
比　匕
壬　人土
方　方
允　允
欠　欠
丏　一人
文　文
卯　卩
勿　勿
犬　犬
火　火
夫　夫
心　心
水　水
孔　孔
不　不
戶　戶
手　手
毌　毌
氏　氏
戈　戈
引　引
斤　斤
升　升
四（三）　一
五　五
六　六
尤　尤
壬　壬
丑　丑
午　午

五畫

右　口又
令　亼卩
本　本
由　由
台　㠯口
正　止丁一[丁]
半　八牛
左　𠂇工
平　平
可　丂口

字	字根
史	史
占	卜口
出	止凵
巨	巨
生	生
目	目
句	丩口
必	必
用	用
皮	皮
甘	甘
央	天凵
邙	亡口卩
且	且
玉	玉
疋	疋
尔	尔
玄	玄
矢	矢
古	盾口
延	廴止
幼	幺刀
邘	于口卩
弝	弓口卩
邞	勹口卩
叩	口口卩
岊	山口卩
旦	旦
外	夕卜
禾	禾
朮	朮
白	白
仕	人士
付	人又
仕	人土
佞	人女
北	人
丘	丘
戹（反）	尸又
司	司
令	亼卩
厕	厂川
石	厂口
立	立
忉	刀心
洧（汉）	水又
永	永
冬	冬
戹	戹
母	母
奴	女又
民	民
弗	弗
乍	乍
它	它
二（弍）	一戈
宔	冂土
圦	土九
田	田
且	且
四	四
甲	甲
丙	丙
戊	戊
卯	卯
目	目
未	未
申	申

六畫

字	字根
祂（礼）	示匕
因	囗大
各	夂口
缶	缶
吁	口于
旨	千口甘人
	[千]
百	百
邦	丯口卩
芊	屮千
艸	屮
丞	又卩
寺	止又
此	止
列	歺刀
吃	口气
羊	羊
朱	朱

自	自
收	丩攴
臣	臣
行	行
血	血
再	一魚
名	夕口月[夕]
死	歺人
休	木人
吏	吏
吉	士口
合	亼口
妟	中女
尙	尚一
退	彳止人又
迲（往）	彳土
荆	井刀
帀	一十
玭	玉匕
孛	中子
记	彳止己
这	彳止女
兯	亢卜
邳	人土口卩
邴	丙口卩
郏	夫口卩
那	尹口卩
邡	方口卩
有	又肉
多	肉
朿	朿
臼	臼
宅	宀乇
向	宀口
安	宀女
宂	宀凡
守	宀又
同	凡口
伐	人戈
佯	人丰
任	人壬
并	并
衣	衣
老	老
考	老丂
舟	舟
先	止人
兄	口人
弁	弁
旬	勹日
囟	囟
庀	厂匕
而	而
灰	火又
光	卩火
大（夻）	大口
夸	大于
坴	大
亦	亦
交	交
汲	水人又
汩	水口
州	州
冰	仌水
至	至
西	西
耳	耳
丞	又卩
妃	女巳
妋	女弋
改	女己
好	女子
如	女口
妀	女凡
乑	乑
戎	甲戈
匠	匚斤
匧	匚交
匡	匚生
弜	弓
在	才土
圭	土
坴	大土
劦	力
𠂤	𠂤
成	戌土
字	宀子

字	字根
亥	亥

七畫

字	字根
皇（㞷）	止王
咸（戓）	口戈
寽	爪又
羌	羊人
貝	貝
孚	爪子
牡	馬丄
吾	五口
走	夭止
返	彳止厂又
迖	彳止犬
迊	彳止市
言	言
足	足
余	余
角	角
戒	又戈
君	尹口
初	衣刀
兵	斤又
邑	口卩
甫	又田父[又]
攸	人攴
利	禾刀
步	止
告	牛中口
每	每
夆	夂丰
即	皀卩
祀	示巳
折	中斤
杜	木土
弟	弟
豆	豆
矣	矢㠯
杞	木
攻	工攴
良	良
弢	弓攴
⿱艹公	中公
谷	谷
⿺辶牛	彳止牛
⿰它刂	它刀
⿱九皿	九皿
夋	夋
⿱竹⿷匚盾（⿷匚古）	匚盾口
⿰句阝	丩口口卩
邱	丘口卩
⿰⿱亡刀阝	亡刀口卩
⿰它阝	它口卩
⿰疋阝	疋口卩
郘	㠯口卩
⿰戊阝	戊口卩
昃（昊）	日夨
文（吝）	文口
期（⿱丌日）	丌日
夙（⿰夕丮）	夕丮
甬	甬
克	由皮
⿳宀一人	宀一人
宋	宀木
⿱宀引	宀引
⿱宀中	宀中
呂	宮
⿱穴人	穴
佗	人它
何	人丂口
佝	人丩口
佐	人𠂇工
⿰亻生	人生
身	身
孝	老子
尾	尾
兌	八口人
卲	刀口卩
序	广予
⿸厂兄	厂口人
豕	豕
狄	犬
犾	犬
赤	大火
夾	大人
吳	夨口
志	止心
忻	心斤

忘	亡心
忌	己心
忐	上心
㤉	心牙
忳	心屯
㣿	川心
巠	巠
冶	呂口刀
耴	耴
𦣝	𦣝
扙	手支
妊	女壬
妣	女匕
姉	女中门
姒	女㠯
我	我
封（垶）	土丰
坊	土方
呈	日土
里	田土
坙	爪土
男	田力
呂	呂
車	車
阿	阜丂口
己（𢀒）	己止
辛	辛
辰	辰
酉	酉

八畫

祖（且）	且丌
春（旾）	屯日
茆（茆）	屮卯
苹	屮平
㞢	屮之
咜	口它
尚	尚
和	禾口
命	亼口卩
味	口未
迱	彳止它
迲	彳止去
迮	彳止乍
适	彳止盾口
迟	彳止口人
迗	彳止夭
延	彳止一[丁]
迪	止申
建	廴聿
往	彳止之人土
於	於
奉	丰又
事	事
卑	卑
秉	又禾
者	者
隹	隹
制	未刀

盂	于皿
肥	肉卩
肞	肉乏
𤘺	牛乏
典	冊丌
刵	耳刀
取	耳又
肮	肉亢
畀	畀
巫	巫
其	其
虎	虍人
卹	血卩
周	口周
舍	余口
[illegible]	丂口丌
匋	勹缶
京	京
市（坾）	土止丂
來	來
麦	麦
析	木斤
枋	木方
采	爪木
東	東
邾	朱口卩
邿	止又口卩
年（秊）	禾千人土
嶽（岳）	丘山

字	字根
⿰亘阝	亘口卩
⿰弜阝	弓口口卩
⿰㝉阝	宀又口卩
昌	日口
昔	日巛
昉	日方
朙（明）	日囧月
夜	亦夕
彖	彖
定	宀丁止一 [丁]
宓	宀必
宗	宀示
宔	宀主
⿱宀付	宀人父[又]
⿱宀田	宀田
⿸疒也	人爿也
兩	丙
帛	白巾
⿱罒又	网又
佴	人耳
卒	卒
居	尸盾口
兒	兒
岡	网山
府	宀人又
⿸广疋	厂疋
⿸广朱	厂朱
⿱石山	厂口山

字	字根
長	長
昜	昜
奔	夭止
怡	㠯口心
怙	心盾口
忞	文心
惄（⿱弔心）	弔心
惎（⿱亓心）	丌心
⿱巨心	心巨
怛	心旦
⿱日心	日心
河	水丂口
沱	水它
沽	水盾口
波	水皮
沬	水首卩
⿰氵弁	水弁
雨	雨
非	非
戶（床）	戶木
門	戶
拍	手白
妻	甾女
始	女㠯口
妳	女尔
⿰女白	女白
⿰女出	女止凵
戟（我）	丯戈
或	或

字	字根
武	止戈
⿰支戈	支戈
⿷匚肉	匚肉
⿰弓旦	弓口一
⿰弓司	弓司
⿰弓它	弓它
坪	土平
均	土丩口
垂	𠂹土
協	耒言犬
金	亼吕王
斧	父斤
所	戶斤
亞	亞
庚	庚
季	禾子
孟	子皿
⿰古子	盾口子

九畫

字	字根
祖	示且
神	示申
祝	示口卩丮 [卩]
皇	皇王
差	來𠂇工
胥	疋肉
幽	幺火
信	人言口
枼	世木

茈	屮止
胡	盾口肉
爰	爰
貞	貞
受	爪又舟
朐	肉丩口
則	鼎刀
荆	屮干刀
爯	又魚
是	止子
咨	次口
訅	言九
退	彳止夊日
适	彳止舌
追	彳止𠂤
逆	彳止屰
逌	彳止耳
洛	彳夊口
後	彳止夊口
矦	矦
前	止舟
登	止攴
畋	田攴
政	止攴一[丁]
故	盾口攴
敏（勄）	每力
攸	乍攴
柭	木玄
某	甘木

相	木目
枳	木口
棺（梠）	木宮
南	南
音	音
隋（𦞤）	肉𠂇工
胎	肉㠯口
厚	厂𣆪
甚	匕口
哀	衣口
既	皀旡
柬	柬
啚	啚
㖧	口朿
翌	工羽
𦙶	肉人又
𡩜	宀口丌
𤴓	丂口止
盞	戈皿
鬼	囟人卜
郢	口土口卩
䣊	屮牛口口卩
郐	余口卩
郝	求口卩
鄐	屮田口卩
郫	車口卩
郅	巠口卩
郖	足口卩
郯	㸚口卩

鄁	㒼口卩
㚘	日弗
朏	月止凵
舵	肉它
采	爪禾
析	禾斤
香	黍口[甘]
耑	耑
室	宀至
宦	宀臣
客	宀夊口
容	宀大口
疕	人爿七
疨	人爿五
疛	人爿丑
疢	人爿
帥	𠂤巾
保	保玉貝
俟	人㠯矢
待	人止又
俓	人巠
俅	人求
偤	人酉
者	老盾口
耋	老疋
屎	尸米
展	尸𠂤丌
俞	舟余水
面	面

字	字根
首	首
畏	囟人卜口
昜	日丂
彖	彖
㲋	㲋
[illegible]	犬井刀
奏	𡗗又
[illegible]（[illegible]）	㠯立司
思	囟心
恂	心勹日
[illegible]	心丘
洛	水夊口
洹	水亘
洋	水羊
洨	水交
砅	水厂口
[illegible]	水宀口
泉	泉
永（[illegible]）	永止
[illegible]	臣力
姜	羊女
姑	女士口
威	女戉
姝	女朱
[illegible]	止匕女
戈（[illegible]）	戈皿
匽	匚妟
紀	糸己
[illegible]	糸弋

字	字根
[illegible]	糸大
封	丰又
城	土戌
垔	西土
[illegible]	止匕土
鋪（[illegible]）	匚父田
[illegible]	丩口斤
料（[illegible]）	八牛升
軍	勹車
[illegible]	車力
陟（[illegible]）	阜止田
陞	阜升土
癸	癸
孨	子
[illegible]	酉九

十畫

字	字根
祖（[illegible]）	示且
[illegible]	示止人
祥	示羊
[illegible]	中皀卩
薛（[illegible]）	肉辛
莫	中日
世（[illegible]）	世立
員	鼎○
鬲	鬲
釜	父缶又[父]
索	素
倉	亼口戶
益	八皿

字	字根
玆	幺
飤	亼皀人
師	𠂤帀
眔	眔
殺	殺
訖	言气
釜	父又[父]缶
眚	中目
虔	虍文
華	華
畢	華
哏	口良
[illegible]	口巠
隻	隹又
尃	又
圃	囗中田
[illegible]	中人攴
敋	夊口攴
[illegible]	并攴
路（[illegible]）	足夊
逐	彳止豕
[illegible]	彳止殺
[illegible]	彳止釆
連	彳止車
造	彳止牛中口
通	彳止用
徒	彳止土
[illegible]	木虍
柴	木止匕

桁	木行	旅	㫃人	卿	皀亼卩
案	宀女木	[illegible]	㫃井	冢	豕主
椉（乘）	大木	旗（旂）	㫃丌	[illegible]	每山
亳	高乇	朔	屰月	庫	广車
高	高	函	函	[illegible]	大豕
班	玉刀	栗	栗	馬	馬
芻	屮勹	秦	又午禾	[illegible]	犬豆
夏	日首卩止	[illegible]	米升	能	能
畟	人夊	家	宀豕	[illegible]	犬土火
衰	衰	宴	宀妟	烕	火戉
盄	刀口皿	宰	宀辛	[illegible]	火缶
篕（笑）	竹夫	害	害	[illegible]	心巠
[illegible]	必	宮	宀宮	悍	心日干
[illegible]	工丮	疾	人爿矢	虑	心虍
[illegible]	朱殳	疸	人爿旦	[illegible]	心大土
[illegible]	卜虍人	[illegible]	人爿大	[illegible]	心㠯矢
[illegible]	目弁	[illegible]	人爿口	[illegible]	行心
[illegible]	一欠肉	[illegible]	[illegible]	[illegible]	人木心
都	者口卩	倗	人朋	[illegible]	朱心
郭	羊亯口卩	倚	人大丂口	涂	水余
郳	兒口卩	[illegible]	人耳又	原	厂泉
[illegible]	夭止口卩	殷	身殳	肁	戶聿
[illegible]	采口卩	[illegible]	衣生	[illegible]	臣巳
郗	希口卩	屖	尸辛	脊	朿肉
[illegible]	人夊口口卩	朕	舟灷八	姬	女臣
[illegible]	生井口卩	般	舟殳攴	[illegible]	女皀卩
[illegible]	亦夕口卩	[illegible]	肉灷	[illegible]	女㠯司
[illegible]	办木口卩	[illegible]	示止人	[illegible]	女谷
晉	矢日	[illegible]	目又	戟（[illegible]）	夊口戈

字	字根
戜	口土戈
弳	弓巠
孫	子糸
純	糸屯
紉	糸刅
綿	糸弔
坙	幺土
畹（晼）	田夗
留	卯田
畜	幺田
陰	阜云今
陰（隂）	阜亼呂王
陸	阜𡵂土
阿（𡋟）	阜丂口土
陳	阜東
羞	羊又
配	酉己

十一畫

字	字根
祖（𥙆）	示且又
社（𣐈）	木示又
祭	肉又示
萊	中來
𦮽	中不戈
啓	戶攴口
脬	肉爪子
巢	巢
虘	虍且
牼	牛巠
虖	虍乎
曹	東曰[口]
唯	口隹
曼	冒目又
執	㚔丮木土
章	章
啚	口㐭
異	𠀎田
桼	桼
敢	豕口又
桿	木日干
梩	木田土
梪	木豆
梀	木皀卩
訧	言尤
國	口或
趣	彳止耳又
途	彳止余口
逘	彳止戈
逡	彳止夋
逨	彳止來
造（𥩓）	牛口戈
得	彳貝又
敚	八口人攴
商	丙辛口
翏	彗人
盛	戌土皿
將	爿肉酉
刷	户冊刀
啟	牛中口攴
亲	辛木
桶	木中田
到	大土刀
豉	豆攴
堵	工者
𥻘	矢米
貺	貝方
賦	貝夫
賗	貝止土丂
臧（㯉）	爿人口戈攴
觸（𦍶）	角牛
簋（毀）	皀殳攴
鄆	勹車口卩
𨞇	虍人土口卩
鄙	啚口卩
鄸	夷土口卩
鄟	人東土口卩
鮆	魚口卩
族	㫃矢
參	參
晨	日辰
康	康
寇	宀元攴
𡨦	宀女玉
害	宀中井口
窒	穴至
寑	人爿宀女
萬	丙十
常	尚巾

字	字根
敝	㡀巾攴
侼	人子
偡	人匕口八
偳	人耑
頃	匕首卩
從	彳人止
眔	目人
⿰孚欠	爪子欠
彫	周口彡
密	宀必皿
庶	后火土
⿰豕夫	豕夫
象	象
鹿	鹿
執	㚔丮木土
惟	心隹
悆	余心
惆	心冎口
[illegible]	心阜盾口
悏	心大人
⿰忄朋	心朋
悕	心希
⿰忄虎	心虍人
[illegible]	心丰戈
⿰忄夜	心亦夕
⿱孜心	子攴心
悵	心長
淮	水隹
淠	水畀

字	字根
⿰氵章	水中日
清	水中井口
淢	水止戈
羕	羊永
雩	雨于
魚	魚
⿱非子	非子
⿸戶孚	戶爪子
閉	戶才
婦	女帚
國	或口
⿰告戈	牛口戈
區	匸口
紹	糸刀口
終	糸冬
⿰糸司	糸司
⿰糸弁	糸弁
⿰糸母	糸母
基	丌土
堵	土者
堂	尚土
⿱炎土	火土
堇	黃土
野	木土
⿰井⿱刀田	井刀田
⿰金乇	亼呂王乇
處	虍人几
⿰𠂤斤	㠯口司斤
官（⿱宀⿱𠂤土）	宀𠂤土

字	字根
陽	阜日丂
𨻰	阜羊大
㠱	己其
寅	寅
酓	今酉

十二畫

字	字根
帝（啻）	帝口
祖（⿰示⿱且丌）	示且丌
菿（⿱艸炎）	中火
范（⿱艸軛）	中車卩
葉	中世木
⿱艸壴	中壴
筥	竹呂
爲	爪象
唐（啺）	口日丂
登	止又豆
御	彳止午卩
奠	奠
胾	肉才戈
喜	壴口
尋	尋口又
敵（⿰啻攴）	帝攴
喪	口桑
圍	口夊
超	夭止刀口
⿺走司	夭止司
貽	貝㠯口
敦	亯羊攴
剴	豆刀

字	字根
單	單
飯	亼皀又
買	貝网
童	辛目土
犀	尾牛
猒	肙犬
曾	曾
雁	肉隹
晉	希口
彭	壴彡
無	無
番	釆田
割	害刀
棄	其子
棱	木夌
椒	木耳又
筲	竹自
粖	朱
舄	舄
齒	肉止匕
散	巛日攴
棊	木貝又
眗	貝丩口
棠	尚止
臬	自木刀
啚	啚
貼	貝盾口
遄	彳止耑
違	彳止夂口

字	字根
逷	彳止日丂
達	彳止舌羍
遚（逷）	彳止日丂
衜	行止父田
甂	囟厂又
敡	易攴
甞	尚肉
臧	肉爿戈
甠	生巠
圐	囗日丂
貿	亡刀貝
賣	士冂貝
貶	貝它
刅（創）	户中刀
盂（盄）	于皿升
鄑	矢日囗卩
郲	大木囗卩
鄟	中田又囗卩
旂	㫃斤囗卩
鄒	又禾囗卩
晙	日夌
游	㫃水子
期（朞）	其日
盟（盥）	囧皿
粟	米角
鼎	鼎
黍	黍
粡	米舟
粕	米自

字	字根
寍	宀心皿
寫	宀日丂
痤	人爿卩土
寠	穴妟
痦	人爿五口
㾪	人爿妟
痆	人爿口卩
寊	宀〇鼎
罟	网不
黹	黹
備	人葡
袶	衣夂丰
貴	中首卩
惈	囟人卜心
豼	豕氐一
豿	豕丩口
彘	豕矢匕
猶	犬八酉
猨	犬爰
焥	火夌
焷	火卑
焎	或火
黑	黑
喬	喬
壺	壺
竣	立人中厶
竡	立巠
德（悳）	直心
慎（昚）	亦日

惑　或心
惠　叀心
㦃　心日干刀
悚　心朿
㥏　心夷土
㳺　心㫃子
惕　心日丂
㱿　肩支
測　水貝刀
淵　𣶒
溾　水囟人卜
閒　戶月
閉　戶丹
䛐　言又戈
掌　尚手
媿　女囟人
戈（鉞）亼呂王戈
䤅　帚戈
臧（䣡）　甾戈
發　止弓支
紀（絽）糸己口
結　糸士口
絢　糸勹
絬　糸舌
𦃇　糸才戌[戈]
　　戌[戈]
䑳　舟弁土
堯　土卩
𨈆　身田

黃　黃
勝（𦛐）　大夂几力
勞　㷀衣
鈞　亼呂王勹日
鈈　亼呂王不
斯　其斤
軶　車它
禽　罕今
萬　萬
禹（𡍮）禹土
辝　㠯口辛
㾐　爿人酉
尊（𨽍）阜八酉又

十三畫

福　示畐
歲　止戉
貲　貝止匕
羣　尹口羊
與　又牙口
鼓　壴支口
䑩　舟牛口
喿　口木
僉　亼口人
會　會
蒦　中隹又
賈　貝宁
瑱　玉首卩
瑗　玉爰
䐰　肉囟人卜

訾　言止人
疾（瘠）　人爿矢口
唶　口矢日
䜛　言幺夂
詿　言土
誊　弁言
䣜　虍且又
敕　朿支
楚　木疋
楊　木日丂
楙　木矛
楨　木卜鼎
節　竹皀豆卩
筮　竹巫
趄　夭止亘
雁　厂隹
㸙　目于
雕　冊隹
篴　竹且又
遜　彳止𧰨
遡　彳止屰月
遣　彳止爪㠯口
還　彳止田人夂
遊　彳止㫃斤
造（窖）宀牛口彳止
求（裘）求衣
節　竹且口卩
鄭　爪女角口卩
郪　桼口卩

鬼（䰟）示囟人口

戠 才戈口卩

鄲 口卒口卩

鄭 黃人口卩

鄙 乚口口卩

鄹 豕口干口卩

旖 㫃禾刀

旃 㫃百

夢 苜勹夕

粱 水刀井米

寘 宀〇鼎

痹 人爿畀

瘏 人爿

僅 人堇土

傳 人叀又

傴 人乚口

裔 衣丙口

斎 文厂衣刀

𨲊 長千口

辟 尸〇辛日
[〇]

敬 苟口支

愄（悤）囟人心

貉 豸夊口

睪 目矢

竧 立長

雄 立隹

悉（愍）皀旡心

愈 舟余水心

愆 心禾斤

愍 心盾口支

傒 人心目矢

傯 人八口心

滕（賸） 舟弁山

漬 水朿肉

闅 戶又口

閔 戶疋

聖 耳口人土

媵 肉弁女

嚚 乙盾口

賊 鼎甲戈

義 羊義

彈 弓華

經 糸巠

紀（綛）糸己心

紹（綤）糸刀口卩

塙 土高

填 土貝止

壐（鉩）爾亼呂王

塉 土朿肉

塚 土主豕

畺 畺

鈴 亼呂王卩口

鉄 亼呂王矢

陵（陖）阜夌土

陳（陣）阜東土

辠 自辛

醬 幺酉

熙熙 臣巳

十四畫

瓔（璎）玉貝女

蘆（藘）中盧

鳴 口鳥

詝 言宀一人

誙 言巠

誋 言己心

肇 戶支聿口

榑 木中田又

箚 竹亼口卩

散（簎）竹肉支

對 丵土又

嘉 壴力口爪

賓 貝宀元

罰 网言刀

嘗 尚口人[千]

鼻 自肉

僕 人丵又

戰 華攴

敷 中田又支

敵 函矢支

膳 肉羊又

膞 肉〇鼎

鍚 矢日丂

膵 肉宀辛

鋮 亼皀戉土

遄 彳止叀

遨 彳止求支

字	字根
𨘈	彳止女勹缶
造（艁）	口卩牛口止
徒（𨓈）	彳止尸米
𧷁	貝尹口
賨	貝宀公
𧶽	貝牛口
爾	爾
膏	高肉
簋（𥫗）	害五
𩫖（𥂴）	亯皿
㐭（稟）	㐭米
鄩	尋口卩
鄱	采田口卩
鄺	黃口卩
鄰	弅糸口卩
夤	夕寅
齊	齊
精	生井米
實	宀毌貝
寡	宀首卩
寬	宀中目人
寠	宀爪角女
𥨊	穴刀貝
𤶮	人爿ナ工月
𤸷	人爿一欠口
𦋕	网弓矢
監	人臣皿
壽	老𠷎甘口
𡲡	尾米又攴
碩	厂口首卩
頙	丁一止首卩
彰	章彡
廣	厂黃
豪	高豕
慕	中日心
㥣	㫃斤心
𢡘	宀公心
𢞒	中井口刀心
𢡱	人朋心
漢	水𦰩
漸	水車斤
滕（𦩍）	舟弅火
𣹟	水甬肉
𣽗	水㠯矢心
臺	止高
聞（䎽）	耳戶女
聞	戶耳
𦗟	耳𡭴又
搸	手𡗗
婞	女𡗗
墉（𩫖）	𩫖女
肇	戶戈聿
緒	糸者
維	糸隹
塿	土爪角女
塼	土叀又
壚	土虍且
銅	亼呂王凡口
鋯	亼呂王大口
銤	亼呂王米
銉	亼呂王聿
輔	車父田
陽（𨺅）	阜日丂山
陽（𡑞）	阜日丂山土
酷	西中牛口
酸	酉㠯矢

十五畫

字	字根
召（𦥑）	又刀口
談	言火
齒	止齒
奭	百大
敼	人彗攴
智	矢口于甘 [曰]
豎	臣
諆	言其
虢	爪又虍人
德	彳止直心
璋	玉章
賡	貝庚
遺	彳止爪小
趣	夭止耳又
樂	幺白木
農（𣟂）	木辰
箮	竹水亘
箭	竹前
稷	禾夂人

毆　乚口支
賞　貝尚
魯　魚口[曰]甘[曰]
賫　貝尹辛
賜　貝易
𦞦　肉魚
𦞵　肉鳥
𦏧　亯羊
𦽒　中其月
䞐　叕貝
䞀　貝𠂤
臚（膚）盧肉
𢨳　戶言
𩫖　亯自
鞄（䩦）革缶
刀（㲃）刀毛
盤　舟支皿
盤（鎜）舟厂又皿
鄶　會口卩
䣃　㕣言口卩
酆　曲豆口卩
旞　㫃彳止凡口
鼏　宀鼎
稻　禾爪臼
稷　禾人夂
寬　宀中囟人
窯　穴羊火
寮（寮）穴木日火
𥨷　穴彳止中口
䲀　五口白巾
䫵　果欠口
歙　今酉欠
頡　士口首卩
㺒　羽首卩
類　米首卩
䪼　千口首卩
𣝬　木土豕
豫　予象
駟　馬四
麋　鹿木
獲　犬無
慶　𢆉心
憢　心土卩
幾　心大幺戈
憝　言尤心
澗　水阜
𢨋　戶卩口
臧（臓）爿口甾
練　糸柬
縺（練）糸東
緓　糸丰土
緩　糸爰
𧍓　女虫
墨　黑土夕[勹]
墓　莫土
㙶　土卩丌
𡎝　土臼
鋁　亼呂王
鎁　亼呂王木口
鋻　亼呂王刀口卩
鋀　亼呂王豆
鋯　亼呂王牛口
䩐　宀辛且
輶　車隹
輤　車生井
萬（蠆）萬土
萬（邁）萬彳止
嘼　單口

十六畫

福（寷）宀示畐
福（富）宀玉畐
器　犬口
興　又爪凡口
諱　言夂口
諫　言柬
鞈　革合
膧　肉辛人目
靜　中井爪力又
敵　喬支
敗　貝毌支
闢（毀）戶豆殳
盥　爪水皿
還　彳目口衣
逹（衛）彳止率
盧　盧

字	字根
築	竹丮工木
睪	目夲又
䐣	肉卩丌
𢿋	尚求攴
燧	火夌止
膝	肉米衣
𩣡	馬行止
劋	來厂爻刀
簾	竹虍木
瞽	戚甘
虢	夲虍人
虤	虍人
䀕	寅皿
簋（𠤬）	匚害五
亩（廩）	亩禾
穆	穆
穌	魚禾
糇	米亼皀人
營	𤇾宮
賓	宀大〇鼎
窒	穴堇土
窖	穴火牛口
竆	穴身心
瘼	人爿肙犬
瘲	人爿㐭心
艘	舟彳止中口
𨤻	釆田允
親	目辛
頟	谷首卩
縣	木首糸
鼏	肙囟人卜
義	我羊山
薦	屮廌
獻（鬳犬）	鼎犬
憝	丂口攴心
懼（㦬）	心目于
懜	心目矢
懅	心虍且又
濦	水日丂心
𤡮	犬八西心
𣾰	水亯肉
沬（頮）	皿首卩
滕	舟水𠔷
鮏	魚生
龍	龍
揚（颺）	日丂丮
嬴	女𣎆
嬗	女畐且肉
戟（鍼）	亼呂王丯戈
繣	糸華
縈	𤇾糸
縢	舟𠔷糸
繃	糸人朋
縗	糸厂隹
繰	糸羽木
彊	弓畺
錐	亼呂王隹
錬	亼呂王東
錞	亼呂王亯羊
鏐	亼呂王人彗
鍺	亼呂王者
鋏	亼呂王爪人
鋿	亼呂王尚
錛	亼呂王夭止
萬（躉）	萬止

十七畫

字	字根
葬（𥳑）	竹人爿歺
藋	藋
賹	貝益
盨	須皿
雚	屮雈
嚊	口自畀
斁	目夲攴
舊	雈臼
臅	肉目勹虫
賸	貝肉𠔷
瞚	目土卩
亹	亹
犧	牛廌
遵	彳止齊
𣪊	羊豆殳
𦡞	肉夲丮
臂	肉自辛
臄	肉虍且又
𥳁	竹虍且
𧇸	虍魚
檯	木臣豆

誓 言㫃斤
旅（𣃨）㫃人車
糬 米叕口
𤹪 人爿立五口
𤻙 人爿矛丙
𦋇 网盾口貝
㡭 幺豕戈
麋 鹿米
熩 火虍且又
㦟 爪又牙心
濯 水羽隹
潳 水𠂢日
霝 霝
鮮 魚羊
翼 羽田又
闋（闕）戶木疋
彌 弓爾
縱 糸人止
繆 糸人彗
繃 糸帶
縷 糸夷土
艱 黃火壴口
鑄（𨨏）亼呂王火皿
鍾 亼呂王人東土
綴（綴）糸叕口
辭（𤔲）爪糸冂司

十八畫

謹 言堇
藘 中盧心
虢 小日虍
櫅 木齊
豐 壴丰
璧 玉○尸辛
灉 水卩口隹
歸 中𠂤止帚
饎 亼皀𡙕
臏 肉自畀
蘆 中虍且
謱 言叀又
矑 目虍且又
盱 目于
臚 肉虍㚔
職 矢言戈
贅 貝求攴
造（𢍋）戈牛口酉
亩（𣁋）亩米攴
鄘 盧口卩
鄰 谷亼皀又口卩
糂 米丵人
糧 米日東土
寷 宀來田土
𤸎 人爿目勹虫
顏 文厂首卩
騎 馬大口丂
麐 鹿文口
㸑 立尾米
慮（慮）心盧肉
濼 水幺白木
匜（𨥌）亼呂王它皿
繇 𦝠口
繞 糸土卩
彝 彝
鄉 素亼口卩
𧔥 彳女虫
鼄 朱黽鼄
釐 厂來攴田土
鎬 亼呂王高
鏄 亼呂王中田又
鎵 亼呂王主豕
轇 車人彗
𨻰 阜虍且又土
醬 爿口戈酉

十九畫

識 言戈
齍 齊皿
邊 彳止田㣇勹口
難 堇隹
蹻 夭止喬
轉 革中田又
鞄（鞶）口卩勹缶革
賜 貝易攴
贈 貝中帝
鄺 虍魚口卩

旛　㫃火日丂
臛　月畾
穖　禾苜戈
癰　人爿糸隹
瞏　宀目土卩
羅　网糸隹
屭　尸爪又凡口
騆　馬首人
麗　元
黺　黑㡀
歈　酉欠心
闒　戶卵
閪　戶乚口
𨷝　甾己
臧　爿口甾戈
繮　糸畺
纕　糸屮衰
續　糸虍且又
璽　爾土
疆　弓土畺
鏤　亼呂王爪角女

二十畫

薛（辥）屮㠯辛
龔　龍又
嚴　口㗊又干
譱　言羊
䠞　足虍且又
櫨　木屮虍且又
櫑　木弓畺
鄦　來厂田土攴口卩
寶　宀玉缶貝
竈　穴黽
獻　虍鬲犬
懽　心雚
憊　心弓畺
寋　穴𦰩心
繼　幺一
壟　龍土
鐈　亼呂王喬
鐘　亼呂王目土辛東
醴　酉曲豆

二十一畫

罍　畾缶
贙　貝齊
籐　竹肉㚘又
筥（篖）竹盧肉
籚　竹虍且又口卩
旟　㫃爪又牙
礪（礪）厂口止萬
癰　人爿口卩隹
豩　豕
灋　去水廌
靈　心霝
懶　心㚣
鰥　魚眔
闢　戶又
鑰　亼呂王龠
鐱　亼呂王口人

二十二畫

祈（旂）㫃單斤
龢　龠禾
欉　木丵耳又
贖　貝中目
霥　霝示
鬻　爿肉刀鼎
獻（獻）虍鼎犬
懿　壺欠心
䗷　亼口攴虫
沬（盨）皿首卩
馘　𩫖土戌
鑄　亼呂王𠷎爪皿火
瞿　斗目隹

二十三畫

讎　言隹
讞　言犬耒
獻　耒言犬
櫨　木竹虍且口卩
筥（鄺）竹盧肉口卩
鄺　竹盧肉口卩
顯　日㬎首卩
靁　畾

閭（[illegible]）戶盧肉
聾　龍耳
纓　糸女玉貝
[illegible]　八口人攴虫
鑪　亼呂王盧肉
[illegible]　酉土人心

二十四畫

鹽　鹵水皿
[illegible]　人爿𡈼攴心

二十五畫

鐵　亼呂王目㚔殳

二十六畫

膳（[illegible]）肉羊言
[illegible]　章欠鹵

二十七畫

融（[illegible]）虫𩫏

二十八畫

沬（[illegible]）水皿首卩

二十九畫

[illegible]　霝黽
沬（[illegible]）水爪皿首卩

三十三畫

鱻　魚

重　文

子　子
它　它
沱　水它
哀　衣口
相　木目
配　臣巳
孫　子糸
殺　殺
與　又牙口
箙　竹𤰈
睘　彳目衣口
虢　小日虍
雝　水卩口隹

合　文

一人　一人
十一　十一
一刀　一刀
十二　十一
二十　十一
一八一　一八
八刀　八刀
三十　十一
二千　一千
二十八　一十八
三十一　十一
二月　一月
小子　小子少
父丁　父丁
亡巳　亡巳
夫人　夫人
五十　五十
二丏　一人
七丏　七一人
八丏　八一人
十丏　十一人
小心　少心
工帀　工帀
公子　公子
大夫　大夫
子孔　大夫
它人　它人
中山　中山
四十　一十
一百　一百
石人　厂口人
五千　五千
三丏　一人
千丏　千一人
弌日　一戈日
石子　厂口子
四千　一千
五丏　五一人
亡朱　亡朱
三百　一百
四匹　一厂匕
石丘　厂口丘
事人　事人
彤弓　丹彡弓
吞尻　大口刀乇
非子　非子
車右　車又口

彤矢	丹彡矢	豆里	豆田土	[illegible]月	幺酉月
厚子	厂䋣子	孚呂	爪子呂	祭豆	肉又示豆
六六丏	六一人	敦于	亯羊攴于	還子	止目衣子
亡戚	亡戚	公區	公乚口	永寶	永貝缶玉
公乘	公大車	去疾	去爿人矢	[illegible]里	止畐殳田土
公孫	公子系	矦因	矦囗大	鑄其	爪皿火其
公卿	公皀卩	司寇	司宀元攴	無疆	無弓畺
內郭	冂入亯	閭丁	戶宮丁		
目姜	目女	孝孫	老子糸